Die drei !!!

Maja von Vogel
Henriette Wich

Die drei !!!

1, 2, 3 – Freundschaft!

Kosmos

Umschlagillustration von Ina Biber, Gilching
Umschlaggestaltung von Friedhelm Steinen-Broo, eSTUDIO CALAMAR

MIX
Papier aus verantwortungsvollen Quellen
FSC® C014496

Gedruckt auf chlorfrei gebleichtem Papier

ISBN 978-3-440-16134-0
Redaktion: Franziska Kunze
Produktion: DOPPELPUNKT, Stuttgart
Satz: DOPPELPUNKT, Stuttgart
Druck und Bindung: GGP Media GmbH, Pößneck
Printed in Germany/Imprimé en Allemagne

Die drei !!!

1, 2, 3 – Freundschaft!

Maja von Vogel

Die drei !!!

Undercover im Netz

Die drei !!!

Undercover im Netz

Mission: Shoppen bis zum Umfallen

Es war ein grauer Samstagnachmittag im Oktober und es regnete. Das Einkaufszentrum war brechend voll. Gestresste Mütter, die plärrende Kinder hinter sich herzerrten, mit zahllosen Tüten beladene Familienväter, kichernde Teenager und ältere Damen mit Shoppingtrolleys schoben sich langsam durch die Gänge. Die Stimmen der Besucher vermischten sich mit seichter Popmusik, die aus den Lautsprechern an der Decke drang. Zwischendurch verkündete eine sanfte Damenstimme die neuesten Sonderangebote und Verkaufsaktionen der einzelnen Geschäfte.

»Puh, ist hier viel los!« Franzi verzog das Gesicht, als sie hinter ihren Freundinnen Kim und Marie das Einkaufszentrum betrat. »Und die Luft ist zum Schneiden.« Sie öffnete den Reißverschluss ihrer Windjacke und zog die Gummibänder fest, die ihre kurzen, roten Zöpfe zusammenhielten.

»Wir sind offenbar nicht die Einzigen, die auf die Idee gekommen sind, bei diesem Mistwetter bummeln zu gehen.« Kim strich sich ein paar Regentropfen aus ihren dunklen Stirnfransen. »Vielleicht sollten wir uns gleich ins Eiscafé verziehen, bevor wir von den Besuchermassen überrollt werden.«

»Auf keinen Fall«, sagte Marie entschieden. »Wir haben heute eine wichtige Mission – schon vergessen?«

»Und die wäre?«, fragte Franzi.

Marie grinste. »Shoppen bis zum Umfallen!« Sie warf mit einer schwungvollen Bewegung ihre langen, blonden Haare zurück, straffte die Schultern und stellte die Ellbogen seitlich

auf. »Mir nach!« Dann stürzte sie sich todesmutig ins Getümmel.
Normalerweise hatten Kim, Franzi und Marie eine ganz andere Mission: das Aufklären kniffliger Kriminalfälle. Seit sie ihren Detektivclub *Die drei !!!* gegründet hatten, waren ihnen schon einige Verbrecher ins Netz gegangen. Sie hatten nicht nur einem Handyerpresser, skrupellosen Tierschmugglern und gefährlichen Juwelendieben das Handwerk gelegt, sondern auch eine entführte orientalische Prinzessin gerettet und einen sorgfältig geplanten Bankraub verhindert. Ihre Ermittlungen hatten sie bereits nach Berlin und Paris, an die Côte d'Azur und auf die berühmte Pferderennbahn im englischen Ascot geführt.
Momentan war allerdings kein neuer Fall in Sicht. Seit dem Ende der Sommerferien herrschte totale Flaute. Statt aufregende Abenteuer zu erleben, hatten sich die drei !!! in den letzten Wochen tagein, tagaus durch den herbstlichen Nieselregen zur Schule und wieder nach Hause geschleppt, seitenlange Referate vorbereitet, für unzählige Klassenarbeiten gelernt und sich gegenseitig endlose Vokabellisten abgefragt. Sämtliche Lehrer schienen sich gegen sie verschworen zu haben. Offenbar wollten sie ihren Schülern unbedingt das Leben schwer machen und ihnen auch noch den letzten Rest Freizeit rauben.
»Jetzt reicht's!«, hatte Franzi vor ein paar Tagen gestöhnt. »Wenn ich noch eine einzige Vokabel lerne, platzt mir der Kopf. Im Übrigen glaube ich nicht, dass ich jemals das Wort ›Kühlaggregat‹ auf Französisch brauchen werde.« Sie hatte gerade einen Zeitungsartikel über französische Obst- und

Gemüsetransporte durchgearbeitet – eine Hausaufgabe, die mal wieder bewies, dass ihre Französischlehrerin eindeutig sadistisch veranlagt war. Warum sonst sollte sie ihre Schüler mit einem derartig langweiligen Thema quälen?
Daraufhin hatten die drei !!! einstimmig beschlossen, dass sie dringend eine Abwechslung brauchten und sich am Samstagnachmittag bei einer ausgedehnten Shoppingtour von den Strapazen des Schulalltags erholen wollten.
Eine Stunde nach Beginn der Shoppingmission hatte Marie einen neuen Wintermantel, ein Paar grasgrüne Lederstiefel mit schwindelerregend hohen Absätzen und eine Handtasche in Schlangenlederoptik erstanden. Kim hatte sich eine für ihre Verhältnisse ziemlich gewagte Röhrenjeans und heruntergesetzte Sneakers gekauft.
»Jetzt brauchen wir nur noch etwas für dich, Franzi«, stellte Marie gut gelaunt fest. Shoppen versetzte sie immer in Hochstimmung. »Wie wär's mit einem schicken Herbstoutfit?«
Franzi gähnte. »Muss das sein? Meine Füße tun weh und alle fünf Minuten rammt mir jemand im Vorbeigehen seine Einkaufstasche zwischen die Rippen. Wollen wir nicht lieber ins *Café Lomo* gehen und einen *Kakao Spezial* trinken?«
»Später«, sagte Marie. »Alles zu seiner Zeit. Ich verlasse dieses Einkaufszentrum erst, wenn du auch etwas gekauft hast.« Sie betrat mit energischem Schritt eine schicke Boutique und verkündete: »Hier finden wir bestimmt das Richtige.«
Franzi war sich da nicht so sicher. »Der Laden ist doch viel zu teuer«, zischte sie. »Außerdem ist dieser edle Kram überhaupt nicht mein Ding. Lass uns lieber in das Sportgeschäft nebenan gehen.«

»Nichts da.« Marie ging auf einen Kleiderständer zu. »Du hast mehr als genug Sportklamotten. Höchste Zeit, dass du auch mal deine weibliche Seite betonst. Wie wär's hiermit?« Sie hielt ein bodenlanges, cremefarbenes Wollkleid hoch.
Franzi stöhnte. »Igitt! So was ziehe ich nie im Leben an.«
»Na gut, dann nehmen wir eben etwas anderes.« Marie ließ sich nicht so leicht entmutigen. Mit fachmännischem Blick scannte sie die restlichen Klamotten auf dem Ständer. Plötzlich stieß sie einen spitzen Schrei aus. Die top gestylte Verkäuferin hinter dem Tresen zuckte zusammen und runzelte missbilligend die Stirn, was Marie jedoch überhaupt nicht bemerkte. »Jetzt hab ich's!«, rief sie. »Das hier ist einfach perfekt für dich!« Sie zog ein schlichtes, lindgrünes Minikleid mit halblangen Ärmeln und Polokragen hervor. »Die Farbe passt super zu deinen roten Haaren!«
Franzi rümpfte die Nase. »Ich weiß nicht … Eigentlich trage ich nie Kleider …«
»Dann wird sich das jetzt eben ändern«, sagte Marie entschieden. »Es ist echte Verschwendung, dass du deine super Figur immer in diesen schlabberigen Skateroutfits versteckst.«
»Probier das Kleid doch wenigstens mal an«, ermutigte nun auch Kim ihre Freundin.
Franzi seufzte. Eigentlich hatte sie nicht die geringste Lust, sich in eine der engen Umkleidekabinen zu quetschen. Aber sie wusste, dass Marie nicht lockerlassen würde, darum gab sie schließlich nach. »Also gut. Aber wenn mir das Kleid nicht gefällt, gehen wir sofort ins *Lomo*, okay?«
Marie grinste. »Abgemacht.«

Wider Erwarten fühlte sich Franzi in dem Kleid alles andere als unwohl. Nachdem sie sich umgezogen hatte, drehte sie sich verblüfft vor dem großen Spiegel. »Wahnsinn! Ich sehe total anders aus.«

»Genau. Und zwar viel besser.« Marie nickte zufrieden. »Ich wusste doch gleich, dass der schlichte, sportliche Schnitt zu dir passt.«

»Steht dir echt gut«, sagte Kim. »Du solltest das Kleid unbedingt nehmen.« Sie zwinkerte Franzi zu. »Benni wird es bestimmt auch gefallen.«

Franzi wurde rot. »Meinst du?«

Benni war ihr Skaterkumpel, mit dem sie vor einer Weile kurz zusammen gewesen war. Leider hatte es nicht funktioniert und jetzt waren sie nur noch gute Freunde. Doch in letzter Zeit spürte Franzi wieder ein leichtes Kribbeln in der Magengegend, wenn sie Benni sah. Mit seinen blonden Locken und der sportlichen Figur war er aber auch genau ihr Typ – mal ganz abgesehen von seiner süßen und witzigen Art.

»Also gut.« Franzi gab sich einen Ruck. »Ich nehme es.« Doch als sie einen Blick aufs Preisschild warf, blieb ihr glatt der Mund offen stehen. »Das … das muss ein Irrtum sein«, stammelte sie. »Wer gibt denn so viel Geld für so ein bisschen Stoff aus?«

Marie zuckte mit den Schultern. »Qualität hat eben ihren Preis.« Sie zog ihr Portemonnaie heraus. »Mach dir keine Gedanken, ich übernehme das.«

Franzi schüttelte heftig den Kopf. »Das kann ich auf keinen Fall annehmen! Das ist doch viel zu viel.«

Marie seufzte. »Willst du das Kleid jetzt haben oder nicht? Du weißt doch, dass ich mehr als genug Taschengeld bekomme. Außerdem hat Papa mir vorhin extra noch etwas zugesteckt, damit wir uns einen schönen Nachmittag machen können. Ich glaube, er hatte ein schlechtes Gewissen, weil er schon wieder zu einem Wochenend-Dreh muss. Dabei wollten wir morgen eigentlich zusammen segeln gehen. Na ja, bei dem Wetter wäre das wahrscheinlich sowieso nichts geworden …« Sie versuchte ein gleichmütiges Gesicht zu machen.

Franzi sah ihre Freundin mitfühlend an. Manchmal war es nicht leicht für Marie, dass ihr geliebter Vater ein berühmter Schauspieler war. Er wurde von seiner Arbeit sehr in Anspruch genommen und hatte deshalb nicht viel Zeit für seine Tochter. Wenn er mal zu Hause war, verwöhnte er sie dafür aber umso mehr und las ihr jeden Wunsch von den Augen ab. Außerdem verdiente er mit seiner Rolle als Hauptkommissar Brockmeier in der Vorabendserie *Vorstadtwache* so viel, dass er und Marie ein ziemlich luxuriöses Leben führen konnten.

»Okay«, gab Franzi nach. »Wir können ja zusammenlegen. Ich hab noch ein bisschen Taschengeld übrig.«

»Prima!« Zufrieden ging Marie zur Kasse, wo die Verkäuferin in Anbetracht des dicken Umsatzes, der sie erwartete, ein strahlendes Lächeln aufgesetzt hatte. »Dann sind wir uns ja einig.«

Nachdem die drei !!! die Boutique verlassen hatten, schlenderten sie mit Tüten beladen in Richtung Ausgang. Franzis

Laune hatte sich nach ihrem Einkauf gebessert. Verheißungsvoll knisterte das in Seidenpapier gewickelte Kleid in der vornehmen Papiertasche. Ob es Benni tatsächlich gefallen würde? Sie beschloss, es gleich zu ihrem nächsten Treffen außerhalb der Skateranlage anzuziehen.

Eigentlich wollten die Freundinnen ihren Shoppingnachmittag mit einem Besuch in ihrem Lieblingscafé, dem *Café Lomo*, beschließen, doch als sie an einer Parfümerie vorbeikamen, zog Marie die anderen kurzerhand hinein.

»Was ist denn jetzt schon wieder?«, stöhnte Franzi. »Ich will endlich an die frische Luft!«

»Es dauert nur eine Minute«, versicherte Marie und blieb vor einem Regal mit hochpreisigen Kosmetikartikeln stehen. »Ich will mir bloß schnell einen neuen Lippenstift kaufen. Die aktuellen Herbstfarben sind einfach unwiderstehlich!« Sie griff nach einem auberginefarbenen Lippenstift und probierte ihn auf ihrem Handrücken aus. »Nein, der Ton ist zu kräftig für meinen hellen Teint. Aber zu deinem neuen Kleid würde er prima passen.« Marie hielt Franzi den Lippenstift hin. »Probier doch mal!«

Franzi schüttelte den Kopf. Sie schminkte sich nicht besonders oft, und wenn, dann eher dezent. »Ich will doch nicht aussehen wie lebendig gewordenes Gemüse. Außerdem mag Benni mehr den natürlichen Typ.«

»Aha!« Marie grinste. »Du stehst also tatsächlich noch auf ihn.«

Franzi fühlte sich ertappt und wurde prompt rot. »Na ja … ein klitzekleines bisschen vielleicht«, gab sie widerwillig zu.

»Wie schön!« Kim strahlte über das ganze Gesicht. »Vielleicht kommt ihr ja bald wieder zusammen. Benni wäre bestimmt überglücklich.«

»Ich weiß nicht …« Genau dieser Punkt machte Franzi schon seit einer Weile zu schaffen. »Nach unserer Trennung war er zwar supertraurig, aber inzwischen ist so viel Zeit vergangen … vielleicht will er ja gar nichts mehr von mir!«

»Es gibt nur einen Weg, um das herauszufinden«, sagte Kim. »Du musst mit ihm über deine Gefühle reden.«

Franzi seufzte. »Das sagt sich so leicht …«

»Du schaffst das schon.« Kim lächelte ihrer Freundin aufmunternd zu. »Und ich bin mir ganz sicher, dass Benni dir keinen Korb geben wird.«

»Wie läuft's eigentlich zwischen dir und Michi?«, erkundigte sich Franzi, um vom Thema abzulenken. »Ist alles wieder paletti?«

Kim war mit ihrem Freund Michi bereits seit einer halben Ewigkeit zusammen. Die beiden waren einfach das perfekte Paar, wie Franzi immer wieder etwas neidvoll feststellte, wenn sie sie zusammen sah. Michi war aber auch ein toller Typ: gut aussehend, nett, witzig und verständnisvoll. Ein absoluter Glücksgriff. Allerdings hatten Kim und er in den Sommerferien eine Beziehungskrise gehabt, die ihr Liebesglück zeitweilig etwas getrübt hatte.

Kims Gesicht nahm eine rosa Färbung an, wie immer, wenn von Michi die Rede war. »Wir haben unsere Krise zum Glück überwunden. Ich glaube, die Sache hat uns sogar noch enger zusammengeschweißt.«

Trotzdem meinte Franzi, einen Schatten über Kims Gesicht huschen zu sehen. »Aber?«, hakte sie nach.

»Nichts aber.« Kim biss sich auf die Unterlippe. »Na ja … abgesehen davon … dass …«
Marie ließ den Lippenstift, den sie gerade aus dem Regal gezogen hatte, sinken und wandte sich Kim zu. »Was ist los? Stimmt was nicht zwischen euch?«
Kim seufzte. »Das kann man so nicht sagen.«
»Was ist es dann?« Franzi sah ihre Freundin aufmerksam an. »Du brauchst uns nichts vorzumachen, dazu kennen wir dich viel zu gut.«
»Ich weiß«, murmelte Kim. Dann gab sie sich einen Ruck. »Irgendwie ist es zwischen Michi und mir nicht mehr so wie früher. Es fehlt etwas. Dieses gewisse Kribbeln, das sonst immer da war, wenn wir uns gesehen haben …«
»Bist du etwa nicht mehr in ihn verliebt?«, fragte Franzi.
»Doch, ich glaube schon.« Das Rot auf Kims Wangen vertiefte sich. »Das heißt, eigentlich bin ich mir in diesem Punkt sogar hundertprozentig sicher. Aber … na ja … wir unternehmen einfach nichts Aufregendes mehr zusammen. Früher haben wir jedes Wochenende lange Ausflüge gemacht, zum Badesee oder in den Wald zum Picknicken. Es war immer total romantisch und schön. Jetzt treffen wir uns höchstens mal im *Café Lomo*. Michi erzählt von seinem Job in der Eisdiele und ich von der Schule. Das war's dann auch schon. Wo bleibt denn da die Romantik?«
Marie legte Kim tröstend eine Hand auf den Arm. »Aber das ist doch völlig normal. Ihr seid schließlich schon länger zusammen, da schleicht sich irgendwann eine gewisse Routine in die Beziehung ein. Es bleibt eben nicht immer so rosarot wie am Anfang.«

Kim schüttelte trotzig den Kopf. »Ich will aber keine Routine!«
»Meine Eltern hocken abends auch meistens nur noch vor dem Fernseher«, erzählte Franzi. »Abgesehen von ihrem wöchentlichen Kinoabend natürlich. Irgendwann hat man sich halt nichts mehr zu sagen.«
Kim machte ein erschrockenes Gesicht. »Du kannst Michi und mich doch nicht mit deinen Eltern vergleichen! Wir sind schließlich kein altes Ehepaar!«
»So hat Franzi das bestimmt nicht gemeint«, sagte Marie beschwichtigend. »Ihr müsst euch einfach mal wieder Zeit füreinander nehmen und etwas ganz Besonderes zusammen machen. Wie wär's zum Beispiel mit einem romantischen Abendessen bei Kerzenschein? Das kann wahre Wunder wirken.«
»Meinst du?« Kim machte ein skeptisches Gesicht.
Marie nickte eifrig. »Und ob! Probier's doch mal aus. Übrigens war ich gestern bei Adrian zum Abendessen eingeladen. Das war auch ziemlich romantisch …«
Franzi wurde sofort hellhörig. »Adrian? Ich dachte, den wolltest du dir aus dem Kopf schlagen.«
Adrian war ein junger Schauspielschüler, der mit seiner WG in der Wohnung unter dem Penthouse von Marie und ihrem Vater wohnte. Die beiden waren gute Freunde, doch das reichte Marie nicht. Sie hatte alles versucht, damit mehr daraus wurde, leider ohne Erfolg. Dabei konnte sonst kaum ein Junge ihren Flirtkünsten widerstehen. Schließlich hatte sie entnervt beschlossen, sich zu entlieben und ihre Energien auf aussichtsreichere Projekte zu konzentrieren – zum Bei-

spiel auf ihre zukünftige Karriere als Schauspielerin oder Sängerin. Und natürlich auf den Detektivclub.

»Na ja …« Jetzt war es an Marie, rot zu werden. »Das ist leichter gesagt als getan. Ich hab ehrlich versucht, nicht mehr an Adrian zu denken. Und ich hätte es auch fast geschafft. In den letzten Wochen bin ich ihm erfolgreich aus dem Weg gegangen und hab mich mit einer Extradosis Sport und Schauspielübungen abgelenkt. Aber gestern stand er plötzlich vor unserer Tür. Einfach so.«

»Und?«, fragte Kim gespannt.

»Er hat mich zum Abendessen eingeladen«, erzählte Marie weiter. »Es gab selbst gemachte Pizza. Ich dachte, ein entspanntes Essen mit seiner WG kann nicht schaden. Außerdem war ich mir sicher, dass ich über Adrian hinweg bin. Leider lief es nicht ganz so wie geplant.«

Franzi zog eine Augenbraue hoch. »Was ist passiert?«

»Die anderen WG-Mitbewohner waren gar nicht da.« Marie seufzte. »Adrian hatte nur für uns zwei gedeckt. Und überall im Wohnzimmer Kerzen aufgestellt. Es war so romantisch!«

»Hat er dich etwa geküsst?«, quiekte Kim.

»Leider nicht.« Marie stieß noch einen Seufzer aus. »Es sollte so eine Art Versöhnungsessen sein. Adrian wollte wissen, warum ich mich in letzter Zeit so rargemacht habe. Natürlich konnte ich ihm den wahren Grund nicht sagen. Also hab ich irgendwas von Stress in der Schule gestammelt. Und als er gefragt hat, ob wir noch Freunde sind, wäre ich ihm am liebsten um den Hals gefallen. Ich konnte mich in letzter Sekunde zurückhalten.«

»Du stehst also immer noch auf ihn«, stellte Franzi fest.

Marie nickte. »Scheint so. Aber er nicht auf mich. Das ist mir gestern noch einmal klar geworden. Es war alles rein freundschaftlich.«

»Schöner Mist«, stellte Kim fest.

»Tja.« Marie lächelte etwas gequält. »So viel zu romantischen Abendessen bei Kerzenschein.«

Bevor Franzi etwas erwidern konnte, nahm sie eine Bewegung aus den Augenwinkeln wahr. Sie fuhr herum. Hinter ihr stand ein Mädchen, das ungefähr im Alter der drei !!! war. Es war sehr blass und sah mit seinen braunen, halblangen Haaren und dem ungeschminkten Gesicht eher unscheinbar aus. Es kam Franzi vage bekannt vor, ohne dass sie hätte sagen können, woher. Franzi beobachtete, wie das Mädchen etwas in seiner Umhängetasche verschwinden ließ. Gleich danach schaute es sich verstohlen um. Als es Franzis aufmerksamen Blick bemerkte, wurde sein Gesicht noch etwas blasser und es ging mit schnellen Schritten auf den Ausgang zu.

»Was ist los?«, fragte Kim. »Kennst du die?«

Das Ganze war so schnell gegangen, dass Franzi dem Mädchen ein paar Sekunden verblüfft nachschaute, ohne reagieren zu können. Hatte es gerade tatsächlich etwas geklaut? Oder hatte sie sich das nur eingebildet? Dann erreichte die Verdächtige den Ausgang und der Alarm ging los. Das laute Piepen kreischte in Franzis Ohren. Alle starrten zum Ausgang. Das Mädchen war einen Moment wie gelähmt. Es umklammerte seine Tasche. Franzi sah, wie seine Fingerknöchel weiß wurden.

Die Verkäuferin hinter der Kasse rief etwas und gestikulierte wild. Ihre Kollegin ließ vor Schreck einen kunstvoll geschlif-

fenen Parfumflakon fallen, den sie gerade einer Kundin hatte präsentieren wollen.
Doch bevor irgendjemand etwas tun konnte, passierten zwei Dinge gleichzeitig.
Das Mädchen rannte los.
Und Franzi spurtete hinterher.

Schneewittchen mit den eiskalten Augen

Franzi war eine gute Läuferin. Sie joggte regelmäßig und ging mehrmals die Woche skaten. Normalerweise wurde sie nicht so leicht abgehängt. Doch das Mädchen rannte mit dem Mut der Verzweiflung. Flink wie ein Wiesel schlängelte es sich zwischen den Besuchern des Einkaufszentrums hindurch. Franzi hingegen musste immer wieder abbremsen, weil ihr irgendwelche Leute in die Quere kamen.

»Hey, was soll das?«, beschwerte sich ein Typ mit Schnauzbart und Lederjacke, als Franzi ihn aus Versehen anrempelte. »Kannst du nicht aufpassen?«

Franzi murmelte eine Entschuldigung und lief weiter. Sie reckte den Hals. Wo war das Mädchen? Dahinten! Der braune Haarschopf steuerte zielstrebig auf den Ausgang zu. Franzi musste die Verdächtige unbedingt vorher erwischen! Sie legte noch einen Zahn zu und schlug einen Haken um zwei Seniorinnen, die mit ihren karierten Einkaufstaschen im Schneckentempo über den Gang schlurften.

Das Mädchen hatte den Ausgang fast erreicht. Beinahe wäre es Franzi entwischt. Doch dann warf es einen schnellen Blick über die Schulter zurück, um nach seiner Verfolgerin Ausschau zu halten, und übersah deshalb eine junge Mutter mit Kinderwagen, die gerade das Einkaufszentrum betrat. Das Mädchen rannte direkt in den Kinderwagen hinein und warf ihn beinahe um. Das Baby schrie und die Mutter begann ärgerlich zu schimpfen.

Jetzt war Franzi ebenfalls am Ausgang angelangt. Ihre Hand schloss sich um den Oberarm der Diebin, während sie ihr freundlichstes Lächeln aufsetzte und sich mit einem schnellen Blick in den Kinderwagen davon überzeugte, dass dem Baby nichts passiert war. Es brüllte aus Leibeskräften, schien aber ansonsten unversehrt zu sein.
»Eine Unverschämtheit ist das!«, keifte die Mutter. »Hier einfach so herumzurennen, ohne nach rechts und links zu schauen. Da kann doch sonst was passieren!«
»Entschuldigen Sie bitte«, zwitscherte Franzi. »Meine Freundin hatte es eilig und hat Sie glatt übersehen. Tut uns wirklich leid. Nicht wahr?« Sie warf dem Mädchen einen auffordernden Blick zu und verstärkte den Griff um dessen Oberarm noch ein bisschen.
Das Mädchen zuckte zusammen und nickte stumm. Es war leichenblass und sah aus, als würde es jeden Moment in Ohnmacht fallen.
»Einen schönen Tag noch!«, verabschiedete sich Franzi schnell. Die Frau schob den Kinderwagen kopfschüttelnd weiter und Franzi zog die Verdächtige mit eisernem Griff aus dem Getümmel am Ausgang in eine etwas ruhigere Nische direkt neben den Toiletten. Das Mädchen war jetzt völlig apathisch und schlurfte mit gesenktem Kopf und hängenden Schultern hinter Franzi her, ohne die geringste Gegenwehr zu leisten. Trotzdem ließ Franzi seinen Arm erst los, als Marie und Kim neben ihr auftauchten. Kim keuchte. Sie war die Unsportlichste der drei !!! und futterte lieber Schokomuffins oder Süßigkeiten, statt sich fit zu halten. Als Kopf der drei !!! und Verantwortliche für das Detektivtagebuch, in dem sie jeden

Fall genauestens dokumentierte, brauchte sie allerdings auch jede Menge Nervennahrung. Zumindest führte sie das gerne als Entschuldigung für ihren überdimensionalen Süßigkeitenkonsum an.
Marie sah ebenfalls etwas erhitzt aus und strich sich eine leicht zerzauste Haarsträhne aus der Stirn. »Du wirst wirklich immer schneller, Franzi«, sagte sie anerkennend.
»Und du hast sie tatsächlich erwischt!«, fügte Kim hinzu, deren Atmung sich allmählich wieder normalisierte.
Alle drei starrten die Verdächtige an. Sie erwiderte die Blicke nicht, sondern sah teilnahmslos zu Boden.
»Was hast du in der Parfümerie geklaut?«, wollte Franzi wissen.
Das Mädchen antwortete nicht. Es schwankte leicht vor und zurück und schien völlig abwesend zu sein. Nur seine Tasche hielt es immer noch fest umklammert, als würde sie einen wertvollen Schatz enthalten.
»Wie heißt du?«, fragte Kim.
Keine Antwort.
Marie seufzte. »So kommen wir nicht weiter.« Sie griff nach der Tasche, doch das Mädchen ließ sie nicht los. »Wir wissen, dass du was gestohlen hast«, sagte Marie eindringlich. »Wenn du auf stur schaltest, müssen wir dich der Polizei übergeben.«
»Willst du das wirklich?«, hakte Kim nach, als die Unbekannte weiterhin stumm blieb.
Endlich reagierte das Mädchen. Es schüttelte den Kopf und ließ sich die Tasche abnehmen.
»Na also«, brummte Marie und leerte die Tasche auf dem

Boden aus. Was sie zu sehen bekam, verschlug ihr erst mal die Sprache.
Auch Franzi war überrascht. »Heiliger Bimbam!«, stieß sie nach einer Schrecksekunde hervor. Sie hatte mit einem geklauten Lippenstift gerechnet. Vielleicht mit zweien. Aber was dort auf dem schmutzigen Fußboden des Einkaufszentrums lag war eine Kosmetikauswahl, die jedem Hollywoodstar Ehre gemacht hätte. Franzi zählte fünf verschiedene Lippenstifte, drei Mascaras, mehrere Döschen mit Lidschatten, Rouge, Glitzerpuder und Schminkpinsel in allen Größen.
»Wow!« Marie nahm einen der Lippenstifte und betrachtete ihn fachmännisch. Sie war Expertin auf dem Kosmetiksektor und selbst immer top gestylt. »*Longlasting Strawberry* von *NewFace*. Der kostet mindestens zwanzig Euro im Laden. Auch die anderen Sachen sind von absoluten Edelmarken. Selbst ich leiste mir so was nur ab und zu.«
Franzi grinste. »Und das will schon was heißen!« Wenn sie in Maries Badezimmer stand, war sie immer wieder erstaunt über die zahllosen Kosmetikprodukte, die sich in den Regalen und über dem Waschbecken türmten.
Marie taxierte das seltsame Mädchen aufmerksam. »Du kennst dich aus, was?«
Die Unbekannte zuckte nur mit den Schultern. Sie kaute auf ihrer Unterlippe herum, die bereits zu bluten begann.
»Wie hast du es überhaupt geschafft, so viel Zeug mitgehen zu lassen?«, fragte Franzi. »Die haben doch bestimmt Überwachungskameras in dem Laden.«
»Ich hatte eben Glück.« Es war das erste Mal, dass sie die

Stimme des Mädchens hörten. Sie klang trotzig und etwas rau.
»Du musst die Sachen zurückgeben«, sagte Kim.
Das Mädchen starrte sie feindselig an. »Auf keinen Fall!«
Die Antwort kam so schnell und entschlossen, dass Franzi überrascht nach Luft schnappte. Wie konnte jemand so stur sein?
»Das Zeug gehört dir nicht«, stellte Franzi klar. »Du hast es gestohlen. Wenn du es nicht freiwillig zurückgibst, werden wir die Polizei einschalten.«
»Nicht die Polizei!« Die Augen des Mädchens waren jetzt weit aufgerissen. Es erinnerte Franzi an ein Reh, das von einem herannahenden Auto geblendet wird.
»Dann geh mit uns zurück in die Parfümerie und gib die Sachen zurück«, sagte Kim noch einmal. »Vermutlich bekommst du dort Hausverbot, aber vielleicht verzichten sie auf eine Anzeige, wenn du dich freiwillig stellst.«
Das Mädchen sackte in sich zusammen. Plötzlich schien es keine Energie mehr zu haben. Es nickte nur und flüsterte: »Okay.«
Während Marie das Diebesgut zurück in die Tasche räumte, drückte Kim aufmunternd den Arm der Unbekannten. »Du wirst sehen, das ist die richtige Entscheidung.«
Doch das Mädchen reagierte nicht mehr. Es hatte sich wieder ganz in sein Schneckenhaus zurückgezogen.
Die drei !!! nahmen die Unbekannte in die Mitte. Langsam machten sie sich durch die auf den Ausgang zuströmenden Besucher auf den Rückweg zur Parfümerie. Es war inzwischen kurz vor sieben, das Einkaufszentrum würde bald

schließen. Franzi schüttelte den Kopf. Wer hätte gedacht, dass der Shoppingnachmittag so eine dramatische Wendung nehmen würde? Eigentlich hatten sie um diese Zeit längst in der gemütlichen Sofaecke des *Café Lomo* sitzen wollen, jede einen Becher dampfenden *Kakao Spezial* vor sich auf dem Tisch …

Eine Gruppe lärmender Jugendlicher kam den drei !!! entgegen und drängelte sich zwischen ihnen hindurch. Plötzlich ging alles blitzschnell. Das Mädchen versetzte Franzi einen Stoß, sodass sie zur Seite taumelte. Dann entriss es Marie die Tasche und rannte los.

»Verflixt!«, fluchte Marie. »Sie will abhauen!«

»Hinterher!«, rief Kim.

Franzi war bereits losgelaufen. Doch es war beinahe unmöglich, der Flüchtenden gegen den Besucherstrom zu folgen. Ständig waren Franzi irgendwelche Leute im Weg, sodass sie abbremsen und die Richtung ändern musste. Es war wie verhext!

Nach einer Weile blieb Franzi stehen. Sie stellte sich auf die Zehenspitzen und versuchte, über die Köpfe der Menschen hinwegzuschauen. Aber vom braunen Schopf des Mädchens war nichts mehr zu sehen. Es war in der Menge untergetaucht und verschwunden. Als hätte es nie existiert.

»Wo ist sie?«, fragte Marie.

Franzi drehte sich zu ihrer Freundin um. Etwas weiter hinten konnte sie Kim sehen, die verzweifelt versuchte, sich zu ihnen durchzudrängeln. »Ich hab sie verloren«, sagte Franzi. »Sie ist weg.«

»So ein Mist!«, schimpfte Marie.

Dem konnte Franzi nur zustimmen. Heute hatten sie als Detektivinnen gründlich versagt.

Den ganzen Sonntag ärgerte sich Franzi darüber, dass ihnen die Unbekannte entwischt war. Immer neue Fragen gingen ihr durch den Kopf. Wer war das Mädchen? Warum hatte es die Sachen geklaut? Kein Mensch brauchte so viel Schminkzeug! Arbeitete sie für eine kriminelle Organisation? Oder verkaufte sie die Lippenstifte auf eigene Rechnung weiter?

Auch am Montag ließ Franzi die merkwürdige Geschichte nicht los. Als sie in der ersten großen Pause neben Kim auf dem Schulhof stand, grübelte sie missmutig vor sich hin.

»Welche Laus ist dir denn über die Leber gelaufen?«, erkundigte sich Kim. »Hat Benni dein neues Kleid nicht gefallen?«

Franzi winkte ab. »Wir haben uns gestern gar nicht gesehen. Ich bin bloß immer noch stinksauer, dass uns diese dreiste Lippenstift-Diebin am Samstag entkommen ist. Das hätte einfach nicht passieren dürfen! Schließlich sind wir Profis.«

Kim nickte. »Stimmt, das war echt ärgerlich. Aber was soll's, jeder macht mal einen Fehler. Und jetzt können wir sowieso nichts mehr daran ändern.«

Franzi seufzte. Kim hatte natürlich recht. Trotzdem passte es ihr ganz und gar nicht, die Sache einfach auf sich beruhen zu lassen. Frustriert ließ sie ihren Blick über den Schulhof wandern, der trotz des herbstlichen Wetters gut gefüllt war. Ausnahmsweise regnete es einmal nicht. Doch dicke, graue Wolken hingen tief am Himmel und es wehte ein kühler Wind. Der nächste Schauer würde nicht lange auf sich warten lassen. Franzi wollte Kim gerade vorschlagen, sich in die

gut geheizte Pausenhalle zu verziehen, als ihr ein brauner Haarschopf auffiel. Ein Haarschopf, der ihr ausgesprochen bekannt vorkam. Automatisch setzte sie sich in Bewegung.
»He, was ist denn jetzt los?«, rief Kim verdutzt. »Warum haust du einfach ab?«
»Dahinten ist sie!«, zischte Franzi über die Schulter zurück. »Los, jetzt schnappen wir sie uns!«
Das Jagdfieber überkam Franzi. Adrenalin wurde in ihre Blutbahn gepumpt und ihr Herz pochte wie ein Dampfhammer. Das Mädchen war noch ein ganzes Stück entfernt. Es stand etwas abseits von den anderen unter dem großen Kastanienbaum, der den Schülern im Sommer Schatten spendete. Jetzt lagen eine Menge glänzend brauner Kastanien zwischen den welken Blättern am Fuß des Baums.
Als sich das Mädchen umdrehte, war sich Franzi ganz sicher. Das war die Diebin aus dem Einkaufszentrum! Und diesmal würde sie ihnen nicht entwischen.
Franzi schlängelte sich zwischen den Schülern hindurch, immer darauf bedacht, nicht von dem Mädchen gesehen zu werden. Das Herbstlaub raschelte unter ihren Füßen, als sie schließlich in das Sichtfeld des Mädchens trat.
»So schnell trifft man sich wieder!« Franzi konnte nicht verhindern, dass sich ein triumphierendes Grinsen auf ihrem Gesicht ausbreitete. Das ganze Wochenende hatte sie sich über die große Unbekannte den Kopf zerbrochen und jetzt stand sie plötzlich vor ihr. Was für ein glücklicher Zufall!
Das Mädchen schien das allerdings anders zu sehen. Es starrte Franzi an, als wäre sie ein Geist.
»Tja, wer hätte gedacht, dass wir auf dieselbe Schule gehen?«

Franzi achtete auf jede noch so kleine Reaktion der Verdächtigen. Ein zweiter Fluchtversuch sollte ihr auf keinen Fall gelingen. »Du bist mir vorgestern gleich irgendwie bekannt vorgekommen. Und jetzt weiß ich endlich, weshalb.«
Kim erschien neben Franzi. »Na, so was!«, sagte sie verdutzt. »Wenn man vom Teufel spricht …«
»W…was wollt ihr von mir?«, stammelte das Mädchen. »Warum lasst ihr mich nicht in Ruhe?«
»Das werden wir«, sagte Franzi. »Sobald du uns ein paar Fragen beantwortet hast. Warum hast du all dieses Schminkzeug in der Parfümerie geklaut? Dein wievielter Diebeszug war das? Für wen arbeitest du?«
»Ich … ich … für niemanden …« Das Mädchen schluckte. Seine Stimme zitterte. Es schien den Tränen nahe zu sein. Gleich würde es auspacken, das spürte Franzi. Es würde zusammenbrechen und alles erzählen.
Doch in diesem Moment tauchten mehrere Gestalten hinter der Verdächtigen auf. Es waren drei Mädchen, die Franzi nur vom Sehen kannte. Sie waren etwas älter als die drei !!!, stets gut gekleidet und sorgfältig gestylt. Eine typische Tussiclique, der Franzi noch nie besondere Beachtung geschenkt hatte. Bis jetzt.
»Was wollt ihr von Dana?«, fragte ein großes, sehr schlankes Mädchen mit schwarzen Locken und weißer Schneewittchenhaut. Sie hätte wunderschön sein können, wenn ihre Augen nicht so eiskalt gewesen wären. Franzi fröstelte und zog unwillkürlich die Schultern hoch.
»Wir möchten uns nur ein bisschen mit ihr unterhalten«, erklärte Kim ruhig. »Kein Grund zur Aufregung.«

Franzi fiel auf, dass Schneewittchen ihnen unwissentlich eine wichtige Information geliefert hatte. Dana! Endlich hatte die Unbekannte einen Namen.
»Dana gehört zu uns«, stellte Schneewittchen fest. »Ihr solltet sie besser in Ruhe lassen.«
»Genau!«, fügte das Mädchen rechts von Schneewittchen hinzu. Es war etwas kleiner, ein wenig rundlich und trug die kupferroten Haare zu einem Pagenkopf geschnitten. Auf seiner Stupsnase kämpften unzählige Sommersprossen um den besten Platz.
Das dritte Mädchen, eine hagere Blonde mit riesigen, blauen Augen, nickte bestätigend.
Franzi merkte, wie sie wütend wurde. Was bildete sich diese Tussiclique eigentlich ein? Von denen würde sie sich bestimmt nicht vorschreiben lassen, was sie zu tun hatte! Sie stemmte die Hände in die Hüften und sah Schneewittchen herausfordernd an. »Jetzt hör mir mal gut zu! Wir haben eure tolle Freundin vorgestern beim Klauen erwischt. Und wenn sie jetzt nicht endlich den Mund aufmacht und uns erzählt, wozu sie kiloweise Schminkzeug braucht, gehen wir direkt zur Polizei und zeigen sie an. Habe ich mich klar genug ausgedrückt?«
»Absolut.« Schneewittchen verzog keine Miene. Sie klimperte nur herablassend mit ihren perfekt getuschten Wimpern. »Hast du zufällig handfeste Beweise? Ansonsten habe ich nämlich nicht die geringste Lust, mir deine unverschämten Behauptungen noch länger anzuhören.«
So viel Kaltblütigkeit verschlug Franzi glatt die Sprache. Sie schnappte nach Luft.

»Wir haben Dana in flagranti ertappt«, sprang Kim ein. »Wir sind zu dritt und wir können alle bezeugen, dass sie hochwertige Kosmetikartikel aus der Parfümerie im Einkaufszentrum gestohlen hat.«

»Außerdem hat die Verkäuferin sie auch gesehen«, fügte Franzi hinzu.

Danas blasses Gesicht zuckte nervös. Sie sah aus, als wäre sie am liebsten davongelaufen. Schneewittchen, die das zu spüren schien, legte ihr die Hand auf die Schulter. Ihre Fingernägel leuchteten blutrot. Eigentlich hat sie mehr Ähnlichkeit mit der bösen Stiefmutter, schoss es Franzi durch den Kopf.

»Es muss sich hier um eine Verwechslung handeln«, stellte Schneewittchen fest. Ihr Ton ließ keinen Widerspruch zu. »Dana war nämlich vorgestern den ganzen Nachmittag mit uns zusammen. Stimmt's?«

Ihre Begleiterinnen nickten synchron. Dana selbst schien in einer Art Trance versunken zu sein. Ihre aufgesprungene Unterlippe blutete schon wieder.

»Das ist eine hundsgemeine Lüge!«, rief Franzi empört.

Schneewittchens Augen verengten sich zu schmalen Schlitzen. Sie funkelte Franzi wütend an. Wenn Blicke töten könnten, wäre Franzi auf der Stelle ins Jenseits befördert worden. »Sag das nie wieder, hörst du?«, zischte sie. »Ich lüge nicht! Genauso wenig wie meine Freundinnen klauen. Und wenn du keinen Ärger willst, kommst du uns in Zukunft besser nicht mehr in die Quere, klar?«

Auf ein kurzes Kopfnicken von Schneewittchen hin drehten sich alle drei Mädchen wie auf Knopfdruck um und stolzierten davon. Dana schlich wie ein begossener Pudel hinterher.

Kim runzelte die Stirn. »Was war denn das für ein merkwürdiger Auftritt?«
»Schneewittchen und die drei Giftspritzen, erster Akt.« Franzi spürte ein heftiges Kribbeln im Magen, wie immer, wenn sich ein neuer Fall ankündigte. »Ich habe keine Ahnung, was hier läuft«, sagte sie langsam. »Aber eins ist klar: Mit dieser Clique stimmt was nicht!«

Endlich ein neuer Fall!

Noch am selben Nachmittag trafen sich die drei !!! zu einem außerplanmäßigen Clubtreffen bei Kim. Draußen klatschte der Regen gegen die Fensterscheibe und der Herbstwind heulte ums Haus. Die Detektivinnen hatten es sich mit einer großen Schale Schokoladenkekse, einer Kanne Früchtetee und ein paar flauschigen Kissen auf dem Teppichboden bequem gemacht. Marie, die eine andere Schule besuchte als ihre Freundinnen, hörte mit offenem Mund zu, während Franzi und Kim abwechselnd von den Ereignissen des Vormittags berichteten.

»Die Diebin heißt also Dana und geht auf eure Schule?«, fragte Marie ungläubig. »Das gibt's doch nicht!«

Franzi nickte eifrig. »Ich konnte es erst auch kaum glauben. Aber sie war es, hundertprozentig! Und sie hat uns auch wiedererkannt.«

»Stimmt, sie hat einen riesengroßen Schreck gekriegt, als sie uns gesehen hat«, bestätigte Kim.

»Wenn Schneewittchen und ihre Leibgarde nicht aufgetaucht wären, hätte sie garantiert alles gebeichtet.« Franzi ballte die Fäuste. Es wurmte sie immer noch, dass sie gegen diese arrogante Clique den Kürzeren gezogen hatten.

»Und ihr kennt die drei Mädchen nicht?« Marie nippte an ihrem Tee. »Wenn sie auch auf eure Schule gehen, müsste doch herauszukriegen sein, wer sie sind.«

Kim zückte ihr Detektivtagebuch, ein abgewetztes Heft, das sie immer bei sich trug, um wichtige Informationen zu notieren, wenn ihr Laptop gerade nicht greifbar war. »Ich hab mich ein bisschen in meiner Klasse umgehört. Die Eisprinzessin und ihre Freundinnen scheinen ziemlich bekannt zu sein. Man könnte auch sagen berühmt-berüchtigt.«

Franzi horchte auf. »Tatsächlich? Erzähl!«

Kim blätterte im Detektivtagebuch, bis sie die richtige Seite gefunden hatte. »Schneewittchen heißt eigentlich Lizzy, ihre Freundinnen heißen Kathi und Eva. Lizzy ist die Anführerin der Clique. Alle drei gehen in dieselbe Klasse, einen Jahrgang über uns. Die meisten, mit denen ich gesprochen habe, haben ziemlichen Respekt vor ihnen.«

»Warum?«, fragte Marie.

Kim nahm sich einen Schokoladenkeks aus der Schale und biss genüsslich hinein. »Ihr Hobby ist es offensichtlich, andere fertigzumachen. Vor allem diese Lizzy scheint nicht ohne zu sein.«

»Das hab ich gemerkt«, murmelte Franzi. Beim Gedanken an Schneewittchens kalte Augen bekam sie immer noch eine Gänsehaut.

Kim steckte sich den restlichen Keks in den Mund und blätterte in ihren Unterlagen. »Anna hat erzählt, dass sie Lizzy im Gedränge der Pausenhalle einmal aus Versehen auf den Fuß getreten ist. Daraufhin wurde sie von ihr so zusammengestaucht, dass sie fast geweint hätte.«

Franzi konnte sich die Szene lebhaft vorstellen. Anna, ein schüchternes, ruhiges, aber sehr nettes Mädchen aus Kims Klasse, dem sie während ihres ersten Falls aus der Patsche geholfen hatten, war Lizzys fiesen Sprüchen bestimmt völlig hilflos ausgeliefert. Franzi hatte ja selbst den Kürzeren

gezogen, dabei war sie eigentlich nicht auf den Mund gefallen.
»Und was machen wir jetzt?«, fragte Marie.
»Wir müssen herausfinden, was diese Clique im Schilde führt«, sagte Franzi entschlossen. »Und was es mit Danas Diebstählen auf sich hat. Da ist irgendwas faul. Dana schien gar nicht so glücklich darüber zu sein, dass Lizzy und ihre Freundinnen sich auf dem Schulhof eingemischt haben.«
»Stimmt.« Kim runzelte nachdenklich die Stirn. »Ich würde fast sagen, sie hatte Angst vor ihnen.«
»Aber warum sollte sie sich vor ihren eigenen Freundinnen fürchten?« Marie machte ein ratloses Gesicht.
Kim stand auf, ging zum Schreibtisch und schaltete den Laptop ein. »Vielleicht sollten wir mal im Internet nachsehen. Anna hat erwähnt, dass die Clique eine eigene Homepage hat.«
Es dauerte nicht lange, bis Kim die Seite gefunden hatte. Sie befand sich auf *News4Teens*, einem sehr beliebten Portal, in dem sich Jugendliche aus der ganzen Stadt präsentieren, kennenlernen und vernetzen konnten. Der Eintrag von Schneewittchens Clique war sehr professionell gestaltet und in mehrere Rubriken unterteilt. Kim klickte auf die Fotogalerie. Unter der Überschrift *Wer ist die Schönste im ganzen Land?* waren dort zahlreiche Bilder von Lizzy, Kathi und Eva zu sehen, auf denen sie in verschiedenen Outfits und Stylings posierten.
»Ganz schön selbstbewusst«, stellte Franzi fest. Sie und Marie waren ebenfalls aufgestanden und schauten Kim über die Schulter. »Die scheinen sich ja für echte Models zu halten.«

»Zumindest sind sie sehr gut gekleidet«, sagte Marie. »Die Klamotten sind alle vom Feinsten. Nur teure Edelmarken von angesagten Designern, soweit ich das erkennen kann. Und die Dunkelhaarige sieht wirklich ausgesprochen hübsch aus.«

»Wer ist die Schönste im ganzen Land?«, murmelte Franzi. »Na, das passt ja …«

Kim klickte weiter. Es gab kurze Steckbriefe der drei Mädchen, in denen sie ihre Hobbys, Lieblingsgerichte und Lieblingsfarben verrieten. Nichts, was den Detektivinnen großartig weiterhalf. In der Rubrik *Schön, schöner, am schönsten* gab es Schmink- und Stylingtipps. In andere Bereiche wie *Intern* und *Dates* kam man nur als Cliquenmitglied hinein. Kim probierte auf gut Glück verschiedene Passwörter aus, hatte aber keinen Erfolg.

»Was ist denn das?« Franzi zeigte auf eine Rubrik namens *Votings*.

Kim klickte darauf. Zahlreiche Namen erschienen auf dem Bildschirm. »Sieht aus wie eine Liste. Aber wozu?«

Marie warf einen Blick auf die Namen. »Das kenne ich! Solche Listen gehen bei uns an der Schule auch gerade rum. Das sind Votings. Meistens dreht es sich darum, wer momentan beliebt ist und wer nicht.«

Franzi zog eine Augenbraue hoch. »Du meinst, das ist so eine Art Hitliste?« Sie überflog die Namen auf dem Bildschirm. »Stimmt! Und Lizzy, Kathi und Eva stehen natürlich immer ganz oben.«

»Andere haben leider weniger Glück.« Kim zeigte auf einen Eintrag. »Seht euch das an! Dana taucht ganz unten auf.« Sie scrollte weiter. »Offenbar gibt es jede Woche eine neue Liste. Aber wer legt fest, wer cool ist und wer nicht?«

»Lizzy und ihre Freundinnen«, vermutete Marie. »Wer sonst?«

Kim schüttelte den Kopf. »So was Bescheuertes. Wen interessiert schon die Meinung dieser drei Tussis?«

»Offenbar eine ganze Menge Leute.« Franzi zeigte auf eine Zahl am unteren Bildschirmrand, die angab, wie viele Internet-User die Seite besucht hatten. Die Zahl war ausgesprochen hoch.

Kim pfiff leise durch die Zähne. »Seht euch das an!« Sie war bei der aktuellen Liste angelangt. »Hier steht Dana auf Platz vier – direkt hinter den drei Cliquenmitgliedern! Warum gehört sie plötzlich zu den Coolen? Vor drei Wochen war sie doch angeblich noch total unbeliebt.«

Marie runzelte die Stirn. »Das ist wirklich merkwürdig. Irgendetwas muss in der Zwischenzeit passiert sein.«

Franzi fuchtelte aufgeregt mit dem Schokoladenkeks herum, den sie sich gerade aus der Schale geangelt hatte. »Ich wette, es hat etwas mit dem Diebstahl im Einkaufszentrum zu tun!«

Kim starrte immer noch nachdenklich auf den Bildschirm. »Aber was?«

Darauf hatte niemand eine Antwort.

Detektivtagebuch von Kim Jülich
Montag, 19:11 Uhr

Endlich haben wir einen neuen Fall! Ich kann es kaum erwarten, mit den Ermittlungen loszulegen. Unser letzter Fall, die

Jagd nach den Berliner Bankräubern, ist schon viel zu lange her. Hoffentlich sind wir nicht aus der Übung gekommen …
Wir haben eine Ladendiebin gefasst, die offenbar zu einer ziemlich unangenehmen Clique an unserer Schule gehört. Sie heißt Dana und benimmt sich sehr merkwürdig. Folgende Fragen sollten wir unbedingt klären:

- *Warum hat Dana teure Kosmetikartikel aus der Parfümerie gestohlen?*
- *Warum gibt sie sich mit der fiesen Lästerclique ab, obwohl sie offensichtlich Angst vor Lizzy und ihren Freundinnen hat?*
- *Wovor genau hat Dana Angst?*

Wir müssen noch einmal mit Dana reden, am besten unter vier Augen. Vielleicht können Franzi und ich sie nach der Schule abfangen.
Ich hab gerade noch ein bisschen im Internet zum Thema Cybermobbing recherchiert. So nennt man es, wenn jemand im Internet oder per Handy bloßgestellt oder fertiggemacht wird. Und genau das ist es, was Lizzys Clique mit ihren Votinglisten tut! Es ist echt erschreckend, was im Netz so alles abgeht. Auf News4Teens *gibt es richtige Läster- und Hass-Seiten, deren einziger Zweck es ist, über andere abzulästern und fiese Behauptungen zu verbreiten. Manchmal werden auch peinliche Fotos und Videos ins Netz gestellt oder per Handy verbreitet. Ist das nicht supergemein? Und total feige! Denn die Betroffenen haben keine Chance, sich zu wehren. Oft wissen sie nicht, an wen sie sich wenden können, um Hilfe zu bekommen, und leiden noch lange Zeit unter psychischen Problemen. Ob Dana ein Cybermobbing-Opfer ist? In Amerika hat sich sogar ein Mädchen umgebracht, nachdem es im Internet von seinen Mitschü-*

lern fertiggemacht wurde. Wir müssen unbedingt verhindern, dass bei uns auch etwas so Schreckliches passiert!

Geheimes Tagebuch von Kim Jülich
Montag, 19:45 Uhr
Achtung: Lesen für Unbefugte (alle außer Kim Jülich) streng verboten! Schreibt euch das hinter die Ohren, Ben und Lukas, nervigste Zwillingsbrüder des Universums! Wenn ihr noch einmal, ohne zu fragen, an meinen Computer geht, lasse ich die Luft aus eurem geliebten Fußball und zerschneide ihn in feine Streifen!
Es muss etwas passieren! Dringend!!! Als Michi und ich gestern Nachmittag zusammen im Café Lomo *waren, haben wir uns tatsächlich wie ein altes Ehepaar benommen. Nach einem kurzen Gespräch über die Höhe- und Tiefpunkte der vergangenen Woche hat sich Michi doch tatsächlich eine Zeitschrift gegriffen und angefangen zu lesen! Zum Abschied hat er mir nur einen laschen Kuss gegeben, bei dem ich nicht das geringste Kribbeln im Bauch gespürt habe. So weit ist es also gekommen.*
Vielleicht ist Maries Vorschlag mit dem romantischen Abendessen doch nicht so schlecht. So kann es jedenfalls nicht weitergehen! Ich muss endlich aktiv werden. Darum werde ich gleich morgen nach einem netten Restaurant Ausschau halten, das nicht zu teuer ist, und dort einen Tisch für mich und Michi reservieren. Und wenn mein ganzes Taschengeld dabei draufgeht – solange ich damit unserer Beziehung neuen Schwung geben kann, ist es das auf jeden Fall wert!

Zwei Warnungen und eine erste Spur

Erst am Ende der Woche geschah etwas, das die Ermittlungen der drei !!! ein Stück voranbrachte. Vorher waren sämtliche Versuche, noch einmal unter vier Augen mit Dana zu reden, kläglich gescheitert. Dana wurde offenbar rund um die Uhr von Lizzy und ihrer Clique eskortiert. Es sah fast so aus, als würde sie unter Bewachung stehen. Franzi und Kim schafften es jedenfalls nicht, sie allein zu erwischen.

Am Freitagvormittag flitzte Franzi in der Fünfminutenpause auf die Toilette. Hinter ihr lag die langweiligste Mathestunde in der Geschichte der Menschheit. Um sich irgendwie wach zu halten, hatte sie so unauffällig wie möglich einen halben Liter Cola in sich hineingeschüttet, und jetzt musste sie dringend aufs Klo.

Als sie gerade in einer freien Kabine verschwunden war, hörte sie, wie die Tür geöffnet wurde. Dann ertönten Stimmen aus dem Waschraum, die Franzi bekannt vorkamen. Es waren Lizzy und ihre Clique!

»Die neuen Herbstfarben sind sensationell«, schwärmte Lizzy.

»Das Strawberry-Rot steht dir besonders gut«, zwitscherte Kathi. »Vor allem in Kombination mit dem grünen Lidschatten.«

»Ich liebe die Produkte von *NewFace*!« Das war wieder Lizzys Stimme. »Sie sind eindeutig jeden Cent wert!«

»Zumindest, wenn man dafür bezahlt hat …«, warf Eva ein, woraufhin alle drei in unbändiges Kichern ausbrachen.

Franzi öffnete die Kabinentür einen Spalt breit und lugte hinaus. Tatsächlich! Die gesamte Tussiclique hatte sich im Vorraum der Toiletten versammelt. Die Mädchen nutzten die Pause offenbar, um ihr Make-up aufzufrischen. Dana war auch dabei. Sie hatte bisher jedoch keinen Ton gesagt. Franzi hätte sie fast nicht wiedererkannt. Sie trug Röhrenjeans und ein für die Jahreszeit viel zu dünnes Top in auffälligem Pink. Ihr Gesicht war jetzt genauso sorgfältig geschminkt wie das ihrer Freundinnen und ihre braunen Haare hatte sie mit hellen Strähnchen aufgepeppt, was ihr gar nicht mal schlecht stand. Wenn sie nur nicht so blass gewesen wäre! Gerade griff sie nach einer schwarz glänzenden Dose und verteilte großzügig Glitzerpuder auf ihren Wangenknochen.
»Das war echt gute Arbeit, Dana«, lobte Lizzy. »Die Sachen sind top.«
Der Ansatz eines Lächelns huschte über Danas Gesicht.
»Aber denk bitte nächstes Mal an den dunkelbraunen Mascara«, sagte Eva. Sie tuschte sich gerade die Wimpern und betrachtete sich kritisch im Spiegel. »Schwarz macht mich einfach zu blass.«
Danas Lächeln verblasste, während sie etwas vor sich hin murmelte, das wie »Klar, kein Problem« klang.
Franzi ballte die Fäuste. Evas Bitte hatte fast wie ein Befehl geklungen! Klaute Dana das Schminkzeug etwa für Lizzy und ihre Clique? Zumindest schienen sich die drei gerade mit denselben Kosmetikprodukten zu stylen, die Dana am Samstag gestohlen hatte. Hatte Marie nicht etwas von einer Edelmarke gesagt, die *NewFace* hieß? Und ein Lippenstift

hatte die Farbe *Strawberry* gehabt. Das konnte doch kein Zufall sein!
Es klingelte zur nächsten Stunde. Franzi zuckte zusammen.
Lizzy seufzte. »Weiter geht's, Leute. Eine Doppelstunde Erdkunde, was für eine Zeitverschwendung!« Sie beförderte die Schminksachen in ihre Handtasche und überprüfte ihr Makeup noch einmal im Spiegel. Ein selbstverliebtes Lächeln kräuselte sich um ihre Lippen.
»Ich hab mein Maniküreset dabei. Soll ich dir während der Stunde die Nägel machen?«, bot Kathi an.
»Gute Idee!« Lizzy hakte sich bei Kathi ein. Franzi entging nicht die steile Falte, die sich daraufhin auf Evas Stirn bildete. Das dritte Cliquenmitglied musterte Kathi verstohlen mit einem alles andere als freundlichen Blick.
»Ich komme gleich.« Danas Stimme war so leise, dass Franzi die Ohren spitzen musste, um sie zu verstehen. »Ich muss noch schnell aufs Klo.«
»In Ordnung«, sagte Lizzy gnädig. »Aber beeil dich!« Dann verließ sie mit den anderen beiden die Mädchentoilette.
Als die drei verschwunden waren, schob sich Franzi durch den Türspalt und stellte sich Dana in den Weg, bevor sie in einer freien Kabine verschwinden konnte.
Dana starrte Franzi entsetzt an. »D...du?«, stotterte sie. »Was willst du? Lass mich durch!«
»Erst, wenn du mir verrätst, was hier läuft«, sagte Franzi. »Du klaust für Lizzy und ihre Freundinnen, stimmt's?«
Dana sagte nichts, lief aber knallrot an. Franzi wusste, dass sie ins Schwarze getroffen hatte. »Warum tust du das?«, fragte sie. »Wirst du erpresst?«

Dana schüttelte den Kopf. »Nein! Wieso kannst du mich nicht in Ruhe lassen? Du machst alles nur noch schlimmer!«
Franzi ließ Dana nicht aus den Augen. »Was mache ich nur noch schlimmer?«
Dana sah sich ängstlich um, als befürchtete sie, Lizzy könnte sich hinter der Tür versteckt haben und sie belauschen. »Ich will nicht so enden wie Meggie, verstehst du?«, flüsterte sie.
»Wer ist Meggie?«, fragte Franzi verwirrt.
»Margarete Sanders. Sie war mal meine beste Freundin. Aber das ist lange her.« Dana sah plötzlich traurig aus. »Du und deine Freundin, ihr solltet euch besser in Acht nehmen«, fügte sie hastig hinzu. »Ihr steht bereits auf der Abschussliste. Lizzy vergisst nie etwas. Wenn ihr ihr das nächste Mal in die Quere kommt …« Sie verstummte und machte ein schuldbewusstes Gesicht. Als hätte sie bereits zu viel verraten.
»Was passiert dann?«, hakte Franzi nach.
Aber Dana antwortete nicht mehr. Sie schlüpfte an Franzi vorbei in die nächste Kabine und verriegelte die Tür hinter sich. Franzi blieb noch eine Weile stehen und lauschte. Sie meinte, unterdrücktes Schluchzen zu hören, aber ganz sicher war sie sich nicht.
»Vielen Dank für die Warnung«, sagte sie leise.
Doch hinter der geschlossenen Tür blieb es still.

»Margarete Sanders?«, fragte Kim. »Wer ist das?«
Franzi zuckte mit den Schultern. »Keine Ahnung.« Sie stand nach der letzten Stunde mit Kim auf dem Schulhof und hatte ihr gerade erzählt, was sich auf der Toilette ereignet hatte. »Aber ich bin mir sicher, dass sie uns weiterhelfen kann.«

»Die erste heiße Spur!« Kims Wangen waren vor Aufregung leicht gerötet. »Wenn wir uns ein bisschen umhören, erfahren wir bestimmt, wer diese Margarete ist.«
»Warum fangen wir nicht gleich damit an?« Franzi zeigte auf eine Gruppe von Mädchen, die gerade lachend und schwatzend zu den Fahrradständern ging. »Sind die nicht in Danas Klasse?«
Kim nickte zögernd. »Kann schon sein.«
Zielstrebig marschierte Franzi auf die Clique zu. »He, wartet mal kurz!«, rief sie. »Ich möchte euch etwas fragen.«
Die Mädchen blieben stehen und verstummten. Sie sahen Franzi neugierig entgegen.
»Kennt ihr zufällig eine Margarete Sanders?«, fragte Franzi.
Die Mädchen wechselten einen schnellen Blick. Franzi hatte den Eindruck, dass der Name keine guten Erinnerungen in ihnen weckte.
»Warum willst du das wissen?«, gab eine von ihnen zurück. Sie hatte die Arme vor der Brust verschränkt und machte einen ziemlich abweisenden Eindruck.
»Ich …« Franzi dachte blitzschnell nach. »Ich muss ihr etwas geben. Sie hat ihr Englischheft verloren. Ich hab's vorhin in der Pausenhalle gefunden.«
»Das kann nicht sein!«, stellte das Mädchen triumphierend fest. »Meggie geht überhaupt nicht mehr auf unsere Schule.«
»Nein?« Mit dieser Neuigkeit hatte Franzi nicht gerechnet.
Das Mädchen schüttelte den Kopf. »Schon seit den Sommerferien nicht mehr. Sie geht jetzt aufs Heinrich-Heine-Gymnasium – und das ist bestimmt auch besser für sie.« Die anderen Mädchen nickten zustimmend.

Franzi sog überrascht die Luft ein. Das war Maries Schule! »Warum ist das besser für sie?«, hakte Franzi nach. »Und wieso hat sie überhaupt die Schule gewechselt?«
Das Mädchen sah sich nervös um. Seine Augen flackerten ängstlich. »Dazu kann ich nichts sagen. Und du solltest besser nicht zu viele Fragen stellen, sonst könntest du ziemliche Probleme bekommen.«
Sie drehte sich um und folgte ihren Freundinnen zu den Fahrradständern. Franzi sah den Mädchen verblüfft nach. Die zweite Warnung innerhalb weniger Stunden! Doch davon ließ sie sich bestimmt nicht abschrecken. Im Gegenteil, jetzt war sie erst recht neugierig geworden.

Meggies Geschichte

Die drei !!! standen vor dem Jugendzentrum und beobachteten die Besucher, die dort ein und aus gingen. Heute sollte neben den üblichen Kursen und AGs eine Tischkicker-Meisterschaft stattfinden, darum war besonders viel los.
Marie hatte sich an ihrer Schule ein bisschen umgehört und herausgefunden, dass Margarete Sanders seit den Sommerferien den Jahrgang über ihr besuchte – und dass sie nachmittags oft im Jugendzentrum abhing.
»Hoffentlich kommt sie heute überhaupt«, murmelte Franzi. Sie standen sich bereits seit einer halben Stunde die Beine in den Bauch, keine besonders angenehme Beschäftigung bei dem kalten und ungemütlichen Wetter.
»Vielleicht ist sie ja schon da«, überlegte Kim. »Wir sollten uns drinnen mal ein bisschen umsehen.«
»Pst!«, zischte Marie. »Seht mal, dort!« Sie nickte zu einem Mädchen in blauer Daunenjacke hinüber, das gerade vor dem Jugendzentrum vom Fahrrad stieg. Unter seiner blau-weiß gestreiften Strickmütze ringelten sich dunkelblonde Locken. »Das muss sie sein.« Marie zog das Foto hervor, das sie aus dem Internet ausgedruckt hatte. Auf der Homepage ihrer Schule wurden alle neuen Schüler mit Bild und einem kurzen Steckbrief vorgestellt, eine Tradition, die den drei !!! heute sehr zugutekam.
Franzi warf einen Blick auf das Foto. »Eindeutig. Auf geht's!«
Während Margarete Sanders das Jugendzentrum betrat, folgten ihr die drei !!! unauffällig. An der Garderobe zog sie

sich die Mütze vom Kopf und hängte ihre Jacke auf. Bevor Meggie im Gewimmel des großen Aufenthaltsraumes verschwinden konnte, sprach Marie sie an.

»Hallo! Bist du Meggie?«

Das Mädchen warf Marie einen überraschten Blick zu. »Ja, das stimmt. Kennen wir uns?«

Marie lächelte charmant. »Na ja, nicht direkt. Ich gehe auch aufs Heinrich-Heine-Gymnasium. Das sind meine Freundinnen Kim und Franzi. Wir würden uns gerne ein bisschen mit dir unterhalten.«

»Hättest du vielleicht einen Augenblick Zeit?«, fragte Kim.

Meggie zuckte mit den Schultern. »Klar, warum nicht? Worum geht es denn? Macht ihr eine Umfrage oder so was?«

Franzi hielt es für das Beste, sofort zur Sache zu kommen. »Kennst du Dana? Und eine gewisse Lizzy?«

Meggie zuckte zusammen. Sie wurde blass. »Was soll das? Was wollt ihr von mir? Hat Lizzy euch geschickt?« Ihr Blick wanderte zwischen den drei !!! hin und her, unruhig und wachsam. Sie war jetzt auf der Hut.

»Nein, nein«, sagte Kim beruhigend. »Wir haben nichts mit Lizzy zu tun. Aber wir haben den Eindruck, dass Dana in ziemlichen Schwierigkeiten steckt. Bist du nicht eine Freundin von ihr?«

Meggie schüttelte langsam den Kopf. »Das ist vorbei. Dana und ich haben keinen Kontakt mehr.«

»Warum hast du die Schule gewechselt?«, fragte Franzi. »Hatte das etwas mit Lizzy zu tun?«

Meggies Miene verschloss sich. »Ich möchte nicht darüber sprechen. Bitte lasst mich in Ruhe.«

»Ich verstehe ja, dass es nicht leicht für dich ist …«, begann Marie, doch Meggie unterbrach sie.
»Ach ja, das verstehst du also?« Meggies Augen funkelten zornig. »Ich sag dir jetzt mal was: Du verstehst absolut gar nichts! Du bist doch Marie Grevenbroich, oder?«
Marie nickte verblüfft. »Ja, aber das ist doch jetzt …«
Meggie hörte gar nicht zu. Sie redete einfach weiter, als hätte Marie überhaupt nichts gesagt. »Das Mädchen mit dem berühmten Vater, stimmt's? Das Mädchen, das alle am Heinrich-Heine-Gymnasium toll finden und mit dem jeder befreundet sein will. Du bist garantiert noch nie gemobbt worden. Nein, natürlich nicht! Wer würde es schon wagen, die beliebte Marie Grevenbroich zu mobben? Du weißt ja nicht, wie das ist, wenn dich plötzlich alle so merkwürdig anstarren. Wenn du dich morgens nicht mehr in die Schule traust. Wenn deine beste Freundin nicht mehr mit dir redet und dich einfach links liegen lässt …« Meggie schluchzte. Sie holte zitternd Luft und versuchte sich wieder zu fangen.
Kim hielt ihr ein Taschentuch hin. »Sorry, wir sind vielleicht etwas zu sehr mit der Tür ins Haus gefallen«, sagte sie sanft. »Wir wollten dich nicht überrumpeln. Aber es wäre wirklich toll, wenn du uns ein paar Fragen beantworten könntest. Dana steckt vermutlich in ernsthaften Schwierigkeiten.«
»Wir sind Detektivinnen«, fügte Marie hinzu. »Du kannst uns vertrauen. Alles, was du uns erzählst, bleibt selbstverständlich unter uns.« Sie zückte eine Visitenkarte und reichte sie Meggie.

Meggie steckte das Taschentuch weg, nachdem sie sich ausgiebig die Nase geputzt hatte, und nahm die Visitenkarte entgegen.

»Ich hab schon von euch gehört«, sagte sie. »Ihr standet ein paar Mal in der Zeitung, oder?«
Franzi nickte stolz. »Allerdings. Und wir haben bereits eine Menge Fälle gelöst.«
»Sollen wir uns ein ruhiges Plätzchen suchen?«, fragte Kim. »Dann kannst du uns alles erzählen.«
Meggie seufzte. Endlich nickte sie. »Okay.«
Sie folgte den drei !!! ins Lesezimmer, das direkt neben dem Aufenthaltsraum lag. Es war mit staubigen Bücherregalen vollgestopft und in einer Ecke standen ein schäbiges Sofa und zwei abgewetzte Sessel. Während nebenan das Kickerturnier unter lautem Geschrei der Zuschauer begann, herrschte hier angenehme Stille.
»Jetzt können wir uns ungestört unterhalten.« Marie nahm auf einem der beiden Sessel Platz. »Erzähl uns doch am besten der Reihe nach, was passiert ist.«

Meggie nickte. Sie überlegte einen Moment, dann begann sie zögernd zu sprechen. »Ich bin eigentlich immer ganz gern zur Schule gegangen. In meiner Klasse war ich einigermaßen beliebt. Und Dana war seit der Grundschule meine beste Freundin. Es gab keine Probleme – bis Lizzy zu uns kam.«

»Wann war das?«, fragte Kim.

»Vor einem Jahr«, antwortete Meggie. »Sie musste die Klasse wiederholen. Es passte ihr nicht, mit uns Jüngeren zusammen zu sein, das hab ich sofort gemerkt. Wir waren eigentlich unter ihrer Würde. Dabei fanden die meisten sie total toll. Ihr kennt sie ja – sie sieht super aus und ist sehr selbstbewusst. Sie schlug bei uns ein wie eine Bombe. Und das schmeichelte ihr. Alle himmelten sie an. Jeder wollte mit ihr befreundet sein. Sie schenkte mal diesem, mal jenem Mädchen ihre Gunst, ließ die Betreffende dann aber immer schnell wieder fallen. Keine war gut genug für Lizzy.«

Marie beugte sich vor. »Und was ist dann passiert?«

Meggie seufzte. »Dann hab ich einen riesengroßen Fehler gemacht. Ich war mit Lizzy in einer Projektgruppe für ein Bio-Referat und hab sie zu mir nach Hause eingeladen. Ihr schien es bei uns zu gefallen. Keine Ahnung, warum, mein Zuhause ist völlig normal. Sie hat sich mit meiner Mutter unterhalten und mit meinem älteren Bruder Julius. Ich glaube, sie fand ihn ziemlich cool. Jedenfalls war sie ganz anders als in der Schule. Total nett und normal.«

»Lizzy und nett? Kann ich mir kaum vorstellen«, murmelte Franzi.

»Ich war auch etwas verwirrt«, erzählte Meggie weiter. »Ich dachte, vielleicht hab ich sie falsch eingeschätzt. Jedenfalls haben wir uns daraufhin öfter getroffen. Meistens bei mir zu Hause, nie bei ihr. Ein paar Mal waren wir auch im *Lucky Star*, Lizzys Lieblingscafé.«

»Das kenne ich«, warf Marie ein. »Das ist so ein nobler Schuppen in der Innenstadt.«

»Wie ging es weiter?«, fragte Kim. »Habt ihr euch gestritten?«

»Nicht direkt.« Meggie schluckte. Jetzt begann offenbar der unangenehme Teil der Geschichte. »Ich weiß selbst nicht genau, was passiert ist. Vielleicht bin ich Lizzy irgendwann langweilig geworden. Oder es hat ihr nicht gepasst, dass ich immer noch mit Dana befreundet war. Sie wollte mich für sich allein haben, aber ich wollte Dana nicht vor den Kopf stoßen. Immerhin war sie schon seit Jahren meine beste Freundin. Jedenfalls hat Lizzy mich von einem Tag auf den anderen fallen lassen.«

»Was?«, fragte Franzi verblüfft. »Einfach so?«

Meggie nickte. »Sie hat sich in der Klasse woandershin gesetzt, mich nicht mehr angerufen und auf meine Anrufe nicht reagiert. Wenn ich versucht habe, in der Schule mit ihr zu reden, hat sie mich einfach stehen lassen.«

Marie schüttelte den Kopf. »Unglaublich! Wie kann man nur so kaltschnäuzig sein?«

»Keine Ahnung.« Meggie zuckte mit den Schultern. »Lizzy hat sich dann mit Eva und Kathi angefreundet. Die beiden waren ihr gleich treu ergeben. Sie tun alles, was Lizzy sagt. Und kurze Zeit später haben sie mit diesen schrecklichen Listen angefangen.«

»Du meinst die Votinglisten?«, fragte Marie.

Meggie nickte. »Anfangs gingen sie noch in Papierform in der Klasse herum, später hat Lizzy sie ins Internet gestellt, wo jeder sie abrufen kann.«

»Das haben wir gesehen«, sagte Kim. »Wer legt eigentlich die Rangfolge fest?«

»Erst durften alle aus der Klasse abstimmen«, erzählte Meggie. »Aber offenbar kamen dabei nicht die von Lizzy gewünschten Ergebnisse heraus. Irgendwann haben sie, Eva und Kathi die Listen alleine erstellt. Jede Woche aufs Neue. Daraus hat sich ein richtiger Hype entwickelt. Montags haben sich alle zuerst die neue Liste angeschaut. Und natürlich wollte jeder so weit oben wie möglich stehen. Lizzy konnte sich vor Gunstbezeugungen kaum noch retten.«

»Und du standest immer ganz unten auf der Liste, oder?«, vermutete Franzi.

Meggie nickte. »Ich hatte ein Dauerabo auf den letzten Platz. Erst hab ich versucht, einfach drüberzustehen. Aber das ist nicht leicht, wenn alle anderen diese Listen so furchtbar wichtig nehmen. Irgendwann haben meine Mitschüler angefangen, mich schief anzusehen. Lizzy wollte nicht, dass sie mit mir reden, also haben sie mich ignoriert. Plötzlich war ich eine Außenseiterin.«

»Und Dana?«, fragte Marie. »Wie hat sie sich verhalten?«

»Das war das Allerschlimmste.« Meggies Stimme wurde leiser. Franzi musste auf ihrem Sessel ein Stück nach vorne rutschen, um sie zu verstehen. »Erst hat Dana zu mir gehalten. Sie stand auch immer ganz unten auf der Liste. Wir haben uns gemeinsam darüber lustig gemacht, auch wenn es eigentlich längst nichts mehr zu lachen gab. Aber Dana hat den Druck auf Dauer nicht verkraftet. Irgendwann hat sie damit angefangen, sich bei Lizzy einzuschleimen. Ich kann sie sogar irgendwie verstehen, sie wollte einfach nicht mehr zu den Uncoolen gehören. Lizzy hat sie zunächst eiskalt abblitzen lassen. Dana war total verzweifelt deswegen. Sie hat alles versucht. Sogar ihre Freundschaft zu mir hat sie aufgegeben, um sich bei Lizzy beliebt zu machen. Und jetzt hat sie es offenbar geschafft. Ich hab sie letztens zusammen mit Lizzys Clique in der Stadt gesehen.«

»Und du hast irgendwann beschlossen, die Schule zu wechseln?«, fragte Franzi.

Meggie fuhr sich mit der Hand über das Gesicht. Es schien sie sehr anzustrengen, die Vergangenheit wieder aufzuwühlen. Sie tat Franzi leid, aber es gab keinen anderen Weg. Sie brauchten alle Informationen über Lizzy, um der Mobbingclique das Handwerk legen zu können.

»Ich hab's einfach nicht mehr ausgehalten«, gestand Meggie. »Es wurde immer schlimmer. Lizzy hat peinliche Fotos von mir ins Internet gestellt. Die meisten waren nicht mal echt, sondern mit einem Bildbearbeitungsprogramm verändert. Bilder, auf denen ich superfett aussehe oder eine Schweinsnase habe.«

»Was?«, rief Franzi empört. »Das ist doch das Letzte!«

Meggie schien sie gar nicht zu hören. »In meiner Klasse wurde ich total geschnitten. Ich wurde zu keinem Geburtstag mehr eingeladen, zu keiner Party. Niemand hat mehr ein Wort mit mir gewechselt. Aber alle haben mitgemacht, wenn Lizzy in der Öffentlichkeit über mich abgelästert hat. Es war einfach schrecklich. Nachts konnte ich nicht schlafen. Ich hatte Albträume, bin richtig krank geworden. Da haben meine Eltern gemerkt, dass etwas nicht stimmt, und ich hab ihnen alles erzählt. Aber sie konnten auch nicht viel machen. Natürlich sind sie zum Schuldirektor gegangen. Er hat eine Untersuchung eingeleitet, doch die Clique hatte alle Beweise von ihrer Homepage gelöscht. Keine fiesen Fotos mehr, keine Voting-Listen, keine Lügen und Lästereien. Nur harmlose Steckbriefe und Schminktipps. Und natürlich hat niemand gegen sie ausgesagt. Die Untersuchung wurde eingestellt, Lizzy in unserer Klasse als Heldin gefeiert. Ich wurde als Petze und Verräterin beschimpft. Da hat es mir gereicht. Ich konnte einfach nicht mehr, stand kurz vor einem Nervenzusammenbruch. Ich hab die Schule vier Wochen vor den Sommerferien verlassen. Und mir geschworen, nie wieder einen Fuß hineinzusetzen.«

Nachdem Meggie fertig war, herrschte eine Weile bedrücktes Schweigen. Franzi konnte einfach nicht glauben, dass so etwas an ihrer Schule passiert war. Sie sah an den Gesichtern von Kim und Marie, dass es ihnen ähnlich ging. Was für eine schreckliche Geschichte!

»Und wie geht es dir jetzt?«, fragte Marie schließlich.

»Ganz gut.« Meggie atmete einmal tief durch. »Am Heinrich-Heine-Gymnasium fühle ich mich halbwegs wohl und die Albträume in der Nacht sind seltener geworden. Meine neuen Mitschüler sind nett, aber ich hab noch keine richtigen Freundschaften geschlossen. Ich glaube, seit der Sache mit Lizzy und Dana bin ich einfach extrem vorsichtig geworden. Ich hoffe, das ändert sich irgendwann wieder.« Sie versuchte ein Lächeln, das aber noch etwas zittrig ausfiel.

Kim griff spontan nach Meggies Hand und drückte sie. »Bestimmt! Du brauchst nur etwas Zeit, um alles zu verarbeiten. Es tut mir wahnsinnig leid, was passiert ist.«
Diesmal brachte Meggie ein echtes Lächeln zustande. »Danke. Das ist nett.« Dann fragte sie: »Was ist denn jetzt eigentlich mit Dana? Steckt sie wirklich in Schwierigkeiten?«
Die drei !!! wechselten einen Blick. »Wir haben sie bei einem Ladendiebstahl erwischt«, berichtete Franzi.
Meggie wurde blass. »Was? Dana als Diebin? Das passt überhaupt nicht zu ihr. Sie ist ein grundehrlicher Mensch. Außerdem hat sie für so was überhaupt nicht die Nerven. Sie bekommt schon Herzrasen, wenn sie im Bus merkt, dass sie ihre Schülerkarte zu Hause vergessen hat.«
»Vermutlich wird sie von der Clique unter Druck gesetzt«, sagte Marie.
»Arme Dana.« Meggie schüttelte traurig den Kopf. »Ich kann mir vorstellen, was sie gerade durchmacht. Leider kann ich nichts für sie tun.«
»Du hast schon eine Menge getan«, versicherte Kim. »Vielen Dank für deine Offenheit. Wir wissen es wirklich zu schätzen, dass du uns deine Geschichte erzählt hast. Jetzt können wir Lizzy und ihre Clique viel besser einschätzen.«
Meggie erhob sich. »Hoffentlich könnt ihr Dana helfen. Aber ich fürchte, es wird nicht leicht, Lizzy das Handwerk zu legen. Ich wünsche euch trotzdem viel Glück!«
Damit drehte sie sich um und ließ die drei !!! allein.

Marie undercover

Einen Tag nach dem Gespräch mit Meggie trafen sich die drei !!! zur Clubsitzung im Hauptquartier. Nur wenige Menschen wussten, dass sich im alten Pferdeschuppen neben Franzis Haus eine gut ausgestattete Detektivzentrale befand. Kim, Franzi und Marie hatten den Schuppen eigenhändig entrümpelt, geputzt und liebevoll für ihre Zwecke eingerichtet. Franzi strich zufrieden über die blau-weiß gestreifte Tischdecke, nachdem sie ein Tablett mit Bechern, Tellern und einem von ihrer Mutter frisch gebackenen Kirschkuchen auf das kleine Tischchen in der Mitte des Raums gestellt hatte. Wer hätte gedacht, dass der Schuppen so gemütlich werden würde? Der kleine Bollerofen in der Ecke verbreitete behagliche Wärme und neben dem Kirschkuchen flackerte eine Kerze. Inzwischen hielt sich Franzi fast lieber im Hauptquartier auf als in ihrem Zimmer.

Marie und Kim kamen gleichzeitig herein. Sie waren trotz des schlechten Wetters mit dem Fahrrad gefahren und mussten sich erst einmal aus ihren nassen Regenklamotten schälen.

»So ein Mistwetter!«, schimpfte Kim. »Wir hätten den Bus nehmen sollen.«

»Ach was, ein bisschen Bewegung kann nicht schaden«, sagte Marie munter. Sie sah trotz der Radtour durch Wind und Regen wie aus dem Ei gepellt aus. Zu einem schlichten schwarzen Minikleid mit Rollkragen trug sie ihre neuen grasgrünen Stiefel. Die Farbe leuchtete im Kontrast zum Schwarz des Kleides umso mehr. Natürlich hatte Marie auch ihren Lid-

schatten und sogar den Nagellack farblich auf die Stiefel abgestimmt.
»Stimmt«, gab Kim zu. »Sonst passe ich bald nicht mehr in meine neue Jeans.«
»Sie steht dir übrigens sehr gut«, bemerkte Franzi nach einem kurzen Blick auf Kims Röhrenjeans, die sie bei der Shopping-Tour im Einkaufszentrum erstanden hatte.
»Danke.« Kim schnupperte. »Rieche ich hier etwa Kuchen?«
Franzi musste lachen. »Dir entgeht auch gar nichts, was?« Sie zeigte zum gedeckten Tisch. »Mit besten Grüßen von meiner Mutter.«
»Traumhaft!« Kim ließ sich auf einen Stuhl fallen und legte sich sofort ein Stück Kuchen auf den Teller. »Ich liebe den Kirschkuchen deiner Mutter!«
»Das wissen wir«, sagte Marie. »Schließlich sagst du das jedes Mal, wenn Frau Winkler gebacken hat.«
»Na und?«, murmelte Kim mit vollem Mund. »Stimmt ja auch.« Die Sorge um ihre Figur schien sie in diesem Moment vergessen zu haben.
»Wollen wir anfangen?« Franzi goss Tee in die Becher. »Wir haben eine Menge zu besprechen.«
»Stimmt.« Marie nahm sich ebenfalls ein Stück Kirschkuchen. »Der Fall geht mir ganz schön an die Nieren. Ich hab letzte Nacht im Bett noch stundenlang über Meggies Geschichte nachgedacht.«
»Ich auch.« Franzis Gesicht nahm einen wütenden Ausdruck an. »Am liebsten würde ich dieser Lizzy jedes ihrer schwarzen Schneewittchenhaare einzeln ausreißen. Was für eine fiese Kuh! Es ist echt das Letzte, was sie mit Meggie gemacht hat.«

»Und jetzt hat sie Dana in der Mangel.« Kim kaute und schluckte. »Wir müssen Lizzy stoppen, ehe sie Dana auch noch komplett fertigmacht.«

»Aber wie?« Marie überlegte. »Eins ist klar: Lizzy ist schlau. Und sie hat keinerlei Skrupel. Das ist eine hochexplosive Mischung. Ich schätze, wir müssen uns diesmal etwas ganz Besonderes einfallen lassen.«

»Schade, dass wir keine Wanze in ihrem Zimmer verstecken können«, sagte Franzi. »Dann wüssten wir bald, was Schneewittchen plant.«

»Wanzen gehören zwar noch nicht zu unserer Detektivausrüstung«, sagte Marie langsam. »Aber vielleicht könnten wir einen Maulwurf in Lizzys Clique einschleusen!«

Kim sah sie fragend an. »Einen Maulwurf? Wie meinst du das?«

»Jemanden, der Lizzys Vertrauen gewinnt und Mitglied der Clique wird«, erklärte Marie. »Wenn wir das Übel bei der Wurzel packen wollen, brauchen wir Insiderinformationen.«

Franzi nickte. »Richtig! Aber wer könnte dieser Maulwurf sein?«

Marie lehnte sich zurück und schlug lächelnd die Beine übereinander. »Ich!«

Kim und Franzi starrten sie an. »Du?«, fragten beide gleichzeitig.

Marie nickte. »Natürlich, wer denn sonst? Euch kennt Lizzy schließlich schon. Sie würde sofort Verdacht schöpfen, wenn ihr versuchen würdet, ihre Freundschaft zu gewinnen. Und wir können schlecht jemand Außenstehenden mit dieser heiklen Aufgabe betrauen, oder?«

»Das stimmt allerdings.« Franzi dachte einen Moment nach. »Ich finde Maries Idee gar nicht so schlecht. Sie ist eine super Schauspielerin und schafft es bestimmt im Handumdrehen, Lizzy um den Finger zu wickeln.«
Kim machte ein besorgtes Gesicht. »Ist das nicht zu riskant? Was, wenn Lizzy dich erkennt, Marie? Du bist schließlich kein unbeschriebenes Blatt. Selbst Meggie wusste sofort, wer du bist.«
»Aber nur, weil sie auf meine Schule geht«, stellte Marie klar. »Außerdem muss ich ja nicht unter meinem richtigen Namen auftreten. Und ich könnte mich ein bisschen maskieren. Lizzy wird nichts merken, glaub mir.«
»Ich bin dafür«, sagte Franzi.
»Ich weiß nicht …« Kim schien immer noch nicht überzeugt zu sein.
»Hast du eine bessere Idee?«, fragte Marie.
Kim schüttelte den Kopf. »Leider nicht.«
»Also ist die Sache beschlossen.« Zufrieden schob sich Marie einen großen Bissen Kirschkuchen in den Mund.
Dann machten sich die drei !!! daran, die Einzelheiten von Maries Undercover-Aktion zu planen.

An einem regnerischen Abend einige Tage später betrat eine perfekt gestylte junge Frau das *Lucky Star*. Trotz des schlechten Wetters war das Szenecafé bis auf den letzten Platz besetzt. Die junge Frau, auf den zweiten Blick eher noch eine Jugendliche, blieb einen Moment in der Tür stehen und scannte die Besucher mit einem schnellen Blick. Ihre roten Locken trug sie zu einer komplizierten Hochsteckfrisur aufgetürmt und der Blick aus ihren grünen Augen erinnerte an den einer Katze, ein Eindruck, der durch den auffälligen Lidstrich und die dunkle Wimperntusche noch verstärkt wurde.

Die junge Schöne öffnete ihren für die Jahreszeit eigentlich noch etwas zu warmen Wintermantel, auf dem vereinzelte Regentropfen glitzerten. Darunter kam ein figurbetontes Seidenkleid zum Vorschein, das in verschiedenen Grüntönen schillerte und perfekt mit ihren roten Haaren harmonierte. Sie zog die Blicke zahlreicher Männer auf sich, als sie selbstbewusst durch das Café zur Theke stolzierte. Die hohen Absätze ihrer grasgrünen Lederstiefel klackerten bei jedem Schritt laut auf den Fliesen. Plötzlich ertönte eine schwungvolle Sambamelodie und die junge Frau zog ein Handy aus der Handtasche in Schlangenlederoptik, die an ihrem rechten Arm baumelte.

»Ja?« Ihre auberginefarbenen Lippen verzogen sich zu einem Lächeln, als sie wie zufällig neben einem der Tische stehen blieb. »Hallo, Giovanni! Nett, dass du anrufst. Was gibt's denn?«

Die Rothaarige schien nicht zu bemerken, dass die Gespräche am Nebentisch verstummt waren und die drei Mädchen, die dort ihren Milchkaffee schlürften, aufmerksam lauschten.

»Mein Friseurtermin ist geplatzt? Giovanni, das kannst du mir nicht antun! Ich sehe un-mög-lich aus.« Sie strich sich über ihre perfekt frisierten Locken. Das Lächeln war aus ihrem Gesicht verschwunden und einem verärgerten Ausdruck gewichen. »So kann ich unmöglich noch länger herumlaufen. Du musst dir etwas einfallen lassen.« Ihre grünen Katzenaugen funkelten gehässig. »Nebenbei bemerkt wäre es gar keine gute Werbung für den *Salon Figaro*, wenn du deine beste Stammkundin versetzt. So etwas spricht sich ja ziemlich schnell herum, wie du sicher weißt.« Ihre Miene entspannte sich. »Na, das hört sich doch schon viel besser an. Natürlich kann ich in einer Stunde bei dir sein. Wirklich nett, dass du meinetwegen extra Überstunden machst. Ich weiß das zu schätzen, Giovanni, glaub mir.« Ihre Stimme war ein einziges Gurren. »Dann bis später, mein Lieber. Ciao, ciao!« Sie steckte das Handy weg und wandte sich kopfschüttelnd an die Mädchenclique, die neben ihr am Tisch saß und so zu tun versuchte, als hätte sie sich die ganze Zeit angeregt unterhalten. »Manchmal frage ich mich wirklich, wie Giovanni den angesagtesten Friseursalon der Stadt führen kann, wenn er dermaßen schusselig ist. Einfach meinen Termin doppelt zu vergeben, das ist doch wirklich unglaublich, oder?«

Die Hübscheste der drei, eine dunkelhaarige Schönheit, nickte zustimmend. »Allerdings.« Sie musterte ihre Gesprächspartnerin mit kaum verhohlener Neugier. »Und du bist wirklich Stammkundin im *Salon Figaro*? Wie hast du das denn geschafft? Angeblich ist der Laden doch Monate im Voraus ausgebucht.«

Die Rothaarige winkte ab. »Man braucht nur die richtigen Beziehungen – und natürlich das nötige Kleingeld. Dann ist alles andere kein Problem. Ich gehe schon seit Jahren zu Giovanni. Er ist ein Meister seines Fachs, ich würde niemand anderen an meine Haare lassen.« Sie warf einen Blick auf

ihre Armbanduhr. »Eine Dreiviertelstunde habe ich noch. Das reicht gerade für eine kleine Stärkung. Ich brauche jetzt unbedingt einen Milchkaffee, sonst sterbe ich. Dummerweise scheinen gerade alle Plätze besetzt zu sein …« Sie sah sich suchend im Café um.
Die Dunkelhaarige zeigte auf einen freien Stuhl an ihrem Tisch. »Setz dich doch zu uns. Ich heiße Lizzy. Und das sind Eva und Kathi.« Sie zeigte auf ihre Freundinnen.
»Oh, wie nett!« Die Rothaarige ließ sich elegant auf dem Stuhl nieder, stellte ihre Tasche ab und reichte Lizzy die Hand. »Ich heiße Mary. Freut mich wirklich sehr, euch kennenzulernen!«

Eine Dreiviertelstunde später hatte Marie Lizzy und ihre Freundinnen bereits komplett um den Finger gewickelt. Es lief besser, als sie gedacht hatte. Die Idee mit dem Anruf vom Starfriseur war einfach der ideale Einstieg gewesen. In Wirklichkeit war nur Kim am anderen Ende der Leitung gewesen. Aber Lizzy hatte sofort angebissen. Und dank der Informationen, die sich Marie vorher aus dem Internet geholt hatte – vor allem die Steckbriefe auf der Cliquenhomepage waren sehr hilfreich gewesen –, war das Gespräch schnell in Schwung gekommen. Kein Wunder, Marie konnte schließlich perfekt auf die Mädchen eingehen.
Nach einer kleinen Plauderei über ihre Lieblingsdesigner, Lieblingskosmetikprodukte und Lieblingsschönheitssalons – natürlich stellte sich jedes Mal heraus, dass Marie genau dieselben Vorlieben hatte wie Lizzy – sah Marie auf ihre Armbanduhr und schob ihren leeren Milchkaffee zur Seite. »Es

war wirklich nett, mit euch zu plaudern, aber jetzt muss ich leider los. Giovanni wartet.«

Lizzy nickte. »Klar, kein Problem. Sag mal …« Sie zögerte, dann gab sie sich einen Ruck. »Meinst du, du könntest mir vielleicht auch einen Termin im *Salon Figaro* organisieren? Das wäre wirklich toll!«

Marie überlegte. Sie wollte keine voreiligen Versprechen geben, die sie hinterher nicht einhalten konnte. Andererseits stünde Lizzy schwer in ihrer Schuld, wenn sie ihr diesen Gefallen tat. Und das konnte für die zukünftigen Ermittlungen nur nützlich sein. Vielleicht schaffte sie es ja, Giovanni eine Neukundin unterzujubeln. Denn dass sie Stammkundin im *Salon Figaro* war, stimmte tatsächlich. Den nächsten Termin hatte sie allerdings erst in zwei Wochen.

»Ich werde sehen, was ich tun kann«, sagte Marie schließlich. »Wie erreiche ich dich, falls es klappt?«

Lizzy nannte ihre Handynummer, die Marie sofort in ihr Handy einspeicherte.

»Du kannst mich jederzeit anrufen, wenn du etwas von Giovanni hörst«, versicherte Lizzy. »Übrigens treffen wir uns am Wochenende bei mir zu einer kleinen Wellness-Session. Du weißt schon, Gesichtsmasken, Peeling, neue Kosmetikprodukte ausprobieren und ein bisschen quatschen. Wie wär's, hast du Lust, auch zu kommen?«

Maries Herzschlag beschleunigte sich. Wer hätte gedacht, dass sie so schnell ans Ziel kommen würde? Offensichtlich hatte sie Lizzys Vertrauen bereits gewonnen. Jetzt hieß es vorsichtig sein und nichts überstürzen. Wenn sie zu schnell zusagte, könnte Lizzy das Interesse schnell wieder verlieren.

»Am Wochenende?« Marie runzelte die Stirn. »Wann denn?«
»Samstagabend ab sieben Uhr«, antwortete Lizzy. »Komm einfach, wann du willst.«
Marie tat so, als würde sie im Kopf ihre Termine durchgehen. »Samstagnachmittag bin ich zum Shoppen verabredet, danach hab ich noch einen Termin bei der Pediküre. Und eigentlich wollte mich mein Vater anschließend in das neue Nobelrestaurant einladen, das am Schillerpark aufgemacht hat …«
»Ihr müsst ja ziemlich viel Geld haben«, stellte Lizzy fest. »Was macht dein Vater eigentlich beruflich?«
»Ach, nichts Besonderes«, sagte Marie schnell. »Er ist Geschäftsmann. Import-Export. Aber er verdient damit nicht schlecht.« Sie stand auf. »Ich würde sehr gerne kommen, aber ich muss zu Hause erst meinen Terminkalender checken. Ich melde mich bei dir, okay?«
Lizzy nickte. »Alles klar. Ich fänd's prima, wenn du dabei bist.«
»Ich auch. Vielleicht kann ich das Date ja noch irgendwie dazwischenschieben. Dann hoffentlich bis Samstag!« Marie verabschiedete sich mit Wangenküsschen von den drei Mädchen, schlüpfte in ihren Mantel, griff nach der Tasche und stolzierte aus dem Café.
Kaum war sie draußen um die nächste Ecke gebogen, blieb Marie stehen und atmete einmal tief durch. Der Einsatz hatte sie jede Menge Energie gekostet. Sie fühlte sich völlig ausgelaugt. Aber die Mühe hatte sich gelohnt, besser hätte es kaum laufen können.
Zufrieden lächelnd zückte Marie ihr Handy, um Kim und

Franzi von der erfolgreichen Aktion zu berichten. Die beiden würden Augen machen, wenn sie hörten, dass Lizzy sie sogar schon zu sich nach Hause eingeladen hatte! Und danach würde Marie heimgehen und sich ein langes, heißes Schaumbad gönnen. Das hatte sie sich heute wirklich verdient!

Liebe und andere Katastrophen

Franzi fühlte sich wie ein Star auf dem Laufsteg. Als sie das *Café Lomo* betrat, hatte sie das Gefühl, alle würden sie anstarren. Aber das war natürlich nur Einbildung. Schuld daran war das neue, lindgrüne Kleid, das sie heute zum ersten Mal trug. Es fühlte sich ungewohnt an, aber nicht schlecht. Der Stoff lag kühl auf ihrer Haut und gab ihr ein ganz neues Selbstbewusstsein. Automatisch hielt sie den Rücken gerade und straffte die Schultern. Ihre roten Haare hatte sie sorgfältig gewaschen und geföhnt, dann aber wie immer zu zwei kurzen Zöpfen zusammengebunden. Zu einer anderen Frisur hatte sie sich einfach nicht durchringen können, auch wenn Marie sie immer dazu zu überreden versuchte, die Haare hochzustecken. Aber das war nicht Franzis Stil. Dafür hatte sie heute ausnahmsweise ein bisschen Make-up aufgelegt. Ihre Wimpern waren dunkel getuscht und auf ihren Lippen schimmerte himbeerfarbener Lipgloss.
Franzi blieb im Eingangsbereich des Cafés stehen und sah sich um. Benni war schon da und winkte. Franzi ging auf ihn zu. Was er wohl zu ihrem neuen Outfit sagen würde? Und – noch wichtiger – zu dem Geständnis, das sie ihm heute machen wollte? Dass er immer noch mehr für sie war als nur ein Skaterkumpel, dass jedes Mal Schmetterlinge in ihrem Bauch herumflatterten, wenn sie ihn sah, und dass sie nachts (und manchmal auch tagsüber) davon träumte, endlich wieder seine weichen Lippen zu küssen.
»Hallo, Benni.« Mit einem nervösen Lächeln setzte sich

Franzi an den Tisch. Sie war ziemlich aufgeregt. Schließlich machte man seinem besten Freund nicht jeden Tag eine Liebeserklärung.

»Hallo!« Benni nickte ihr zerstreut zu. Er war gerade in die Karte vertieft. Franzi strich sich über ihr neues Kleid, aber Benni schien es gar nicht zu bemerken. »Was hältst du davon, wenn wir uns einen großen Eisbecher teilen?«, fragte er. »Oder willst du lieber einen Schoko-Muffin?«

Franzi schüttelte den Kopf. »Ich nehme nur ein Mineralwasser.« Sie wusste, dass sie heute sowieso keinen Bissen herunterbekommen würde.

Benni sah überrascht auf. »Nicht mal einen *Kakao Spezial*?«

Als Franzi verneinte, musterte er sie mit besorgter Miene. »Was ist los? Geht's dir nicht gut?« Er stutzte. »Du siehst irgendwie anders aus als sonst.«

Franzi merkte, wie sie rot wurde. »Tatsächlich?« Ihr Herz klopfte schneller. Also war Benni ihr neues Styling doch aufgefallen.

»Ja, du bist so blass. Und du hast dunkle Ringe unter den Augen«, stellte Benni fest. »Hoffentlich wirst du nicht krank.«

Franzis Lächeln erstarb. »Mir geht's bestens, mach dir keine Sorgen«, sagte sie etwas beleidigt.

Die Bedienung kam und sie gaben ihre Bestellungen auf. Danach schwiegen sie eine Weile. Franzi starrte auf die Tischplatte und spielte mit dem Salzstreuer herum. Sie war so in Gedanken versunken, dass sie gar nicht bemerkte, wie Benni unruhig hin und her rutschte. Sollte sie jetzt schon mit der Sprache herausrücken? Oder erst später, wenn die Getränke gekommen waren? Und wie sollte sie anfangen?

Mist! Warum hatte sie sich nicht vorher die passenden Worte zurechtgelegt? Egal, es würde schon irgendwie klappen. Am besten, sie brachte es gleich hinter sich, bevor sie vor Aufregung keinen Ton mehr herausbekam.

Franzi holte tief Luft. »Benni, ich wollte dir etwas Wichtiges sagen …«

»Ich muss dir unbedingt etwas erzählen!«, platzte Benni im selben Moment heraus.

Sie sahen sich an und verstummten.

»Du zuerst«, sagte Benni.

Franzi schüttelte den Kopf, froh über den kleinen Aufschub. »Nein, du.« Vielleicht konnte sie sich noch ein paar gute Formulierungen überlegen, während Benni erzählte.

Benni ließ sich nicht lange bitten. Er stützte beide Ellbogen auf den Tisch und lehnte sich vertraulich vor. »Ich hab jemanden kennengelernt!«

»Was?« Franzi wurde blass. »Wen?«

»Ein Mädchen. Sie heißt Elisa. Ich hab sie im Hallenbad getroffen.« Benni sah Franzi erwartungsvoll an.

»Aha«, würgte Franzi hervor. »Und?«

»Ich glaube, ich hab mich in sie verliebt. Sie ist einfach toll!« Bennis Wangen glühten. Den schwärmerischen Ausdruck, der jetzt in seinen Augen lag, kannte Franzi nur zu gut. Sonst hatte er immer ihr gegolten. Sie musste kräftig schlucken, um nicht loszuheulen. Benni merkte nichts von dem Gefühlschaos, das in Franzi tobte, sondern redete einfach weiter. »Sie sieht super aus: schlank, blond, sportlich. Und sie ist ein echtes Schwimmass. Ihre Spezialität ist Turmspringen, sie ist sogar im Verein. Du hättest sie sehen müssen, wie sie mit einem eleganten Salto vom Dreimeterbrett gesprungen ist. In diesem Moment wusste ich, dass ich sie ansprechen muss. Ich hab all meinen Mut zusammengenommen und sie zu einer Cola im Schwimmbadcafé eingeladen – und sie hat tatsächlich Ja gesagt.« Benni strahlte, als könne er sein Glück immer noch nicht fassen. »Wir haben uns ein bisschen unterhalten, es war echt nett. Aber ich weiß nicht, ob mehr daraus wird ...«

Franzi schwieg. Jedes von Bennis Worten traf sie wie ein Dolchstoß ins Herz und sie musste all ihre Kraft zusammennehmen, um nicht aufzuspringen und davonzurennen. Sie wollte nichts von gut aussehenden Turmspringerinnen hören! Sie wollte nicht, dass Benni sich in eine andere verliebte! Benni war schließlich ihr Freund!

»Was ist?«, fragte Benni. »Du sagst ja gar nichts. Glaubst du, ich hab eine Chance bei Elisa? Oder hat sie sich nur aus reiner Freundlichkeit mit mir unterhalten? Und was soll ich jetzt machen? Sie hat mir ihre Handynummer gegeben. Soll ich sie anrufen?« Sein Gesicht war ein einziges Fragezeichen.

Franzi riss sich zusammen. Sie musste etwas sagen, ehe sie Benni vor lauter Enttäuschung wütend anbrüllte oder – noch schlimmer – mitten im *Café Lomo* in Tränen ausbrach.

»Schlag sie dir aus dem Kopf«, sagte sie kühl. Sie wunderte sich, dass ihre Stimme so ruhig klang und kein bisschen zitterte. »Das wird sowieso nichts.«

»Was?« Benni zuckte zurück, als hätte Franzi ihn geschlagen. »Wie meinst du das?«

»So, wie ich es sage.« Franzi funkelte Benni ärgerlich an. Es war einfach nicht zu fassen, dass er sich mir nichts, dir nichts in eine andere verliebte, während sie überlegte, wie sie ihm am besten ihre Liebe gestehen konnte. »Diese Elisa ist eine Nummer zu groß für dich. Wenn sie wirklich so gut aussieht, hat sie bestimmt an jedem Finger zehn Typen. Und überhaupt – Turmspringen!« Franzi schnaufte verächtlich. »Was ist denn das für eine bescheuerte Sportart? Kann sie wenigstens skaten?«

Benni zuckte mit den Schultern. »Keine Ahnung. Dann meinst du also, ich hab keine Chance bei ihr?« Das Leuchten war aus seinen Augen verschwunden. Er sah so geknickt aus, dass er Franzi beinahe leidtat.

»Na ja – zumindest keine besonders große«, behauptete sie.

Ein Hoffnungsschimmer erschien auf Bennis Gesicht. »Aber eine kleine? Soll ich sie anrufen? Oder lieber noch etwas warten?«

Franzi seufzte. Sie schaffte es einfach nicht, Benni diese Turmspringer-Tussi komplett auszureden. Es würde ihn traurig machen, und das konnte sie nicht ertragen. »Also … ich würde vielleicht noch etwas warten. Sonst denkt sie, du läufst ihr hinterher.«

Benni nickte eifrig. »Okay. Dann rufe ich sie erst morgen an. Vielleicht hat sie ja Lust, eine Runde zu skaten. Willst du nicht auch mitkommen? Bei der Gelegenheit könntest du sie gleich kennenlernen. Ihr werdet euch bestimmt prima verstehen.«

Da war Franzi anderer Meinung. Sie hatte nicht die geringste Lust, Bennis neue Flamme zu treffen. »Nein danke, morgen hab ich schon was vor. Aber ich wünsche dir viel Glück.« Franzi merkte, wie ihr schon wieder die Tränen in die Augen stiegen. Das klang so nach Abschied. Hatte sie Benni für immer verloren? Sie musste hier weg, und zwar schnell. Abrupt schob sie ihren Stuhl zurück und stand auf.

»Willst du etwa schon los?«, fragte Benni verdutzt. »Du bist doch gerade erst gekommen. Und dein Wasser hast du auch noch nicht angerührt.« Er nickte zu dem Mineralwasser hinüber, das die Bedienung inzwischen gebracht hatte.

»Ich hab keinen Durst«, behauptete Franzi. »Und ich hab ganz vergessen, dass ich noch dringend … Hausaufgaben machen muss.«

»Am Sonntagnachmittag?«, wunderte sich Benni.

Franzi nickte. »Genau. Wir haben total viel auf – leider.«

Da fiel Benni noch etwas ein. »Was wolltest du mir eigentlich erzählen?«

Franzi winkte ab. »Hat sich erledigt. War auch nicht so wichtig.« Die Tränen brannten jetzt gefährlich hinter ihren Augenlidern. Lange würde sie sie nicht mehr zurückhalten können. »Ich ruf dich an, okay?«

Benni nickte. Dann stutzte er. »Sag mal, hast du ein neues Kleid? Steht dir echt gut!«

Das war zu viel für Franzi. Sie stürmte aus dem Café. Draußen ließ sie ihren Tränen freien Lauf. Die Wimperntusche rann in dunklen Bächen über ihre Wangen, und ihre Lippen bebten. Sie hatte den einzigen Jungen verloren, der ihr jemals wirklich etwas bedeutet hatte. An eine Turmspringerin! Gab es etwas Schlimmeres? Franzi wollte nur noch eins: auf der Stelle sterben.

In diesem Moment klingelte ihr Handy. Mit zitternden Fingern zog sie es hervor. War Benni etwa doch noch zur Ver-

nunft gekommen und hatte festgestellt, dass Franzi ihm viel mehr bedeutete als diese Elisa? Nein. Kims Name leuchtete auf dem Display auf.
»Hallo!« Kims fröhliche Stimme drang an Franzis Ohr. »Ich wollte nur mal hören, wie es mit Benni gelaufen ist. Was hat er gesagt?«
Franzi schluchzte auf. Sprechen konnte sie nicht.
»Was ist passiert?«, fragte Kim besorgt. »Hat er dich abblitzen lassen?«
»B...B...Benni h...hat eine a...andere«, stotterte Franzi zwischen zwei Schluchzern. »K...kann ich vorbeikommen?«
»Klar.« Kims Stimme klang warm und mitfühlend. »Ich sag Marie Bescheid. Wir warten hier auf dich.«
Franzi steckte das Handy weg und stolperte weiter. Es ging ihr bereits ein klitzekleines bisschen besser. Sie beschloss, das Sterben auf später zu verschieben. Jetzt würde sie sich erst mal von den beiden Menschen trösten lassen, die sie am besten auf der Welt kannten und die ihren Kummer hundertprozentig verstehen würden: ihre Freundinnen Kim und Marie.

Detektivtagebuch von Kim Jülich
Mittwoch, 14:32 Uhr
Es gibt aufregende Neuigkeiten! Marie kommt mit ihren Undercover-Ermittlungen gut voran und hat schon eine Menge herausgefunden. Am Samstag war sie zum Beautyabend bei Lizzy. Kathi und Eva waren auch da, Dana nicht. Offenbar gehört sie noch nicht zum engeren Kreis. Lizzy hat mit ihren edlen Kosmetikprodukten angegeben, von denen sie offenbar Unmengen be-

sitzt. Als Marie gefragt hat, wie sie sich das leisten kann, hat sie sehr geheimnisvoll getan und behauptet, sie hätte keinen Cent dafür ausgegeben, weil sie andere Quellen habe. Auf jeden Fall hat Marie eindeutig die Schminksachen identifiziert, die Dana im Einkaufszentrum gestohlen hat.
Es gibt also kaum noch einen Zweifel: Die Clique lässt sich von Mädchen wie Dana, die gerne dazugehören möchten, teure Kosmetikprodukte klauen. Lizzy lässt andere die Drecksarbeit machen und hält nur die Hand auf. Sie selbst geht natürlich kein Risiko ein. Was für eine Schweinerei!
Zum Glück scheint Lizzy nach wie vor völlig begeistert von Marie zu sein, sodass unsere Undercover-Agentin bestimmt noch viel mehr herausfinden wird. Das Passwort für die internen Rubriken auf der Cliquenhomepage hat sie leider noch nicht bekommen. Aber das ist bestimmt nur eine Frage der Zeit. Morgen trifft sie sich wieder mit Lizzy und den anderen, diesmal zu einer Shoppingtour.
Obwohl es prima läuft, kann ich nicht aufhören, mir Sorgen zu machen. Was, wenn Marie auffliegt? Lizzy ist schließlich nicht blöd. Sollte sie hinter Maries wahre Identität kommen, könnte das ziemlich unangenehm werden. An die möglichen Konsequenzen mag ich gar nicht denken …

Geheimes Tagebuch von Kim Jülich
Mittwoch, 15:03 Uhr
Achtung: Lesen für Unbefugte (alle außer Kim Jülich) streng verboten! Das gilt auch – und ganz besonders – für dich, Michi Millbrandt, denn ich plane eine Überraschung, die du nicht so schnell vergessen wirst. Das hoffe ich zumindest!

Ich habe es getan! Ich habe einen Tisch im Monsoon *reserviert, einem indischen Restaurant gleich bei uns um die Ecke. Dort gibt es jeden Donnerstag ein Abendbuffet mit indischen Spezialitäten, das ziemlich günstig ist. Leider war für morgen schon alles ausgebucht, sodass wir erst nächste Woche hingehen können. Aber egal. Michi weiß schon Bescheid, er hält sich den Termin frei. Allerdings hab ich ihm nicht verraten, was wir vorhaben. Der wird vielleicht Augen machen! Ich kann es kaum erwarten, endlich mit ihm allein zu sein, in einer kleinen, gemütlichen Nische im Restaurant bei romantischem Kerzenschein …*

Leider haben nicht alle so schöne Pläne wie ich. Franzi ist gerade total fertig, weil Benni ein anderes Mädchen kennengelernt hat. Ausgerechnet jetzt, wo sie ihre Gefühle für ihn wiederentdeckt hat! Das ist wirklich Pech. Sie tut mir total leid. Marie und ich versuchen alles, um sie auf andere Gedanken zu bringen. Aber die beste Ablenkung ist vermutlich unser neuer Fall. Vielleicht wird ja aus Benni und der anderen auch gar nichts, das wäre Franzi wirklich zu wünschen!

Riskantes Spiel

»Was hältst du von dieser Farbe?« Lizzy hielt Marie ein Fläschchen Nagellack hin, dessen Inhalt indigoblau schillerte. »Meinst du, das Blau würde mir stehen?«
Marie nickte. »Bestimmt. Ist mal was anderes.«
»Du hast einen guten Geschmack.« Lizzy stellte den Nagellack ins Regal zurück. »Leider ist er ziemlich teuer, wie alle *NewFace*-Produkte.«
»Tja, Qualität hat eben ihren Preis.« Marie kratzte sich unauffällig am Hinterkopf. In der Parfümerie war es sehr warm. Die rote Perücke, die sie während ihrer verdeckten Einsätze trug, juckte auf ihrer schweißnassen Kopfhaut. Außerdem brannten die Kontaktlinsen in ihren Augen. Marie hatte schon mehrmals den Einfall verflucht, ihre Augenfarbe mittels farbiger Linsen zu verändern. Sie vertrug die Linsen nicht gut, besonders bei trockener Luft. Aber jetzt konnte sie nichts mehr daran ändern. Lizzy würde sich ziemlich wundern, wenn Mary statt ihres grünen Katzenblicks plötzlich blaue Augen hätte.
Kathi und Eva, die sich im hinteren Teil des Ladens umgesehen hatten, schlenderten zu ihnen herüber. Die Clique hatte offenbar ihre festen Lieblingsgeschäfte, die sie bei jedem Shoppingbummel abklapperte. Sie waren schon in einer sehr edlen Boutique gewesen und hielten sich jetzt seit fast einer Stunde in der größten Parfümerie der Stadt auf.
»Na, habt ihr was Schönes gefunden?« Kathi blies sich eine kupferrote Haarsträhne aus der Stirn.

»Indigoblauen Nagellack«, verkündete Lizzy. »Ein Traum! Mary hat er auch gefallen. Wir sind geschmacklich genau auf einer Wellenlänge.«

Kathi und Eva warfen Marie feindselige Blicke zu. Marie war bereits aufgefallen, dass die beiden anderen Cliquenmitglieder sie nicht gerade mit offenen Armen empfingen. Offenbar fürchteten sie um ihre Position an Lizzys Seite. Eine Angst, die sicher nicht ganz unbegründet war. Wenn Marie in die Clique aufgenommen würde, würde vermutlich eine von ihnen rausfliegen. Dana zum Beispiel hatte den Aufstieg zum offiziellen Cliquenmitglied immer noch nicht geschafft. Sie war bei den nachmittäglichen Treffen, an denen Marie teilgenommen hatte, nie mit von der Partie gewesen. Offenbar benutzte Lizzy sie nur zur Beschaffung teurer Kosmetikartikel.

»Und? Nimmst du den Nagellack?«, fragte Eva.

Lizzy schüttelte den Kopf. »Zu teuer.«

Ein hinterlistiges Grinsen erschien auf Kathis rundem Mondgesicht. »Für uns ist doch nichts zu teuer, oder?«, fragte sie lauernd. »Außerdem hat Mary noch gar nicht ihren Einstand gegeben.«

»Richtig!« Lizzy tat so, als wäre Kathis Vorschlag völlig überraschend gekommen, aber Marie hatte irgendwie das Gefühl, dass sie gerade Zeugin eines gut einstudierten Theaterstücks wurde.

Sie beschloss, das Spiel zunächst mitzuspielen. »Von was für einem Einstand sprecht ihr? Soll ich euch zu einem Milchkaffee einladen? Kein Problem, wir können gerne ins *Lucky Star* gehen, wenn wir hier fertig sind.«

Lizzy lachte. »Nein, die Art von Einstand meinen wir nicht. Um in unsere Clique aufgenommen zu werden, musst du schon etwas mehr leisten. Immerhin sind wir ein sehr exklusiver Club. Nicht jeder darf mit uns abhängen, verstehst du?«
Marie zuckte mit den Schultern. »Das ist mir vollkommen klar. Ich gebe mich schließlich auch nicht mit jedem ab.«
Lizzy nickte ihre Freundinnen zu. »Ich glaube, sie ist so weit.« Sie sah Marie fest in die Augen. »Mary, möchtest du offizielles Mitglied unserer Clique werden? Mit uns durch dick und dünn gehen und immer hinter deinen Freundinnen stehen?«
Marie wurde etwas unbehaglich zumute. Worauf hatte sie sich da eingelassen? »Das klingt ja fast so, als würde ich einer Sekte beitreten.« Sie versuchte die Stimmung mit einem Lachen aufzulockern, aber die anderen blieben ernst. Offenbar war das die letzte Hürde, die sie nehmen musste, um endgültig Lizzys Vertrauen zu gewinnen. Marie riss sich zusammen. Sie durfte das jetzt nicht vermasseln! »Natürlich möchte ich mit euch befreundet sein«, sagte sie so aufrichtig wie möglich. »Wir passen prima zusammen. Das habt ihr doch bestimmt auch schon gemerkt, oder?«
»Dann steht deiner endgültigen Aufnahme in unseren Kreis nur noch eine klitzekleine Bewährungsprobe im Weg.« Lizzy lächelte Marie zu. »Aber ich bin mir sicher, das ist ein Klacks für dich.«
Marie versuchte die immer stärker werdende Unruhe, die sie bei Lizzys Worten überkam, vor den anderen zu verbergen. So lässig wie möglich stellte sie die entscheidende Frage: »Was soll ich tun?«

»Organisier mir den blauen Nagellack«, sagte Lizzy. »Natürlich ohne zu bezahlen.«
»Wie – du meinst, ich soll den Nagellack *klauen*?« Marie war wie vor den Kopf geschlagen. Obwohl sie gewusst hatte, dass die Clique Diebstähle in Auftrag gab, war die Aufforderung ein Schock für sie.
»Pst, nicht so laut!« Eva sah sich ängstlich um. »Muss ja nicht gleich jeder mitkriegen.«
»Oder traust du dich etwa nicht?« Kathi grinste hämisch. »Gib's zu, du hast Schiss!«
Marie war klar, dass sie jetzt keine Schwäche zeigen durfte, sonst war sie bei der Clique unten durch. »Natürlich trau ich mich«, behauptete sie so selbstbewusst wie möglich. »Ist doch keine große Sache.«
»Ich wusste, dass du nicht kneifen würdest.« Lizzy lächelte. »Wir lassen dich jetzt allein. Zu viert sind wir zu auffällig. Wir warten im Café gegenüber auf dich.«
»Und lass dich bloß nicht erwischen«, mahnte Eva.
»Ich bin doch nicht blöd«, gab Marie zurück.
Sie wartete, bis die Clique die Parfümerie verlassen hatte. Während sie so tat, als würde sie an den Regalen entlangschlendern und sich die frisch eingetroffenen Kosmetikneuheiten anschauen, dachte sie fieberhaft nach. Was sollte sie tun? Sie musste den Cliquentest bestehen, sonst konnte sie die weiteren Ermittlungen vergessen. Aber es kam natürlich überhaupt nicht infrage, dass sie etwas stahl. Marie hatte noch nie in ihrem Leben geklaut und sie hatte nicht vor, jetzt damit anzufangen.
Vor dem Nagellackregal blieb sie stehen. In Gedanken ver-

sunken nahm sie das Fläschchen mit dem indigoblauen Nagellack in die Hand. Plötzlich kam ihr die rettende Idee. Natürlich! Es war eigentlich ganz einfach! Sie sah zum Eingang der Parfümerie und lächelte zufrieden. Das Café auf der anderen Straßenseite lag nicht in ihrem Blickfeld. Lizzy und die anderen konnten sie also nicht sehen. Schnell suchte sie sich noch einen Nagellack in ihrer Lieblingsfarbe Bonbonrosa aus und ging zur Kasse. Dort bezahlte sie beide Artikel, stopfte den Kassenbon tief in ihre Handtasche und verließ die Parfümerie.

»Das ging ja schnell!« Lizzy begrüßte Marie mit einem Lächeln, während Eva und Kathi ihr lauernde Blicke zuwarfen. Offenbar hofften sie immer noch, Marie würde den Test nicht bestehen. Aber da hatten sie sich geschnitten.

Marie ließ sich neben Lizzy nieder und sah sich um. Das Café war ziemlich altmodisch und wurde offenbar hauptsächlich von Senioren besucht.

»Wo sind wir denn hier gelandet?«, fragte sie abschätzig, dabei fand sie es eigentlich ganz gemütlich. Aber goldene Kronleuchter und verstaubte Polstergarnituren waren bestimmt nicht nach Lizzys Geschmack.

»Ein schrecklicher Laden, ich weiß, aber er liegt strategisch günstig.« Lizzy sah Marie erwartungsvoll an. »Und? Warst du erfolgreich?«

»Na klar.« Seelenruhig zog Marie den blauen Nagellack aus der Tasche und stellte ihn vor Lizzy auf den Tisch.

Lizzys Augen glitzerten zufrieden. »Sehr gut!« In ihrer Stimme lag echte Anerkennung. »Wie hast du das in so kurzer Zeit geschafft? Mir scheint, du bist ein echtes Naturtalent.«

Marie zuckte mit den Schultern. »Übung macht den Meister. Ich hab schließlich nicht zum ersten Mal etwas mitgehen lassen. Mit der Zeit entwickelt man so seine Tricks.«
»Was denn für Tricks?«, fragte Kathi misstrauisch.
»Erst einmal erwarten die Leute nicht, dass jemand klaut, der so gepflegt und teuer gekleidet ist wie ich«, erklärte Marie. »Das gibt mir eine gewisse Sicherheit. Außerdem kaufe ich auch immer eine Kleinigkeit. Wer an der Kasse steht, wirkt nicht so verdächtig wie jemand, der mit leeren Händen den Laden verlässt, nachdem er sich stundenlang dort herumgedrückt hat.«
»Nicht schlecht«, sagte Lizzy. »Das leuchtet mir vollkommen ein.«
»Du hast etwas gekauft?« Eva runzelte die Stirn. »Ist das nicht gegen die Regeln?«
»Davon habt ihr mir vorher nichts gesagt.« Marie zog den rosafarbenen Nagellack hervor. »Den hab ich regulär bezahlt. Aber den anderen Nagellack hab ich geklaut – und das war doch die Aufgabe, oder?«
»Stimmt.« Lizzy nickte. »Du hast die Prüfung bestanden!« Sie ignorierte Evas und Kathis schmollende Mienen. »Herzlichen Glückwunsch, Mary, ab heute bist du offizielles Cliquen-Mitglied!«
Marie strahlte über das ganze Gesicht und versuchte hocherfreut auszusehen. »Prima! Vielen Dank. Ich verspreche, dass ich euch keine Schande machen werden.« Sie winkte der Bedienung. »Das muss gefeiert werden! Wie wär's mit Milchkaffee und Kuchen für alle?«
»Wie aufmerksam von dir.« Lizzy warf ihre schwarzen Haare

über die Schulter zurück. »Aber für mich keinen Kuchen, ich muss an meine Figur denken.«

Auch die anderen wollten nichts essen. Also verzichtete Marie ebenfalls schweren Herzens auf die Schwarzwälder Kirschtorte, mit der sie bereits geliebäugelt hatte, und bestellte vier Milchkaffee. Sie war so erleichtert, dass sie am liebsten laut gesungen hätte. Sie hatte es geschafft! Sie hatte die Mutprobe bestanden, ohne Lizzys Verdacht zu erregen. Lizzy und Eva prosteten ihr mit ihren Milchkaffee-Tassen zu. Nur Kathi schien immer noch misstrauisch zu sein. Ihr lauernder Blick erinnerte Marie daran, dass sie trotz allem sehr vorsichtig sein musste. Sie durfte sich keinen Fehler erlauben – nicht einmal den allerkleinsten. Sonst war sie schneller aus der Clique wieder draußen, als sie *NewFace* sagen konnte.

Nachdem sie ihren Milchkaffee ausgetrunken hatten, verließen die vier Mädchen das Café und schlenderten noch ein bisschen durch die Fußgängerzone. Vor einem kleinen Jeansladen, der im Schaufenster mit unglaublichen Tiefpreisen warb, blieb Eva stehen.

»Was ist los?«, fragte Kathi. »Willst du da etwa rein?« Sie kicherte. »Ich wusste gar nicht, dass du neuerdings auf Billigangebote stehst!«

»Das tue ich auch nicht.« Eva ignorierte Kathis spöttischen Ton. Marie bewunderte sie für ihre Ruhe. Sie ließ sich nicht so leicht provozieren, obwohl Kathi sie oft mit kleinen Seitenhieben und spitzen Bemerkungen traktierte. »Sind das dadrinnen nicht Jeannette und Carmen?«, fragte Eva.

»Stimmt!« Lizzy grinste. »Das Baywatch-Team ist offenbar auf der Suche nach neuen Jeans.«
»Na, hoffentlich führen sie in dem Laden auch Übergrößen.« Kathi lachte gehässig über ihren eigenen Scherz.
»Ihr kennt die beiden?« Marie sah Lizzy fragend an. Die zwei Mädchen, die sie durch die geöffnete Ladentür erblickt hatte, waren vollschlank, völlig ungeschminkt und trugen nichtssagende 08/15-Klamotten. Sie sahen nicht so aus, als würde Lizzy sich auch nur eine Sekunde lang mit ihnen abgeben.
»Das Baywatch-Team geht in unsere Klasse«, erklärte Lizzy. »Wir nennen sie so, weil sie gute Rettungsschwimmerinnen abgeben würden.«
»Schließlich haben sie ihre Rettungsringe immer dabei!« Kathi prustete los. Auch Lizzy und Eva kicherten. Marie lachte pflichtschuldig mit, obwohl sie den Witz ziemlich fies fand.
»Kommt, wir gehen mal kurz rein.« Lizzy betrat den Laden und die anderen folgten ihr. Marie fragte sich, was Lizzy vorhatte. Freundschaftlich unterhalten wollte sie sich mit den beiden Mädchen bestimmt nicht. Offenbar gehörten sie zu den Kandidatinnen, die auf der Beliebtheitsliste der Clique immer ganz unten landeten.
»Hallo, Jeannette, hallo, Carmen«, flötete Lizzy. Auf ihrem Gesicht lag ein liebreizendes Lächeln, aber ihre Augen blickten eisig.
Jeannette sah Lizzy unsicher an. »Hallo.« Offenbar wusste sie nicht, was diese plötzliche Freundlichkeit zu bedeuten hatte.
»Sucht ihr was zum Anziehen?«, fragte Lizzy.
Carmen nickte schüchtern. Sie hatte ein hübsches Gesicht mit einer kleinen Himmelfahrtsnase und fein geschwunge-

nen Lippen, die einem erst beim zweiten Hinsehen auffielen. »Die haben hier ganz gute Sonderangebote«, sagte sie leise.
»Viel Erfolg noch!« Lizzy winkte den beiden lässig zu. »Wir werden uns auch ein bisschen umschauen.«
»Okay.« Erleichtert wandte sich Jeannette wieder den Jeansstapeln zu, die sich überall in dem Laden türmten.
Lizzy, Eva und Kathi verschwanden kichernd im hinteren Teil des Ladens. Marie hatte immer noch keine Ahnung, was das Ganze zu bedeuten hatte.
»Was habt ihr vor?«, fragte sie leise. »Sollen wir nicht lieber woanders hingehen? Das ist doch ein totaler Ramschladen …«
»Gleich.« Lizzy grinste. »Erst müssen wir noch was erledigen. Wart's ab, das wird ein Riesenspaß.«
Marie beobachtete mit gemischten Gefühlen, wie Lizzy ihr Handy aus der Tasche ihrer engen Jeans zog. Es gefiel ihr nicht, dass sie keine Ahnung hatte, was gleich passieren würde. Hoffentlich wollte Lizzy nichts klauen. Aber das Risiko ging sie bestimmt nicht ein. Oder wollte sie den beiden Mädchen aus ihrer Klasse einen Diebstahl unterschieben? Maries Gehirn arbeitete fieberhaft, während Lizzy so tat, als würde sie einen Jeansstapel durchsehen. Als sich Jeannette und Carmen an ihr vorbei zu den Umkleidekabinen durchzwängten, machte sie ihnen freundlich lächelnd Platz.
»Habt ihr was gefunden?«, erkundigte sich Lizzy mit geheucheltem Interesse.
»Ja, mal sehen, ob die passen.« Jeannette verschwand mit zwei Jeans in einer Umkleidekabine, ihre Freundin ging in die Kabine daneben.

Lizzy wartete noch einen Moment, dann gab sie Eva und Kathi ein Zeichen. Zu dritt pirschten sie sich an die Kabinen heran. Eva lüftete unmerklich den Vorhang ein kleines Stück und Lizzy hielt blitzschnell ihr Handy in Jeannettes Kabine. Dann machten sie dasselbe bei der Kabine, in der Carmen verschwunden war.

Marie runzelte die Stirn. Sie verstand immer noch nicht. Hatte Lizzy die beiden Mädchen etwa fotografiert? Aber warum?

Kichernd stürmte die Clique aus dem Laden, ehe Jeannette und Carmen, die offenbar von alldem nichts bemerkt hatten, wieder aus den Umkleidekabinen herauskamen. Draußen scharten sich alle vier um Lizzys Handy.

»Mal sehen, ob die Bilder was geworden sind.« Lizzy drückte ein paar Knöpfe, bis ein Foto auf dem Display erschien. Es war unterbelichtet und ziemlich verschwommen, aber wenn man genau hinsah, konnte man die Umkleidekabine des Jeansladens erkennen. Und Jeannette, die gerade versuchte, sich eine Jeans über den Hintern zu ziehen. Die Jeans war mindestens eine Nummer zu klein, rechts und links quollen Haut und Speckfalten über den Hosenbund. Das Bild war alles andere als vorteilhaft. Genauso wie das Foto von Carmen, das ebenfalls ziemlich peinlich war. Lizzy prustete los. »Seht euch das an! Das Baywatch-Team beim Jeanskauf! Ist das nicht der Hammer?«

Eva klopfte Lizzy anerkennend auf die Schulter. »Die Fotos sind super geworden – und die beiden haben nicht einmal was gemerkt!«

Kathi lachte am lautesten. Marie fragte sich, ob das daran

lag, dass sie selbst nicht ganz schlank war. Mit ihrer leicht pummeligen Figur war es bestimmt ein harter Kampf gewesen, in die angesagte Clique aufgenommen zu werden. Immerhin war hier gutes Aussehen alles.
»Wenn ich so fett wäre, würde ich mich gar nicht mehr auf die Straße trauen!«, rief Kathi glucksend.
»Da kann einem echt schlecht werden.« Lizzy schüttelte sich. »Schaut euch mal diese Orangenhaut an! Eine Beleidigung fürs Auge, oder?«
»Was hast du jetzt mit den Fotos vor?«, fragte Marie. Sie brachte es einfach nicht fertig, sich an den fiesen Lästereien zu beteiligen. Sie kannte die beiden Mädchen, um die es ging, zwar gar nicht, aber sie taten ihr trotzdem leid. Die Sprüche der anderen waren wirklich total unter der Gürtellinie.
»Das wirst du gleich sehen.« Lizzys Grinsen war jetzt nicht mehr freundlich, sondern hatte beinahe etwas Teuflisches. Sie rief einen Sammelverteiler in ihrem Telefonbuch auf und drückte dann zweimal hintereinander auf Versenden. »So, das wäre erledigt. Schließlich sollen die anderen auch mal etwas zu lachen haben.«
»Du hast die Fotos aus dem Jeansladen verschickt?«, fragte Marie ungläubig.
Lizzy nickte. »Natürlich! An unsere ganze Klasse. Und an die Parallelklasse. So ist es doch viel lustiger. Was bringen die schönsten Fotos, wenn sie niemand sieht? Nachher werde ich sie auch noch auf unsere Internetseite stellen.«
»Genau!« Kathi klatschte in die Hände wie ein kleines Kind, das sich über etwas freut. »Morgen möchte ich nicht in

Jeannettes und Carmens Haut stecken, wenn die halbe Schule ihre Fotos auf dem Handy hat. Das wird ein Spaß!«
Marie hatte einen vernichtenden Kommentar auf der Zunge, schluckte ihn aber hinunter. Sie musste den Mund halten. Wenn ihre Tarnung nicht auffliegen sollte, blieb ihr nichts anderes übrig, als das Spiel mitzuspielen. Sie rang sich ein Lächeln ab und murmelte: »Ihr seid echt cool.« Dabei dachte sie in Wirklichkeit genau das Gegenteil.
Lizzy hakte sich bei Marie unter. »Ich weiß. Darum bist du doch mit uns zusammen, oder?«
»Klar.« Marie versuchte, nicht zurückzuschrecken, als Lizzys Hand ihren Arm berührte. Lizzy verströmte eine Kälte, die fast körperlich spürbar war. Mit so viel Bosheit hatte Marie nicht gerechnet. Allmählich fragte sie sich, ob Lizzy überhaupt menschliche Gefühle hatte.
Doch es sollte noch viel schlimmer kommen.

Ein überraschendes Geständnis

Zwei Tage später saß die Clique im *Lucky Star* und ging einer ihrer Lieblingsbeschäftigungen nach: Milchkaffee trinken und über die anderen Gäste lästern.

»Manche Leute übertreiben es einfach.« Lizzy zeigte auf eine junge, sehr auffällig geschminkte Frau. »Für meinen Geschmack hat die viel zu viel Farbe im Gesicht.«

Marie nickte. »Stimmt. Ein Wunder, dass das Make-up nicht abbröckelt.« Sie nahm einen Schluck Kaffee. »Wie haben eigentlich die anderen auf die Fotos reagiert, die du letztens herumgeschickt hast?«

»Du meinst, die Bilder vom Baywatch-Team?« Lizzy grinste. »Die sind eingeschlagen wie eine Bombe!«

»Genau«, plapperte Kathi weiter. »Jeannette und Carmen sind jetzt bei allen total unten durch. Sie haben sich zum Gespött der ganzen Schule gemacht.«

»Heute ist Carmen nicht zum Unterricht gekommen«, sagte Eva.

»Die Arme!« Kathis Stimme triefte vor falschem Mitleid. »Was hat sie nur? Hoffentlich ist sie nicht ernsthaft krank!«

Lizzy zuckte mit den Schultern. »Das ist mir so was von egal. Am besten wäre es, die beiden würden überhaupt nicht mehr in unserer Klasse auftauchen. Ich kann den Anblick von hässlichen Menschen einfach nicht ertragen.«

Marie musste tief durchatmen, um nichts Unüberlegtes zu sagen. Es fiel ihr immer schwerer, ihre wirkliche Meinung zu den fiesen Lästereien vor den anderen zu verbergen.

»Ich schätze, mit Jeannette und Carmen sind wir fertig«, stellte Lizzy fest. »Als Nächstes sollten wir uns diese aufgeblasene Möchtegern-Detektivclique vornehmen.«

»Meinst du *Die drei !!!*?«, fragte Eva.

Lizzy nickte. »Genau. Die stehen schon länger auf meiner Abschussliste.«

Marie starrte Lizzy ungläubig an. In letzter Sekunde unterdrückte sie einen überraschten Ausruf und versuchte, ein völlig normales Gesicht zu machen.

Trotzdem musste man ihr etwas ansehen, denn Kathi fragte scheinheilig: »Was ist los, Mary? Du bist ja plötzlich kreidebleich im Gesicht. Geht's dir nicht gut?«

»D…doch, doch«, versicherte Marie schnell. »Ich muss nur mal schnell aufs Klo.«

Sie sprang auf und lief zur Toilette. Dort atmete sie mehrmals tief durch und ließ kaltes Wasser über ihre Handgelenke laufen, während sie darauf wartete, dass sich ihr galoppierender Herzschlag wieder beruhigte. Als sie in den Spiegel sah, zuckte sie zusammen. Sie war tatsächlich so weiß wie ein Gespenst. Schnell kniff sie sich in die Wangen, um wieder eine gesunde Gesichtsfarbe zu bekommen.

»Reiß dich zusammen, Marie!«, murmelte sie ihrem Spiegelbild beschwörend zu. »Weiche Knie kannst du dir jetzt nicht erlauben. Bleib ganz cool!« Aber das war leichter gesagt als getan.

Nach ein paar Minuten ging es ihr besser. Sie überprüfte den Sitz ihrer Perücke, ordnete ihre roten Locken und bereitete sich innerlich darauf vor, der Clique wieder gegenüberzutreten. Jetzt war schauspielerisches Talent gefragt. Ehe sie zum

Tisch ging, zauberte Marie ein Lächeln auf ihre Lippen. Sie konnte nur hoffen, dass sie überzeugend wirkte.
»Da bin ich wieder!«, sagte sie so fröhlich wie möglich. »Sorry, aber mir war plötzlich ein bisschen übel. Vielleicht hab ich zu viel Kaffee getrunken.«
»Möglich«, sagte Lizzy. In ihren Augen lag ein seltsamer Ausdruck, den Marie nicht richtig deuten konnte. War es Ärger? Oder Enttäuschung? Oder war sie selbst inzwischen schon so überspannt, dass sie sich alles Mögliche einbildete?
Marie beschloss, an das Gespräch von vorhin anzuknüpfen. Sie musste unbedingt herausfinden, was Lizzy plante.
»Was habt ihr denn gegen die drei !!!?«
»Kennst du die etwa?« Lizzy beobachtete Marie aufmerksam. Täuschte sie sich oder lag leichtes Misstrauen in ihrem Blick?
Marie schüttelte den Kopf. »Nein, nicht persönlich. Ich hab nur von ihnen gehört. Sie stehen ja ab und zu in der Zeitung.«
Lizzy schnaubte verächtlich. »Bloß weil sie ihre Nase überall reinstecken müssen. Die bilden sich doch tatsächlich ein, echte Detektivinnen zu sein. Ha! Dass ich nicht lache! In Wirklichkeit wollen sie sich nur wichtigmachen. Zwei von ihnen gehen auf unsere Schule. Sie sind mir vor einer Weile in die Quere gekommen.«
»Tatsächlich?« Marie setzte eine interessierte Miene auf. »Wieso denn?«
»Ach, nicht so wichtig.« Lizzy machte eine wegwerfende Handbewegung. »Eine von ihnen, so eine Kleine, Rothaarige, hat mich ziemlich unverschämt angeschnauzt. Und dann

haben sie auch noch hinter uns hergeschnüffelt und ein paar Leute aus unserer Klasse nach uns ausgefragt.«

»Vielleicht wollen sie auch in die Clique aufgenommen werden«, warf Marie ein.

»Die?« Kathi lachte höhnisch. »Keine Chance! Die passen überhaupt nicht zu uns.«

Insgeheim musste Marie ihr ausnahmsweise recht geben.

»Ich mag es nicht, wenn sich jemand in meine Angelegenheiten mischt«, stellte Lizzy fest. Sie wickelte eine schwarze Haarsträhne um ihren Finger. »Und schon gar nicht, wenn mir hinterherspioniert wird. Höchste Zeit, diese Angeberinnen in ihre Schranken zu weisen.«

Marie hätte Lizzy am liebsten lautstark die Meinung gesagt, aber sie hielt sich zurück. Stattdessen fragte sie: »Was willst du tun?«

Lizzy lächelte geheimnisvoll. »Lass dich überraschen! Für die drei werde ich mir etwas ganz Besonderes überlegen.«

Marie schluckte. Sie merkte, wie sie eine Gänsehaut bekam. Lizzy war fast alles zuzutrauen. Was hatte sie vor?

»Du musst sofort aussteigen!« Kim stellte ihren Kakaobecher, aus dem sie gerade hatte trinken wollen, auf den Tisch zurück. Sie war bleich im Gesicht.

Auch Franzi sah ungewöhnlich ernst aus. »Das klingt gar nicht gut.«

Marie hatte den Club gleich am nächsten Tag, einem Sonntag, zu einem außerplanmäßigen Treffen im *Café Lomo* zusammengetrommelt, um von den neuesten Entwicklungen zu berichten.

»Die Sache mit den Fotos ist schon schlimm genug«, sagte Kim bedrückt. »Ich hätte nicht gedacht, dass jemand so gemein sein kann. Aber dass es die Clique nun auf uns abgesehen hat, rückt den Fall in ein völlig neues Licht. Jetzt sind wir persönlich betroffen.«

»Umso wichtiger, dass ich undercover weiter ermittle«, stellte Marie fest. »Wie sollen wir sonst herausfinden, was Lizzy vorhat?«

Kim schüttelte den Kopf. »Kommt gar nicht infrage! Das ist viel zu gefährlich. Du könntest auffliegen. Und wer weiß, was Lizzy dann mit dir anstellt.«

»Sie wird mir schon nicht gleich die Augen auskratzen«, sagte Marie.

»Marie hat recht.« Franzi spielte nachdenklich mit einer roten Haarsträhne, die sich aus einem ihrer Zöpfe gelöst hatte. »Wir brauchen mehr Informationen. Und die kriegen wir nur, wenn Marie weiterhin das Cliquenmitglied gibt.«

Kim seufzte. Sie hatte kein gutes Gefühl bei der Sache. Doch ehe sie etwas sagen konnte, duckte sich Marie plötzlich.

»Was ist denn jetzt los?«, fragte Kim verdutzt.

»Dana ist gerade reingekommen!«, zischte Marie, während sie auf allen vieren hinter das Sofa kroch.

Kim sah auf. Tatsächlich! Dana hatte das Café betreten und kam direkt auf sie zu. Marie schaffte es gerade noch rechtzeitig, sich auf die Toilette zu verziehen. Franzi schob unauffällig Maries Tasche und ihren Mantel unter das Sofa. Da hatte Dana auch schon die Sofaecke erreicht.

»Hallo.« Sie fuhr sich durch ihre feuchten Haare. Draußen regnete es mal wieder. »Kann ich kurz mit euch sprechen?«

Kim und Franzi wechselten einen Blick. Was wollte Dana von ihnen?
»Klar«, sagte Kim. »Setz dich doch.«
»Was gibt's denn?«, fragte Franzi ziemlich unfreundlich. Sie hatte Dana immer noch nicht verziehen, dass sie im Einkaufszentrum einfach abgehauen war.
Dana nahm ganz vorn auf der Sesselkante Platz und sah zu Boden. Nervös knetete sie ihre Hände, bevor sie plötzlich den Kopf hob und verkündete: »Ich will aussteigen!«
Kim zog verblüfft eine Augenbraue hoch. »Aussteigen? Du meinst, aus Lizzys Clique?«
Dana nickte. »Ich halte das einfach nicht mehr aus. Dieser ständige Druck, die Angst, etwas Falsches zu sagen oder zu tun und bei Lizzy in Ungnade zu fallen und … die Diebstähle.«
»Dann gibst du also endlich zu, dass du geklaut hast?«, fragte Franzi triumphierend.
Dana biss sich auf die Unterlippe, die inzwischen völlig aufgesprungen war. »Ja. Ich hab Kosmetikartikel für Lizzy und die anderen gestohlen. Mehrmals. Und einmal auch Klamotten. Lizzy wollte unbedingt diesen teuren Rock aus ihrer Lieblingsboutique haben …«
»Wie lange geht das schon?«, fragte Kim.
»Ein paar Monate«, gab Dana zu. »Erst dachte ich, ich hätte es geschafft und Lizzy würde mich endlich akzeptieren. Ich dachte wirklich, ich würde jetzt auch zu den Coolen gehören. Aber dann wurde alles nur noch viel schlimmer. Sie nutzen mich aus, mehr nicht. Und jetzt kann ich nicht mehr.«
Sie sah Kim und Franzi flehend an. »Helft ihr mir?«

Kim nickte. »Natürlich. Du kannst dich auf uns verlassen.« Tränen glänzten in Danas Augen. Sie kramte lange und umständlich in ihrer großen Umhängetasche, bis Kim ihr schließlich ein Taschentuch reichte. Als sie die Packung zurück auf den Tisch legen wollte, stieß sie aus Versehen gegen ihren Kakaobecher. Der Kakao schwappte über und spritzte auf ihre Kapuzenjacke.

»So ein Mist!«, schimpfte Kim. »Ich bin ein echter Hornochse! Die Jacke war frisch gewaschen.« Sie versuchte hektisch, den Fleck mit einem Taschentuch zu entfernen, aber es klappte nicht so recht. Schließlich zog sie die Jacke aus und legte sie neben sich aufs Sofa. Dann wurde sie wieder ganz professionell. »Aber jetzt zu dir, Dana. Wenn du wirklich aus der Clique aussteigen willst, solltest du zur Schulleitung gehen und von Lizzys Machenschaften erzählen. Nur so kann der Clique das Handwerk gelegt werden. Vielleicht musst du sogar zur Polizei.«

Kim hatte mit heftigem Widerstand gerechnet, aber Dana nickte sofort. »Klar, kein Problem. Ich tue alles, damit dieser Albtraum ein Ende hat.«

»Prima!« Franzi klang erfreut. »Wenn du willst, begleiten wir dich zum Schuldirektor. Wir haben jede Menge Erfahrung mit kriminellen Handlungen und ihren Folgen. Und wir arbeiten absolut diskret und zuverlässig.«

»Okay.« Dana schien mit allem einverstanden zu sein. »Vielen Dank für eure Hilfe. Das weiß ich echt zu schätzen.« Sie sah sich suchend um. »Wo ist eigentlich das dritte Clubmitglied?«

Kim überlegte blitzschnell. »Marie hat sich mal wieder verspätet. Sie ist nicht gerade die Pünktlichste. Aber sie müsste jeden Moment hier sein.«

Franzi verdrehte die Augen. »Oder auch nicht. Vielleicht ist ihr mal wieder eine Aerobicstunde dazwischengekommen. Oder ein Friseurtermin. Ich kenne niemanden, der so unpünktlich ist wie Marie. Keine Ahnung, wie viele Stunden meines Lebens ich schon damit verbracht habe, auf sie zu warten.«

»Nervt das nicht ziemlich?«, fragte Dana.

»Und ob!« Franzi seufzte. »Manchmal könnte ich sie echt gegen die Wand klatschen.« Dann grinste sie. »Aber was soll's. Wir sind trotz allem Freundinnen. Und wir gehen gemeinsam durch dick und dünn.«

Dana stand auf. »Ich muss jetzt los. Wir sehen uns in der Schule. Und nochmals vielen Dank!«

Nachdem Dana das Café verlassen hatte, schüttelte Franzi ungläubig den Kopf. »Dana will auspacken, wer hätte das gedacht! Wenn sie wirklich Wort hält, sind die Tage der Terror-Clique gezählt. Bestimmt fliegen Lizzy und ihre Freundinnen von der Schule. Dann hat ihre Schreckensherrschaft endlich ein Ende.«

Kim machte ein nachdenkliches Gesicht. »Findest du es nicht ein bisschen komisch, dass Dana so plötzlich umschwenkt? Bis jetzt war sie Lizzy doch treu ergeben. Außerdem war sie viel zu schnell mit unseren Bedingungen einverstanden.«

Franzi zuckte mit den Schultern. »Vielleicht erträgt sie es wirklich nicht mehr, ständig unter Lizzys Fuchtel zu stehen. Für mich klang das ganz plausibel.«

Kim sagte nichts mehr. Irgendetwas störte sie an Danas Verhalten, aber sie wusste selbst nicht so genau, was es war.
»Übrigens hättest du vor Dana nicht so über Marie ablästern sollen. Das war nicht besonders nett.«
»Na und? Ich hab doch recht!« Franzi machte ein trotziges Gesicht. »Marie lässt uns total oft warten, das weißt du ganz genau.«
»Ja, aber …«, begann Kim, als Marie plötzlich hinter ihnen auftauchte. Kim verstummte schnell.
»Ist Dana weg?«, fragte Marie.
Kim nickte. »Setz dich. Es gibt überraschende Neuigkeiten. Mit etwas Glück ist der Fall bald gelöst.«
Aber Kims Hoffnung sollte sich leider nicht erfüllen.

Verraten und verkauft

Am Sonntagabend klingelte Maries Handy. Sie hatte es sich gerade vor dem Fernseher gemütlich gemacht und stellte leicht genervt den Ton leiser. Wer störte sie denn um diese Uhrzeit?
»Hallo?«, nuschelte sie etwas ungnädig in den Hörer.
»Hallo, Mary. Ich bin's.« Lizzys Stimme drang kühl wie ein winterlicher Windhauch an Maries Ohr.
Marie richtete sich auf. »Oh, hallo, Lizzy. Was ist los?«
»Kannst du zu mir kommen? Es gibt etwas Wichtiges zu besprechen.«
»Wie – jetzt?« Marie runzelte die Stirn. »Es ist gleich halb neun!«
»Ich weiß.« Lizzy ließ sich nicht beirren. »Versuch dich irgendwie loszueisen. Es ist wirklich dringend. Bis gleich. Ciao.«
Sie legte auf, ohne Maries Antwort abzuwarten. Offenbar ging sie fest davon aus, dass Marie kommen würde. Marie schnaufte ärgerlich. Was bildete sich diese arrogante Kuh eigentlich ein? Dass alle sofort sprangen, wenn sie pfiff? Dummerweise hatte sie keine Wahl. Wenn sie ihre Undercover-Position nicht gefährden wollte, musste sie tun, was Lizzy verlangte. Obwohl sie viel lieber auf dem gemütlichen Sofa liegen geblieben wäre, wickelte sie sich aus der Wolldecke, die sie sich um die Beine geschlungen hatte, und stand auf.
Zum Glück saß ihr Vater mit irgendeinem Regisseur in

einem noblen Restaurant in der Innenstadt. Er würde sicher nicht vor Mitternacht zurück sein und konnte deshalb auch keine unangenehmen Fragen stellen.
Marie eilte ins Bad, um sich wieder in Mary zu verwandeln. Kurze Zeit später trat sie mit roter Lockenmähne und grünen Katzenaugen auf den Flur, stieg in ihre Stiefel und zog den Mantel an. Draußen trommelte der Regen gegen die Fenster. Bei dem Wetter schickte man eigentlich keinen Hund vor die Tür. Seufzend schlug Marie ihren Mantelkragen hoch und machte sich auf den Weg.

Bei Lizzy war die ganze Clique versammelt. Die Mädchen hockten in ihrem Zimmer auf dem Fußboden und sahen Marie erwartungsvoll entgegen. Überrascht bemerkte Marie, dass auch Dana dabei war. Sie saß ganz hinten in der Ecke und hielt den Kopf gesenkt. Hatte sie nicht heute Nachmittag noch behauptet, aussteigen zu wollen? Irgendetwas stimmte hier nicht. Die Atmosphäre war ganz anders als sonst. Kathi grinste über das ganze Gesicht. Sie sah sehr zufrieden aus. Lizzy hatte Marie ziemlich kühl begrüßt und führte sie nun zum Schreibtisch.
»Setz dich doch.« Sie drückte Marie auf einen Stuhl.
»Was ist denn hier los? Plant ihr eine Verschwörung?« Marie versuchte ein Lächeln, das von den anderen jedoch nicht erwidert wurde.
»Wir müssen dir unbedingt etwas zeigen. Es wird bestimmt sehr interessant für dich sein.« Lizzys Stimme klang freundlich, aber ihre Augen blickten noch eisiger als sonst. Marie fröstelte. Was erwartete sie?

Der Computer war bereits eingeschaltet. Lizzy drückte ein paar Tasten. Ein Film begann. Marie traute ihren Augen kaum. Das waren doch Kim und Franzi! Sie saßen im *Café Lomo*. Wer hatte das aufgenommen? Und wann? Da begann Franzi im Film zu sprechen.

»Wir haben jede Menge Erfahrung mit kriminellen Handlungen und ihren Folgen«, sagte sie. »Und wir arbeiten absolut diskret und zuverlässig.«

Leider war der Winkel der Kamera ziemlich ungünstig. Franzi wurde von unten gefilmt und aus dieser Perspektive sah es aus, als hätte sie ein riesiges Doppelkinn.

Nun stieß Kim auch noch gegen ihren Becher. Der Kakao ergoss sich über ihre Jacke.

»Ich bin ein echter Hornochse!«, rief Kim und versuchte hektisch, den Fleck mit einem Taschentuch zu entfernen, was unfreiwillig komisch aussah. Hinter Marie kicherte jemand. Sie drehte sich nicht um, denn sie wusste auch so, dass es Kathi war.

»Wo ist eigentlich das dritte Clubmitglied?«, fragte eine Stimme aus dem Off.

»Marie hat sich mal wieder verspätet«, sagte Kim. »Sie ist nicht gerade die Pünktlichste. Aber sie müsste jeden Moment hier sein.«

Franzi verdrehte die Augen. »Oder auch nicht. Vielleicht ist ihr mal wieder eine Aerobicstunde dazwischengekommen. Oder ein Friseurtermin. Ich kenne niemanden, der so unpünktlich ist wie Marie. Keine Ahnung, wie viele Stunden meines Lebens ich schon damit verbracht habe, auf sie zu warten.«

»Nervt das nicht ziemlich?«, fragte die Stimme aus dem Off. War es Dana?
»Und ob!« Franzi seufzte. »Manchmal könnte ich sie echt gegen die Wand klatschen.«
»Vielen Dank für eure Hilfe!«, sagte die Stimme, die vielleicht Dana gehörte. Dann wurde ein Text eingeblendet:

DIE DREI HORNOCHSEN –
neugierig, nervig und tollpatschig.
Wir verstehen uns super und wir lösen jeden Fall!
Ruft einfach an!!!

Lizzy und die anderen Cliquenmitglieder prusteten los und applaudierten spontan, doch Marie hörte es kaum. Sie starrte immer noch auf den Bildschirm. Doch es war nicht der fiese Text, der ihr die Luft zum Atmen nahm. Es war Franzis Stimme, die immer noch in ihrem Kopf nachhallte.
»Manchmal könnte ich sie echt gegen die Wand klatschen!«
Dazu dieser genervte Gesichtsausdruck in Großaufnahme, der sich unauslöschlich auf Maries Netzhaut eingebrannt hatte. Franzis verzerrte Miene, ihr abschätziger Blick. Franzi, die sie für ihre beste Freundin gehalten hatte. Und Kim? Hatte nicht widersprochen. Hatte keinen Ton gesagt. Ihre Freundinnen hatten in ihrer Abwesenheit über sie abgelästert. Im Grunde waren sie kein bisschen besser als Lizzy und ihre Clique. Marie traten Tränen in die Augen. Sie fühlte sich verraten und verkauft.
»Wie gefällt dir der kleine Film?«, fragte Lizzy mit zuckersüßer Stimme. »Ist er nicht irre komisch?«

»Zum Totlachen!«, kreischte Kathi leicht hysterisch. »Ein echtes Meisterwerk!«
»Ich werde ihn ins Internet stellen«, sagte Lizzy sanft. »Er wird einen Ehrenplatz auf unserer Homepage bekommen. Und diese eingebildeten drei !!! können ihren lächerlichen Club für immer und ewig vergessen. Was sagst du dazu?«
Doch Marie sagte gar nichts. Sie bekam einfach keinen Ton heraus.
»Ist das nicht ein genialer Plan?«, fragte Lizzy. »Oder bist du etwa anderer Meinung – *Marie Grevenbroich*?« Die letzten zwei Worte sprach sie mit schneidender Stimme. Marie zuckte zusammen, als hätte Lizzy sie geschlagen.
»Woher weißt du … wieso … ich heiße Mary!«, stammelte sie.
»Ach ja?« Lizzy griff nach Maries roten Locken und riss ihr die Perücke vom Kopf. »Überraschung! Unsere liebe Mary hat gar keine roten Haare. Sie ist blond! Und sie heißt auch nicht Mary, sondern Marie. Marie Grevenbroich, Tochter des berühmten Schauspielers Helmut Grevenbroich – und drittes Clubmitglied bei den drei !!!.«
Alle starrten sie an. Marie merkte, wie sie feuerrot wurde. Jetzt war es passiert. Ihre Tarnung war aufgeflogen. Es hatte keinen Zweck, länger zu leugnen.
»Seit wann weißt du es?«, fragte Marie so ruhig wie möglich, obwohl ihr Puls raste.
»Ich hatte schon länger einen Verdacht«, antwortete Lizzy. »Aber ganz sicher bin ich mir erst seit gestern. Du hast so komisch reagiert, als ich von den drei !!! erzählt habe. Während du auf dem Klo warst, haben wir deine Handtasche

inspiziert. Und das hier gefunden.« Sie schwenkte einen kleinen Zettel.

Marie schloss einen Moment die Augen. Der Kassenbon aus der Parfümerie! Wie hatte sie ihn nur vergessen können? Sie hätte ihn zu Hause sofort wegschmeißen müssen! Diese kleine Nachlässigkeit war ihr nun zum Verhängnis geworden.

»Du hast den blauen Nagellack nicht geklaut, sondern gekauft!«, ereiferte sich Kathi. »Ich hab's ja gleich gewusst! Ich war mir sicher, dass mit dir etwas nicht stimmt.«

»Ich bin dir gestern auf dem Nachhauseweg unauffällig gefolgt«, erzählte Lizzy. Sie grinste. »Ich wollte auch mal ein bisschen Detektiv spielen! Und auf dem Klingelschild stand dein richtiger Name. Ich musste nur noch eins und eins zusammenzählen. Es war gar nicht schwer.«

Marie nickte langsam. Jetzt wurde ihr alles klar. Sie war in die Falle getappt – genau wie Franzi und Kim, die vermutlich heute Nachmittag im *Café Lomo* von Dana heimlich gefilmt worden waren.

»Dann willst du also gar nicht wirklich aussteigen?«, fragte Marie an Dana gewandt, die bisher keinen Ton gesagt hatte. Doch es war Lizzy, die für Dana antwortete. »Natürlich will sie nicht aussteigen. Das war nur ein Vorwand, um diesen wundervollen Film drehen zu können.«

»Wirst du ihn wirklich ins Internet stellen?«, wollte Marie wissen, obwohl sie die Antwort eigentlich schon kannte.

Lizzys Augen blitzten triumphierend. Ihr war klar, dass sie so gut wie gewonnen hatte. »Natürlich. Euren Detektivclub könnt ihr dichtmachen. Wenn ich mit euch fertig bin, will kein Mensch in der ganzen Stadt mehr mit euch reden, geschweige denn mit euch befreundet sein.« Sie lächelte eiskalt. »Das heißt – du scheinst ja jetzt schon keine Freundinnen mehr zu haben, so wie die beiden über dich gelästert haben.«

»Stimmt.« Kathi grinste. »Wer solche Freundinnen hat, braucht keine Feinde mehr.«

Eva schüttelte in gespieltem Bedauern den Kopf. »Das war aber gar nicht nett!«

Marie versuchte sich innerlich abzuschotten, aber es klappte nicht. Die spitzen Bemerkungen trafen sie direkt ins Herz.

»Ich schätze, das ist das Ende unserer gemeinsamen Zeit.« Lizzy öffnete die Zimmertür. »Du findest alleine hinaus, oder?«

Marie stand auf. Ihre Bewegungen waren ruckartig und hölzern wie die eines Roboters. Unter dem Gelächter der Clique verließ sie das Zimmer. Es war ein erbärmlicher Abgang. Aber das war Marie in diesem Moment egal. Etwas anderes trieb ihr die Tränen in die Augen. Franzi und Kim hatten sie verraten! Ihre beiden besten Freundinnen! Marie ballte die Fäuste. Das würde sie ihnen nie verzeihen.

Detektivclub ade?

»Hallo, hier ist Benni!«

Franzi drückte den Telefonhörer fester ans Ohr. Ihr Herz begann aufgeregt zu klopfen. »Hey, wie geht's denn so?«, fragte sie so locker wie möglich.

Seit dem missglückten Treffen im *Café Lomo* hatte sie Benni nicht mehr gesehen oder gesprochen. Ob er sich mit ihr verabreden wollte? Vielleicht fehlte sie ihm ja genauso sehr wie er ihr …

»Bestens!«, antwortete Benni überschwänglich. »Stell dir vor, übermorgen hab ich ein Date!«

Eine kalte Hand griff nach Franzis Herz. »Tatsächlich?«

»Ja, mit Elisa! Ist das nicht toll?«

»Hm.« Franzis Mund war plötzlich ganz trocken und ihr Hals rau. Die Turmspringerin! Franzi hatte versucht, sie aus ihren Gedanken zu verbannen und so zu tun, als gäbe es sie nicht, aber nun machte ihr die Wirklichkeit einen Strich durch die Rechnung.

»Ich hab deinen Rat befolgt und sie angerufen«, erzählte Benni, dem Franzis Schweigsamkeit nicht weiter aufzufallen schien. »Wir haben ein bisschen gequatscht und dann hab ich sie gefragt, ob wir nicht mal zusammen skaten gehen wollen. Leider kann sie nicht skaten, also haben wir uns fürs Kino verabredet. Ich bin noch total aus dem Häuschen! Sie will tatsächlich mit mir ausgehen!« Er klang so glücklich, dass es kaum auszuhalten war.

»Schön für dich«, murmelte Franzi.

»Vielen Dank für deine guten Tipps«, sagte Benni. »Ohne dich hätte ich mich bestimmt nicht getraut, bei Elisa anzurufen.«
Franzi hätte sich am liebsten selbst geohrfeigt. Warum hatte sie Benni bloß geraten, sich bei Elisa zu melden? Warum hatte sie ihm diese Tussi nicht sofort ausgeredet?
»Ich muss jetzt Schluss machen.« Benni schien es eilig zu haben. »Ich meld mich wieder und erzähl dir, wie's gelaufen ist, okay?«
»Okay«, presste Franzi hervor. Dabei war das Letzte, was sie hören wollte, eine ausführliche Schilderung von Bennis neuem Liebesglück.
Ihre Hand hielt krampfhaft den Hörer umklammert, aus dem jetzt nur noch monotones Tuten drang. Ihr Arm war schwer, genauso wie ihr restlicher Körper. Jede Bewegung kostete sie eine fast unüberwindliche Mühe. Sie fühlte sich krank. Und trotzdem wusste sie genau, was sie jetzt tun musste. Sie kämpfte die lähmende Traurigkeit nieder und wählte Maries Nummer.

Eine Stunde später hörte Kim, wie es an der Haustür klingelte. Erleichtert erhob sie sich von ihrem Schreibtisch. Sie versuchte gerade, sich eine ellenlange Liste von unregelmäßigen Verben für die nächste Englischarbeit einzuprägen, und war dankbar für jede Abwechslung.
Auf dem Weg zur Treppe kam sie an Bens und Lukas' Zimmer vorbei, aus dem lautes Geschrei drang. Die beiden hatten einen Freund zu Besuch und es klang, als würden sie das gesamte Mobiliar auseinandernehmen. Kim überlegte kurz,

ob sie nach dem Rechten sehen sollte, beschloss dann aber, sich lieber nicht einzumischen. Außerdem klingelte es in diesem Moment ein zweites und ein drittes Mal, und Kim eilte die Treppe hinunter.
Vor der Haustür stand Franzi. Sie sah völlig aufgelöst aus. Ihr Gesicht war bleich, die roten Haare hingen strähnig herab und ihre Augen waren rot und verquollen.
»Was ist denn mit dir los?«, fragte Kim besorgt. »Hast du geweint?«
Franzi schluchzte. »Benni hat ein Date mit dieser Turmspringerin! Ich glaube, er hat sich ernsthaft in sie verliebt.«
»Komm erst mal rein.« Kim zog Franzi ins Haus und schob sie die Treppe hinauf in ihr Zimmer. »Und jetzt erzähl mir alles.«
Eine halbe Stunde später waren Franzis Tränen endlich versiegt. Nachdem sie sich ihren Kummer von der Seele geredet hatte, schien es ihr etwas besser zu gehen. Kim schob ihr den Rest der Schokoladentafel hin, die sie aus dem Geheimfach in ihrem Schrank geholt hatte. Dort bewahrte sie immer etwas Süßes für Notfälle auf. Und Schokolade war nun einmal der beste Seelentröster überhaupt.
»Hier, nimm noch ein Stück«, forderte sie Franzi auf. »Und mach dir nicht zu viele Gedanken. Vielleicht stellt sich ja heraus, dass diese Elisa gar nicht Bennis Typ ist. Weiß Marie schon Bescheid? Wir könnten sie anrufen, dann kommt sie bestimmt rüber.«
Franzi schüttelte den Kopf. »Ich hab schon mit ihr gesprochen, bevor ich zu dir gefahren bin. Sie war total komisch am Telefon. Richtig zickig und abweisend.«

Kim runzelte die Stirn. Das passte überhaupt nicht zu Marie. Normalerweise hatte sie immer ein offenes Ohr für die Probleme ihrer Freundinnen. »Merkwürdig …«, murmelte sie. »Hast du sie gefragt, was los ist?«

»Na klar.« Franzi nickte. »Sie hat gesagt, ich soll auf der Homepage von Lizzys Clique nachsehen, dann wüsste ich Bescheid. Wahrscheinlich hat sie mal wieder ein anstrengendes Cliquen-Treffen über sich ergehen lassen müssen und war deshalb genervt.«

»Ich weiß nicht …« Auch wenn Kim bereits aufgefallen war, dass die Undercover-Mission zunehmend an Maries Nerven zu zerren schien, hatte sie das Gefühl, dass diesmal mehr hinter ihrer schlechten Laune steckte. »Am besten befolgen wir Maries Rat und gehen schnell ins Internet.«

Kim stand auf und fuhr ihren Laptop hoch. Als sich die Homepage der Clique aufbaute, stockte ihr der Atem. »Was ist das denn?«, flüsterte sie entsetzt.

Auch Franzi, die hinter Kim stand, wurde blass. Mitten auf der Seite prangte in Großbuchstaben:

**DIE WAHRHEIT ÜBER DIE DREI !!! –
EIN CLUB VOLLER ÜBERRASCHUNGEN!**
Klickt hier und lacht euch kringelig.
Viel Spaß!!!

Mit zitternden Fingern klickte Kim auf das Videosymbol. Der Film begann. Er war kurz, aber das machte ihn nicht weniger schockierend. Als der Film zu Ende war, breitete sich betroffenes Schweigen in Kims Zimmer aus. Nur die

Schreie der Zwillinge waren gedämpft aus dem Nachbarzimmer zu hören. Es klang, als würden sie sich gegenseitig umbringen – was vielleicht nicht die schlechteste Idee war …
Schließlich brach Franzi das Schweigen. »So eine riesengroße Schweinerei!«, sagte sie mit heiserer Stimme. »Dieses Video ist echt das Letzte!«
Kim starrte immer noch auf den Bildschirm. Sie fühlte sich wie betäubt. In ihrem Kopf wirbelten die Gedanken herum. Wer hatte den Film gedreht? Und wann? Es musste Dana gewesen sein, bei ihrem gestrigen Treffen. Darum hatte sie also so lange in ihrer Tasche gewühlt! Sie hatte bestimmt ihr Handy so positioniert, dass sie das ganze Gespräch filmen konnte. Und sie und Franzi hatten nichts gemerkt …
»Kann man das irgendwie löschen?«, fragte Franzi.
Kim schüttelte den Kopf. »Die Seite kann nur von autorisierten Personen bearbeitet werden. Wahrscheinlich hat inzwischen die halbe Stadt den Film gesehen.« Sie fühlte sich leer und mutlos. Wie sollte sie es schaffen, morgen zur Schule zu gehen? Und übermorgen? Und danach jeden weiteren Tag? Wie sollte sie ihren Mitschülern gegenübertreten? Bestimmt hielten sie jetzt alle für eine aufgeblasene Angeberin, die sich nur wichtigmachen wollte und zudem noch nicht einmal einen Becher Kakao trinken konnte, ohne sich von oben bis unten zu bekleckern.
Unten klingelte es wieder, aber Kim blieb einfach sitzen. Früher oder später würde ihre Mutter bestimmt öffnen. Sie saß im Arbeitszimmer und korrigierte die Diktate ihrer Grundschüler. Kim versuchte die Konsequenzen des Videos abzuschätzen, doch es gelang ihr nicht.

Da wurde die Tür aufgerissen und Marie stürmte herein.
»Hallo, Marie.« Kim lächelte schwach. »Gut, dass du da bist. Wir haben gerade das Video gesehen.«
»Ein ganz schöner Schock, was?«, fragte Franzi.
Marie blitzte sie wütend an. Erst jetzt fiel Kim auf, dass ihre Miene wie versteinert war. »Ja, vor allem ein Schock für mich. Lizzy hat mir den Film gestern Abend vor der versammelten Clique vorgespielt. Und dann hat sie meine Tarnung auffliegen lassen. Sie hat herausgekriegt, dass ich auch zum Detektivclub gehöre.«
Kim wurde blass. »Was? So ein Mist! Das ist eine echte Katastrophe! Was sollen wir denn jetzt machen?«
»Ich mache gar nichts mehr.« Marie, die mitten im Zimmer stehen geblieben war, verschränkte demonstrativ die Arme vor der Brust. »Ich steige aus.«
»Du steigst aus?« Franzi machte ein verwirrtes Gesicht. »Was soll das heißen?«
»Dass ich keine Lust mehr auf den Detektivclub habe«, erklärte Marie kühl. »Und auf euch auch nicht. Ich hätte nie gedacht, dass ihr so über mich redet, wenn ich nicht dabei bin.«
»Aber … aber …«, stammelte Kim. Sie begriff erst allmählich den Sinn hinter Maries Worten. »Der Film wurde manipuliert! Du kannst doch nicht ernsthaft glauben, dass das Gespräch tatsächlich so abgelaufen ist!«
»Franzi hat über mich abgelästert, das ist Fakt«, stellte Marie fest. »Oder hast du etwa nicht gesagt, dass dich meine Unpünktlichkeit nervt und du mich manchmal am liebsten gegen die Wand klatschen würdest?«

»Doch, aber das Zitat ist total aus dem Zusammenhang gerissen«, versuchte Franzi sich zu rechtfertigen.
»Der Film ist sehr geschickt bearbeitet worden.« Kims Gehirn erholte sich allmählich vom ersten Schreck und begann wieder normal zu funktionieren. »Lizzy hat verschiedene Stellen aus dem Video herausgeschnitten und so zusammengesetzt, dass das Endergebnis total peinlich wirkt.«
Leider ließ sich Marie nicht so leicht besänftigen. »Es ist trotzdem das Letzte, vor anderen schlecht über mich zu reden! Im Grunde seid ihr auch nicht besser als Lizzy und ihre Clique.«
»Jetzt mach aber mal einen Punkt!« Franzi runzelte ärgerlich die Stirn. »Das kannst du doch gar nicht vergleichen! Im Übrigen stimmt jedes Wort, das ich gesagt habe. Du bist wirklich immer super unpünktlich – und das hab ich dir auch schon oft genug ins Gesicht gesagt. Also kann von Lästern sowieso keine Rede sein. Manchmal hab ich das Gefühl, dir ist alles andere wichtiger als der Detektivclub – deine Aerobicstunden, der Gesangsunterricht, die Theater-AG …«
»Das ist nicht fair!«, rief Marie, die vor Wut rot anlief. »Ich hetze mich immer total ab, aber ich schaffe es eben nicht jedes Mal rechtzeitig.«
»Vielleicht solltest du mal überlegen, was dir wirklich am Herzen liegt«, gab Franzi zurück. »Statt immer auf allen Hochzeiten gleichzeitig tanzen zu wollen.«
»Ich bin nun mal vielseitig interessiert und sehr beschäftigt«, sagte Marie in dem leicht arroganten Tonfall, der Franzi jedes Mal zur Weißglut brachte.
»Weißt du was?«, rief Franzi. »Dann ist es vermutlich wirk-

lich besser, du trittst aus dem Detektivclub aus und schiebst stattdessen noch ein paar zusätzliche Aerobicstunden ein.«
Die beiden standen sich gegenüber wie zwei Kampfhähne. Es sah aus, als würden sie sich jeden Moment an die Gurgel springen.
»Jetzt beruhigt euch mal wieder«, sagte Kim, die dem Streit mit wachsendem Entsetzen gefolgt war. »Es bringt doch nichts, wenn wir uns gegenseitig fertigmachen. Das ist genau das, was Lizzy mit diesem Film bezweckt!«
»Wenn das so ist, dann hat sie es geschafft«, sagte Marie. »Ich will jedenfalls nichts mehr mit dem Detektivclub zu tun haben.«
»Typisch!«, schimpfte Franzi. »Sobald es ein bisschen brenzlig wird, lässt du uns hängen!«
»Das muss ich mir nicht anhören.« Marie war kreidebleich im Gesicht. Kim meinte, Tränen in ihren Augen glitzern zu sehen. »Das hab ich echt nicht nötig. Adieu!« Sie drehte sich auf dem Absatz um und verließ erhobenen Hauptes das Zimmer. Die Tür knallte sie so laut hinter sich zu, dass Kim zusammenzuckte.
»Ein bühnenreifer Abgang, das muss man ihr lassen.« Franzi versuchte ein Grinsen, das allerdings etwas kläglich ausfiel. Der Streit hatte sie ebenfalls sichtlich mitgenommen.
Kim war nicht nach Scherzen zumute. Sie starrte immer noch auf die Tür, durch die Marie soeben verschwunden war. Eine niederschmetternde Erkenntnis blitzte in ihrem Kopf auf: Der Detektivclub war soeben an seinem absoluten Tiefpunkt angelangt.

Detektivtagebuch von Kim Jülich
Mittwoch, 17:42 Uhr
Es ist zum Verzweifeln! Seit zwei Tagen herrscht absolute Funkstille zwischen Marie und Franzi. Mit mir will Marie auch nicht sprechen. Ich hab mehrmals auf ihrem Handy durchgeklingelt, aber sie hat die Anrufe jedes Mal weggedrückt. Offenbar ist sie immer noch stinksauer. Genauso wie Franzi. Sie weigert sich strikt, über Marie zu reden.
Lizzys Film war leider ein voller Erfolg. Sie hat es tatsächlich geschafft, uns auseinanderzubringen. Was für eine falsche Schlange! Auf dem Schulhof stolziert sie jetzt immer herum wie eine Königin. Als würde die ganze Schule ihr gehören! Es ist kaum zum Aushalten.
Franzi und ich wurden auch schon mehrmals auf den Film angesprochen. In meiner Klasse musste ich mir ein paar dumme Kommentare anhören – bisher zum Glück nur von Leuten, die immer schon eifersüchtig auf unseren Erfolg waren. Auf die kann ich echt verzichten! Trotzdem ist es nicht angenehm. Seit Lizzy das Video ins Internet gestellt hat, habe ich ständig den Eindruck, alle würden mich anstarren. Schrecklich! Am liebsten würde ich gar nicht mehr in die Schule gehen, aber das macht meine Mutter nie im Leben mit. Außerdem gönne ich Lizzy den Triumph nicht. So schnell wird sie uns nicht los!
Wie soll es jetzt weitergehen? Sind Die drei !!! *tatsächlich am Ende? Ich kann es einfach nicht glauben. Wir haben schließlich schon ganz andere Krisen gemeistert. Und Lizzy darf nicht gewinnen! Wir haben allerdings nur eine Chance gegen sie, wenn wir unsere Kräfte bündeln. Und dafür müssen wir diesen dummen Streit endlich aus der Welt schaffen. Da Franzi und*

Marie leider keine Anstalten machen, sich wieder zu vertragen, bleibt es wohl an mir hängen, eine Lösung zu finden. Ich muss mir etwas einfallen lassen. Und ich glaube, ich hab auch schon eine Idee! Vielleicht hat unser Detektivclub ja doch noch eine Chance …

Die letzte Chance

Kims Herz klopfte aufgeregt, als sie das *Café Lomo* betrat. Es erinnerte sie an das allererste gemeinsame Treffen mit Franzi und Marie, die Geburtsstunde des Detektivclubs. Heute war sie fast noch nervöser, denn diesmal stand alles auf dem Spiel. Entweder würde ihr Plan funktionieren – oder der Club war für immer gestorben.

Kim nahm in der Sofaecke Platz und wartete. Kurze Zeit später kam Franzi herein. Sie lächelte, als sie Kim entdeckte, und winkte ihr zu. Ihre Wangen waren vom Herbstwind gerötet und ihre Haare zerzaust.

»Prima Idee von dir, mal wieder einen *Kakao Spezial* im *Lomo* zu trinken«, sagte Franzi, während sie sich neben Kim aufs Sofa fallen ließ. »Genau das Richtige an so einem grauen und ungemütlichen Samstagnachmittag.« Sie winkte der Bedienung.

Kim ließ die Tür nicht aus den Augen. Was Franzi nicht wusste, war, dass Kim nicht nur sie ins Café bestellt hatte. Mit nur fünf Minuten Verspätung tauchte Marie im Eingangsbereich auf. Kim seufzte erleichtert. Marie war tatsächlich gekommen! Kim hatte schon befürchtet, sie würde die SMS mit der Einladung einfach löschen oder ignorieren. Aber es gab offenbar noch Hoffnung. Jetzt musste Kim nur dafür sorgen, dass Marie nicht gleich wieder kehrtmachte. Denn inzwischen hatte sie Franzi in der Sofaecke entdeckt. Ihr Gesicht verschloss sich augenblicklich und ihr Blick wurde kalt und abweisend.

Auch Franzi zog eine Grimasse. »Was will die denn hier?«
»Ich habe Marie eingeladen«, sagte Kim ruhig. »Denn so kann es einfach nicht weitergehen.«
Es kostete Kim einige Überredungskunst, Marie dazu zu bewegen, sich zu ihnen zu setzen. Aber schließlich hatte sie es geschafft. Marie und Franzi hatten die Plätze eingenommen, die am weitesten voneinander entfernt waren, und sahen einander nicht an. Kim saß genau in der Mitte.
»Da wären wir!«, sagte sie betont fröhlich. »Alle drei an einem Tisch. Das ist doch schon mal ein Anfang.«
»Ich wüsste nicht, was ich mit dieser Person noch zu besprechen hätte.« Marie nickte zu Franzi hinüber. »Ich denke, es ist alles gesagt.«
»Ganz meine Meinung«, stimmte Franzi zu. »Darum werde ich jetzt auch gehen.« Sie wollte aufstehen, aber Kim griff nach ihrem Handgelenk und zog sie ungewöhnlich energisch aufs Sofa zurück.
»Du bleibst hier!«, sagte sie streng.
»He, was soll das?« Franzi rieb sich das Handgelenk.
»Du willst wissen, was das soll?« Kim merkte, wie heiße Wut in ihr aufstieg. Wut auf Lizzy und ihre Clique, die diesen Schlamassel angezettelt hatte. Aber auch Wut auf Marie und Franzi. Warum mussten ihre Freundinnen nur so wahnsinnig stur sein? »Ich sag euch jetzt, was das soll. Mir reicht's! Ihr habt genug geschmollt. Ich hab euch hierherbestellt, damit ihr euch endlich wieder vertragt. Wir sind schließlich nicht mehr im Kindergarten!«
Franzi und Marie sahen Kim überrascht an. Solche Wutausbrüche waren bei ihr äußerst selten.

»So einfach ist das nicht …«, begann Marie, aber Kim unterbrach sie.
»Doch, so einfach ist das.« Sie funkelte Marie ärgerlich an. »Du brauchst Franzi nur die Hand zu reichen und ihr ihre etwas unbedachten Kommentare zu verzeihen, das ist alles.« Sie wandte sich an Franzi. »Und du solltest dich bei Marie dafür entschuldigen, dass du vor Dana über sie hergezogen hast. Das war nicht nett, und das hab ich dir damals auch schon gesagt.«
»Tatsächlich?«, fragte Marie überrascht. »Du hast dich für mich eingesetzt?«
»Natürlich!«, rief Kim. »Was meinst du denn? Schließlich bin ich deine Freundin!«
Marie starrte betreten zu Boden. »Und ich dachte … na ja … ich hab geglaubt, ihr hättet euch gemeinsam das Maul über mich zerrissen.«
Kim zückte ihr Handy und hielt es Marie hin. »Hier. Schau dir das an.«
Sie drückte auf Play. Ein Video begann. Marie schaute gebannt auf das Display. Auch Franzi rückte neugierig näher. Diesmal sahen sie das Gespräch zwischen Dana, Franzi und Kim in Echtzeit. Nichts war geschnitten, nichts bearbeitet. Kim beobachtete Maries Gesicht. Gerade waren sie an der entscheidenden Stelle angelangt.
Die Franzi auf dem Display seufzte. »Manchmal könnte ich sie echt gegen die Wand klatschen.« Dann grinste sie. »Aber was soll's. Wir sind trotz allem Freundinnen. Und wir gehen gemeinsam durch dick und dünn.«
Kurz darauf war der Film zu Ende. »So, das war's.« Kim

steckte das Handy wieder weg. »Jetzt weißt du, wie es in Wirklichkeit abgelaufen ist.«

Marie blickte auf. Sie sah verwirrt aus. »Das war alles?«

Kim nickte. »Das ist der Originalfilm von Danas Handy.«

»Im richtigen Zusammenhang klingt es gar nicht so schlimm«, gab Marie zu. »Vielleicht hab ich tatsächlich etwas überreagiert ...«

Franzi kratzte sich am Hinterkopf. »Genauso wie ich. Ich hätte dich bei Kim nicht so anbrüllen dürfen. Tut mir leid.«

»Tut es dir auch leid, dass du gesagt hast, du könntest mich manchmal gegen die Wand klatschen?«, wollte Marie wissen.

Franzi schüttelte den Kopf. »Nein, das ist die reine Wahrheit.« Sie grinste. Dann wurde sie wieder ernst. »Genauso wie alles andere, was ich danach noch gesagt habe.«

»Dass wir Freundinnen sind«, murmelte Marie. »Und dass wir gemeinsam durch dick und dünn gehen.«

Franzi nickte. »Genau.« Sie streckte Marie die Hand hin. »Vergeben und vergessen?«

Marie schlug ein. »Vergeben und vergessen!«

Kim seufzte erleichtert. »Na endlich! Das wurde aber auch Zeit. Ich dachte schon, wir könnten den Detektivclub einmotten.«

»Auf keinen Fall!«, sagte Franzi. »Wir dürfen Lizzy und ihrer Clique nicht so einfach das Feld überlassen.«

»Das finde ich auch«, stimmte Marie zu. »Wir müssen dieser hinterhältigen Hexe dringend einen Denkzettel verpassen. Jetzt erst recht! Eine Unverschämtheit, uns mit diesem Video derartig lächerlich zu machen. Ich musste mir diese Woche ganz schön viele dumme Sprüche anhören ...«

»Ich auch«, sagte Franzi. »Ziemlich unangenehm, oder?«
Marie zuckte mit den Schultern. »Da muss man drüberstehen. In ein paar Tagen ist der Film sowieso Schnee von gestern.«
»Hoffentlich …«, murmelte Kim.
»Eins würde mich jetzt aber doch interessieren«, sagte Franzi. »Wie bist du an den Originalfilm gekommen?«
Kim grinste. »Ganz einfach: Ich bin in der Pause in Danas Klasse geschlichen, hab mir ihr Handy geschnappt und den Film per MMS an mein eigenes Handy geschickt. Zum Glück hatte sie ihn noch nicht gelöscht.«
Franzi und Marie waren baff.
»Wow!«, sagte Franzi bewundernd. »So eine riskante Aktion hätte ich dir gar nicht zugetraut.«
Kim war die Vorsichtigste der drei !!!. Bei gefährlichen Aktionen bekam sie regelmäßig Herzrasen und hatte alle Hände voll zu tun, ihre aufkeimende Panik zu unterdrücken.
Marie klopfte ihr auf die Schulter. »Gut gemacht, Kim!«
Kim strahlte vor Stolz über die anerkennenden Worte. Aber am glücklichsten machte sie, dass Marie und Franzi ihren Streit endlich beigelegt hatten. Die drei !!! waren wieder vereint!
»Jetzt brauchen wir nur noch einen Plan, wie wir Lizzy und ihre Clique unschädlich machen können«, stellte Franzi fest.
»Gemeinsam fällt uns bestimmt etwas ein«, sagte Kim. »Aber vorher müssen wir ganz dringend noch etwas anderes erledigen.«
»Was denn?«, fragte Marie.
»Na, was wohl? Unseren Schwur natürlich!« Kim streckte

den Arm aus. Die anderen folgten ihrem Beispiel und alle drei legten die Hände übereinander.
»Die drei !!!«, sagten Kim, Franzi und Marie im Chor.
Kim sagte »Eins!«, Marie »Zwei!« und Franzi »Drei!«.
Zum Schluss hoben sie gleichzeitig die Hände und riefen: »Power!!!«

Mit List und Tücke

Es dauerte lange, bis die drei !!! einen Plan entwickelt hatten. Den ganzen Samstagnachmittag saßen sie im *Café Lomo*, steckten die Köpfe zusammen, überlegten und diskutierten. Um kurz nach sechs lehnte sich Kim zurück und streckte ihren schmerzenden Rücken durch. »Ich muss leider los, Leute. Wenn ich zu spät zum Abendessen komme, dreht meine Mutter durch. Seit die Zwillinge mit ihrem Kumpel beim Indianerspielen ihr ganzes Zimmer verwüstet haben, ist sie ziemlich schnell genervt.«

Franzi grinste. »Was haben deine Brüder denn jetzt wieder angestellt?«

»Sie wollten einen Marterpfahl bauen und haben dafür ihre Betten auseinandergeschraubt.« Kim lachte. »Papa hat es abends nicht mehr geschafft, sie zusammenzubauen, darum mussten Ben und Lukas eine Nacht auf dem Fußboden schlafen.«

Marie schüttelte den Kopf. »Diese Bengel lassen sich auch immer wieder etwas Neues einfallen.«

»Tja, wenn es um irgendwelchen Unsinn geht, sind sie tatsächlich sehr einfallsreich«, sagte Kim. Sie griff nach ihrer Jacke. »Wir sehen uns morgen bei dir, Marie, okay?«

Marie nickte. »Und dann startet Phase eins des Anti-Cliquen-Plans.«

Franzi rieb sich die Hände. »Ich kann's kaum erwarten. Diese Lizzy wird es noch bitter bereuen, sich mit uns angelegt zu haben!«

Am Sonntag trafen Kim und Franzi pünktlich um drei Uhr nachmittags bei Marie ein. Marie hatte sich extra chic gemacht. Sie trug einen kurzen, auberginefarbenen Wollrock und hohe Stiefel. Ihre Haare waren frisch gewaschen und ihr Gesicht dezent geschminkt.

»Ist er schon da?«, flüsterte Franzi.

Marie nickte. »Er sitzt im Wohnzimmer. Kommt rein.«

Franzi stieg leichter Maiglöckchenduft in die Nase, als sie ihrer Freundin in den großzügigen Wohnraum des Penthouse folgte. Marie hatte ihr Lieblingsparfum aufgelegt. Adrian saß auf dem hellen Ledersofa. Vor ihm stand eine dampfende Tasse Kaffee und ein großer Teller mit Gebäck. Offenbar hatte Marie die halbe Bäckerei leer gekauft. Für Kim und Franzi war ebenfalls gedeckt.

»Setzt euch doch!«, sagte Marie.

Kim und Franzi begrüßten Adrian und nahmen ihm gegenüber auf dem Sofa Platz. Seit sie in den Sommerferien gemeinsam nach Berlin gefahren waren, wo Adrians Theatertruppe beim *Sommerfestival Junge Bühne* aufgetreten war, kannten sie den jungen Schauspielschüler ziemlich gut. Franzi konnte verstehen, warum Marie sich in ihn verliebt hatte. Mit seinen fransigen, halblangen Haaren und den hellbraunen Augen sah er ziemlich gut aus. Außerdem war er sympathisch, höflich und hatte einen guten Humor. Nur war er leider schon achtzehn und somit viel zu alt für Marie – eine Ansicht, die Marie selbst allerdings nicht teilte.

Marie hatte sich neben Adrian gesetzt und gab den Kuchenteller herum. Dabei himmelte sie Adrian so offensichtlich an, dass Franzi beinahe grinsen musste. Maries gute Vorsät-

ze, sich Adrian aus dem Kopf zu schlagen, schienen wirklich nicht besonders gut zu funktionieren.
Adrian nippte an seinem Kaffee. Dann stellte er die Tasse auf dem Couchtisch ab. »Verratet ihr mir jetzt endlich, was dieses feierliche Treffen zu bedeuten hat? Marie hat bis jetzt kein Sterbenswort gesagt. Wollt ihr mir einen Heiratsantrag machen? Oder habt ihr das Bundesverdienstkreuz für besondere Detektivleistungen bekommen?«
Marie war bei dem Wort »Heiratsantrag« rosa angelaufen, aber sie hatte sich schnell wieder im Griff. Sie straffte die Schultern, räusperte sich und verkündete in geschäftsmäßigem Ton: »Wir brauchen deine Hilfe, Adrian.« Schnell erklärte sie ihm, worum es ging.
Adrian runzelte die Stirn. »Das klingt ja übel! Eine Clique an eurer Schule betreibt Cybermobbing und niemand tut etwas dagegen?«
Franzi nickte eifrig. »Genau! Wir müssen Lizzy und die anderen unbedingt stoppen, bevor sie noch mehr Leute ins Unglück stürzen.«
»Da bin ich voll und ganz eurer Meinung«, sagte Adrian. »Nur eins verstehe ich immer noch nicht: Wie kann ich euch dabei helfen?«
Jetzt ergriff Kim das Wort. »Wir brauchen jemanden, der Lizzy und ihre Freundinnen in die Falle lockt. Franzi und mich kennen sie bereits aus der Schule und Maries Tarnung ist leider aufgeflogen. Darum müssen wir einen Außenstehenden hinzuziehen. Jemanden, der bei der Clique keinen Verdacht erregt.«
»Kurz gesagt: dich!« Marie strahlte Adrian an.

Adrian runzelte überrascht die Stirn. »Ihr meint, ich soll den Lockvogel für euch spielen?«
»So kann man es auch ausdrücken«, sagte Franzi fröhlich.
»Und wie habt ihr euch das genau vorgestellt?«, wollte Adrian wissen.
»Es ist ganz einfach«, antwortete Marie. »Und natürlich völlig ungefährlich für dich.«
»Na, da bin ich aber beruhigt …«, murmelte Adrian.
Marie ließ sich nicht beirren. »Du brauchst dich nur auf der Cliquen-Homepage einzuloggen und Kontakt mit den Mädchen aufzunehmen. Eine von ihnen beißt bestimmt an.«
»Warum sollten sie?«, fragte Adrian. »Sie kennen mich doch gar nicht.«
»Vielleicht doch, du bist schließlich ein erfolgreicher Schauspieler.« Marie klimperte – für Franzis Geschmack etwas zu auffällig – mit ihren schwarz getuschten Wimpern.
Adrian grinste. »Du brauchst gar nicht zu versuchen, mir Honig ums Maul zu schmieren. Ein erfolgreicher Schauspieler, so ein Schwachsinn! Bloß weil ich die Hauptrolle in *Geschlossene Gesellschaft* hatte und mein Foto ein paar Mal in der Zeitung war …«
»Einen Versuch ist es wert«, sagte Kim. »Wenn keines der Mädels darauf anspringt, müssen wir uns eben etwas anderes überlegen.«
»Mal angenommen, es klappt, wie soll es dann weitergehen?«, fragte Adrian.
»Du verabredest dich mit dem betreffenden Mädchen und triffst dich irgendwo mit ihr«, erklärte Marie. »Du könntest ein bisschen mit ihr flirten, ganz harmlos natürlich, und sie

nach und nach dazu bringen, den Cliquenterror und die Diebstähle zu gestehen.«

Adrian schüttelte den Kopf. »Das funktioniert nie im Leben! Heutzutage weiß doch jedes Kind, dass man bei Internetbekanntschaften äußerst vorsichtig sein muss. Ein persönliches Treffen kann voll nach hinten losgehen.«

»Das stimmt allerdings …« Franzi musste an ihre eigenen schlechten Erfahrungen denken, die sie während des dritten Falls der drei !!! gemacht hatte. Damals war sie auf eine Chat-Bekanntschaft hereingefallen. Der Typ, den sie im Internet so süß gefunden hatte, hatte sich schließlich als Krimineller entpuppt – eine herbe Enttäuschung für Franzi.

»Wie Kim schon sagte: Einen Versuch ist es wert.« Marie rückte noch etwas näher an Adrian heran und legte ihm die Hand auf den Unterarm. »Was ist jetzt, hilfst du uns? Du bist unsere letzte Chance! Wenn du Nein sagst, wird die Clique immer weitermachen und der Terror an der Georg-Lichtenberg-Gesamtschule niemals ein Ende nehmen …«

Adrian grinste. »Okay, okay, schon gut. Ich gebe mich geschlagen. So viel geballtem Charme kann ich einfach nicht widerstehen.«

Marie wurde knallrot. Um ihre Verwirrung zu überspielen, sprang sie schnell auf und holte ihren Laptop. »Prima! Du bist ein Schatz, Adrian!« Sie positionierte den Laptop auf dem Couchtisch und stellte die Internetverbindung her. »Am besten, wir legen gleich los.«

Adrian seufzte. »Von mir aus. Aber seid nicht zu enttäuscht, wenn euer Plan nicht aufgeht.«

Kim und Franzi setzten sich zu Adrian und Marie, und zu

viert starrten sie gebannt auf den Bildschirm, während sich die Homepage der Clique aufbaute.
Adrian pfiff leise durch die Zähne, als er das Cliquenfoto sah, das auf der Startseite prangte. »Wow, die drei sehen wirklich nicht schlecht aus. Vielleicht ein bisschen zu aufgestylt für meinen Geschmack. Was soll ich jetzt machen?«
»Erst mal müssen wir dich bei *News4Teens* anmelden«, erklärte Marie. »Dazu brauchst du einen guten Nickname.« Sie überlegte. Plötzlich grinste sie. »Wie wär's mit Jean-Paul? Nach Jean-Paul Sartre, dem Verfasser von *Geschlossene Gesellschaft*. Klingt doch cool, oder?«
Adrian zuckte mit den Schultern. »Von mir aus.«
Marie tippte eifrig drauflos. Dann schob sie Adrian den Laptop hinüber. »Jetzt kannst du einen Kommentar in die Plauderecke schreiben.« Sie deutete auf einen Bereich der Cliquen-Homepage, in dem andere User Kommentare abgeben und mit Lizzy und ihren Freundinnen ins Gespräch kommen konnten.
Adrian überlegte kurz, dann flogen seine Finger über die Tasten.

Jean-Paul: *Hab gerade eure Seite entdeckt. Respekt! Drei so hübsche Mädchen hab ich lange nicht mehr gesehen, *freu*. Wo habt ihr euch bisher versteckt?*

Nervös warteten die drei !!! auf eine Antwort. War die Clique gerade online? Oder mussten sie die Fortsetzung der Aktion verschieben? Aber nur wenige Sekunden später prangte ein neuer Kommentar unter Adrians.

Power-Cat: *Danke für das Kompliment, auch wenn es ziemlich abgedroschen ist. *ätz!!!* Wir stehen nicht auf Schleimer und Süßholzraspler, klar?*

Adrian fuhr sich durch seine fransigen Haare. »Das war wohl nichts. Vielleicht eigne ich mich doch nicht so gut als Lockvogel.«

»Und ob!« Marie klang ganz aufgeregt. »Du musst jetzt am Ball bleiben. Mach weiter!«

Adrian seufzte und begann wieder zu schreiben.

Jean-Paul: *Sorry, ich wollte nicht aufdringlich sein. War nur so beeindruckt von eurem Foto. Nichts für ungut … :-(((*

Dreißig Sekunden später kam die Antwort.

Power-Cat: *Wer bist du, geheimnisvoller Fremder? Kennen wir uns? Wir unterhalten uns nicht gerne mit einem Phantom.*

Nach kurzer Beratung mit den drei !!! entschied sich Adrian dafür, seinen richtigen Namen preiszugeben. Nur so konnte er darauf hoffen, das Vertrauen der Mädchen zu gewinnen.

Jean-Paul: *Im echten Leben heiße ich Adrian.*

Die Antwort kam prompt.

Power-Cat: *Hallo, Adrian! Erzähl uns ein bisschen was von dir. Über uns weißt du ja schon einiges, wenn du die Homepage aufmerksam gelesen hast. *grins**

Jean-Paul: *Ich bin achtzehn Jahre alt und gehe auf die Schauspielschule. Ich kann eine prima Pizza machen und den besten Ananascocktail der Stadt mixen! ;-)*

Power-Cat: *Hört sich gut an! :-))) Und wie siehst du aus?*

Jean-Paul: *Ihr könnt euch ein Foto von mir auf der Homepage der Schauspielschule ansehen. Einfach auf* Geschlossene Gesellschaft *klicken, da findet ihr ein paar Aufnahmen von den Proben und der Aufführung.*

Diesmal dauerte es eine Weile, bis ein neuer Kommentar erschien. Nervös knabberte Kim an einer Rosinenschnecke. Würde die Clique in die Falle tappen? Endlich war es so weit.

Power-Cat: *Sag bloß, du bist der Hauptdarsteller aus* Geschlossene Gesellschaft*???!!! *freu!* Ich hab das Stück damals gesehen und war be-geis-tert! Du hast wirklich wahnsinnig gut gespielt!*

Jean-Paul: *Danke! Schön, dass es dir gefallen hat. :-))) Mir hat's auch viel Spaß gemacht. Später würde ich gerne zum festen Ensemble einer großen Bühne gehören, aber das ist bis jetzt nur ein Traum.*

Power-Cat: *Du schaffst das, ganz bestimmt! Ich kann es immer noch nicht fassen, dass wir jetzt miteinander chatten. Wie bist du auf unsere Homepage gestoßen?*

Jean-Paul: *Reiner Zufall. Hatte Langeweile und bin ein bisschen herumgesurft. Verrätst du mir jetzt, mit welcher der drei Schönheiten ich es zu tun habe? Oder sitzt ihr alle drei vor dem Computer?*

Kurzes Zögern. Die drei !!! hielten vor Aufregung den Atem an, aber dann kam endlich die Antwort.

Power-Cat: *Nein, ich bin allein. Ich heiße Kathi. Die mit den roten Haaren ganz rechts auf dem Foto.*

Jean-Paul: *Wow! Ich hatte gehofft, dass du es bist. Rote Haare finde ich toll. Und dich fand ich auf dem Bild auf Anhieb supersympathisch.*

Power-Cat: *Das sagst du jetzt nur so!!! :-(*

Jean-Paul: *Nein, das meine ich vollkommen ernst! Kein Witz!!!*

Power-Cat: *Okay, wenn du meinst ... Ich glaube dir. Danke für das Kompliment.*

Jean-Paul: *Was machst du heute noch so?*

Power-Cat: *Hmmm, mal überlegen ... keine Ahnung. Heute steht nichts mehr an. Warum?*

Adrian wechselte einen schnellen Blick mit den drei !!!. »Soll ich sie jetzt schon nach einem Date fragen? Oder ist es noch zu früh?«
Kim sah zu Marie. »Was meinst du? Du kennst Kathi am besten.«
Marie überlegte kurz. »Ich glaube, wir sollten es wagen. Kathi tut zwar immer total cool, aber in Wirklichkeit ist sie ziemlich naiv. Und sie hat einen Komplex wegen ihrer Figur. Ich schätze, sie hat es deswegen nicht immer leicht in der Clique. Sie lechzt geradezu nach Bestätigung und wird sich bestimmt super geschmeichelt fühlen, wenn du sie um ein Date bittest. Zumal sie dich ja schon vom Theater her kennt. Das ist ein echter Glücksfall für uns!«
Adrian nickte. »Okay, gehen wir aufs Ganze.« Er holte tief Luft und begann wieder zu tippen.

Jean-Paul: *Ich weiß, das kommt jetzt ziemlich plötzlich, doch was hältst du davon, wenn wir uns mal treffen? Chatten ist ja schön und gut, aber ich würde dich wahnsinnig gerne persönlich kennenlernen. Wir könnten diesen langweiligen Sonntag doch gemeinsam verbringen – zum Beispiel in einem gemütlichen Café. Ich lade dich zu einem Milchkaffee ein. Was meinst du???*

Kathi schien zu überlegen, denn ihre Antwort ließ eine Weile auf sich warten.

Power-Cat: *Ich weiß nicht ... das kommt tatsächlich sehr plötzlich ... Und wer sagt mir denn, dass du wirklich derjenige bist, für den du dich ausgibst? Du könntest schließlich sonst wer sein! Ich glaube, das ist mir zu riskant ...*

Jean-Paul: *Ich hab eine Idee! Wir könnten uns im* Theater-Café *treffen. Da ist sonntags immer jede Menge los – also ein total ungefährlicher Treffpunkt. Und du weißt ja, wie ich aussehe. Wenn ich nicht der bin, für den du mich hältst, kannst du einfach wieder gehen. Ich fänd's toll, deine Stimme zu hören, dein Gesicht zu sehen und endlich die echte Kathi kennenzulernen!*

Die Atmosphäre in Maries Wohnzimmer war zum Zerreißen gespannt, während sie auf Kathis Antwort warteten. Kim legte sogar die Rosinenschnecke zurück auf ihren Teller, weil sie vor lauter Aufregung keinen Bissen mehr hinunterbekam. Endlich blinkte ein neuer Kommentar auf.

Power-Cat: *Okay. In einer Stunde im* Theater-Café. *Ich freu mich! :-)*

Jean-Paul: *Ich mich auch. Bis gleich! :-)))*

Kim, Franzi und Marie brachen in lautes Jubelgeschrei aus, während sich Adrian erschöpft zurücklehnte.
»Puh! Ich hätte nicht gedacht, dass Flirten im Internet so anstrengend sein kann«, stellte er fest.

Marie klopfte ihm aufmunternd auf die Schulter. »Du hast das super gemacht, großes Kompliment!«
»Sie hat tatsächlich angebissen!«, rief Franzi aufgekratzt. »Der Plan hat funktioniert!«
Kim nickte zufrieden. »Es ist echt super gelaufen.«
»Und persönlich wirst du Kathi bestimmt auch um den Finger wickeln«, sagte Marie.
»Hoffentlich …«, murmelte Adrian, der nicht so ganz überzeugt aussah.
Kim warf einen Blick auf ihre Armbanduhr. »Uns bleiben noch fünfundfünfzig Minuten, Leute. Höchste Zeit, unsere Taktik zu besprechen.«
Sie steckten die Köpfe zusammen und begannen alle gleichzeitig zu reden.

Die Falle schnappt zu

Das *Theater-Café* war am Sonntagnachmittag tatsächlich sehr gut gefüllt. Besucher der Nachmittagsvorstellung, Schauspieler, Spaziergänger und Studenten sorgten für ein fröhliches und lautstarkes Durcheinander. Adrian sicherte sich den letzten freien Tisch direkt neben der Treppe, während die drei !!! versuchten, sich in eine kleine Nische unterhalb der Treppe zu zwängen. Zum Glück fiel das in all dem Trubel niemandem auf.

»Autsch! Das war mein Fuß!«, beschwerte sich Franzi.

»Entschuldigung.« Kim wollte ein Stück zur Seite rücken, stieß aber dabei gegen Marie. »Tut mir leid. Ich fürchte, es ist einfach zu eng hier.«

»Egal, wir müssen uns eben alle so dünn wie möglich machen.« Marie nieste dreimal hintereinander. Unter der Treppe war es nicht nur eng, sondern auch ziemlich staubig.

»Hoffentlich braucht Adrian nicht zu lange, um Kathi ein Geständnis zu entlocken«, murmelte Kim. Sie zog das kleine Aufnahmegerät aus ihrem Rucksack, das zur Detektivausrüstung der drei !!! gehörte, und probierte aus, ob es noch funktionierte.

»Pssst!« Das war Adrians Stimme. Er hatte sich direkt vor die Nische gesetzt, damit die drei !!! von außen nicht zu sehen waren. »Ich glaube, sie ist gerade hereingekommen.«

»Okay, es geht los«, flüsterte Kim. Sie drückte die Starttaste des Aufnahmegerätes.

Jetzt ertönte Kathis Stimme. »Hallo! Du bist Adrian, stimmt's?«

»Richtig!« Adrian erhob sich kurz, um Kathi die Hand zu geben. »Und du bist Kathi. Ich hab dich sofort erkannt!«
Franzi, die ganz vorne in der Nische hockte, warf einen vorsichtigen Blick unter der Treppe hervor. Sie sah, wie sich Kathi an Adrians Tisch niederließ. Das Cliquenmitglied war für einen normalen Sonntagnachmittag ziemlich aufgestylt. Sie hatte sich auffällig geschminkt und trug ein farbenfrohes Minikleid. An ihren Armen klimperten zahlreiche Silberreifen. Offenbar hatte sie sich für die Verabredung mit Adrian besonders sorgfältig zurechtgemacht. Das war ein gutes Zeichen!
Jetzt sah Kathi Adrian mit einem gekonnten Augenaufschlag an. »Ich hab dich auch sofort erkannt. Du siehst genauso aus wie auf dem Foto, das in der Zeitung war. Ich hab's mir damals ausgeschnitten und über den Schreibtisch gehängt. Albern, oder?« Sie kicherte verschämt und wurde ein bisschen rot.
»Finde ich überhaupt nicht.« Adrians Stimme klang ruhig und vertrauenerweckend. »Im Gegenteil, ich fühle mich geschmeichelt. Du siehst in echt übrigens noch besser aus als auf dem Bild im Internet, wenn ich das sagen darf. Ich will auch wirklich nicht rumschleimen, Ehrenwort!«
»Keine Angst, ich glaube dir.« Kathi kicherte schon wieder. »Ich kann's noch gar nicht fassen, dass wir jetzt hier zusammen sitzen! Wenn das meine Freundinnen wüssten, die würden vielleicht Augen machen!«
»Du meinst Lizzy und Eva, die anderen Cliquen-Mitglieder?«, fragte Adrian.
Kathi nickte. »Sie haben die Clique gegründet, ich bin erst

später dazugekommen. Bloß weil ich noch keinen festen Freund hatte, tun sie immer so, als würden die Jungs nicht auf mich stehen.«
»Was?«, rief Adrian entrüstet. »Da sind sie aber komplett auf dem Holzweg! Mit deinem tollen Aussehen hast du doch bestimmt schon einer Menge Typen den Kopf verdreht, oder?«
»Na ja, es geht so …«, murmelte Kathi verlegen. Franzi konnte sehen, dass Adrians offene Bewunderung ihr extrem schmeichelte. Wer hätte gedacht, dass die coole Kathi unter solchen Komplexen litt?
»Was treibt ihr denn so mit eurer Clique?«, fragte Adrian. »Auf der Homepage klang es, als würdet ihr viele tolle Aktionen auf die Beine stellen.«
Kathi nickte heftig. »Das tun wir auch! Wir haben jede Menge Spaß zusammen, das ist echt klasse.« Es klang, als würde sie einen auswendig gelernten Text aufsagen. »Und natürlich kann nicht jeder bei uns mitmachen. Wir sind ein sehr exklusiver Club. Letztens hat sogar ein Mädchen versucht, sich unter falschem Namen bei uns einzuschleichen. Aber wir haben sie entlarvt und ihr einen ordentlichen Denkzettel verpasst!«
»Ehrlich?« Adrian schüttelte den Kopf. »Das klingt ja spannend. Erzähl!«
Kathi ließ sich nicht zweimal bitten und schilderte ausführlich Maries Undercover-Aktion – nur dass es sich bei ihr so anhörte, als wäre Marie die böse Hochstaplerin und die Clique das unschuldige Opfer einer gemeinen Intrige.
»Unglaublich!«, staunte Adrian, als Kathi fertig war. »Ihr erlebt ja echt aufregende Sachen.«

Kathi grinste zufrieden. »Allerdings. Und wir haben noch viel mehr auf Lager. Letztens zum Beispiel haben wir zwei unmöglichen Mädchen aus unserer Klasse einen kleinen Streich gespielt. Es war zum Brüllen komisch!« Diesmal wartete sie gar nicht erst auf Adrians Aufforderung, sondern legte sofort los und erzählte mit leuchtenden Augen von der fiesen Foto-Aktion in der Umkleidekabine. Natürlich klang es bei ihr so, als wäre die Sache für alle Beteiligten ein Riesenspaß gewesen.

Adrian lachte laut – dass sich sein Lachen nicht ganz echt anhörte, schien Kathi zum Glück nicht aufzufallen. »Ihr seid echt cool! Das muss ich unbedingt meinen Freunden erzählen. Die Story ist wirklich superlustig!«

Kathi lächelte geschmeichelt. Ihre Wangen waren knallrot angelaufen und sie sonnte sich in Adrians Anerkennung. »Aber das Allerbeste ist, dass wir immer genug Klamotten und Schminkzeug haben«, plapperte sie weiter. »Lizzy hatte eine geniale Idee, wie wir an die Sachen herankommen, ohne einen Cent dafür zu bezahlen.«

»Ehrlich?« Adrian machte ein interessiertes Gesicht. »Wie denn?«

Auch Franzi spitzte die Ohren. Vor Aufregung wagte sie kaum zu atmen. War Kathi Adrians Charme bereits verfallen? Würde sie das gut gehütete Cliquengeheimnis tatsächlich preisgeben?

Kathi zögerte. »Also … eigentlich darf ich ja nicht darüber reden … Wenn Lizzy das wüsste, würde sie mir den Hals umdrehen.«

»Aber du tust doch bestimmt nicht immer alles, was diese

Lizzy sagt, oder?«, fragte Adrian scheinheilig. »Schließlich hast du deinen eigenen Kopf und kannst selbst entscheiden, was richtig und was falsch ist.«
Damit hatte er genau Kathis wunden Punkt getroffen. Sie dachte einen Moment nach, dann nickte sie. »Du hast recht. Lizzy kann mich mal! Sie hat mir überhaupt nichts zu sagen. Und du verrätst es ja auch niemandem, oder?«
Adrian schüttelte den Kopf. »Natürlich nicht! Ich werde schweigen wie ein Grab.«
Kathi beugte sich vertraulich vor. »Es ist nämlich so: Wenn ein Mädchen neu in die Clique aufgenommen werden will, muss es erst bei einer Art Mutprobe mitmachen. Und die besteht normalerweise darin, teure Kosmetikartikel oder Klamotten für uns zu besorgen. Du weißt schon – ohne zu bezahlen natürlich.«
Kathi hatte so leise gesprochen, dass Franzi nicht sicher war, ob ihre Stimme später auf dem Aufnahmegerät zu hören sein würde. Sie fluchte innerlich, doch Adrian hatte offensichtlich dieselbe Befürchtung.
»Du meinst, die neuen Cliquenmitglieder müssen für euch klauen?«, fragte er laut und deutlich.
Kathi sah sich ängstlich um. »Nicht so laut! Muss ja nicht gleich das ganze Café mitbekommen.« Ein diabolisches Grinsen erschien auf ihrem sommersprossigen Gesicht. »Natürlich werden die Kandidatinnen dann meistens doch nicht aufgenommen. Aber wir sind immer top gestylt, ohne unseren Geldbeutel plündern zu müssen. Ist doch genial, oder?«
»Allerdings.« Adrian klang ziemlich perplex angesichts so viel Dreistigkeit.

Franzi nickte Kim und Marie zu. Kim schaltete das Aufnahmegerät aus. Sie hatten genug gehört. Das würde reichen, um Kathi gehörig unter Druck zu setzen. Lautlos traten sie aus ihrem Versteck.
»Hallo, Kathi«, sagte Marie freundlich. »So schnell sieht man sich wieder.«
Mit einem Schlag verschwand alle Farbe aus Kathis Gesicht und sie wurde kreidebleich. »W...w...was machst du denn hier?«, stammelte sie.
»Das werde ich dir gleich erklären.« Marie nahm auf dem freien Stuhl neben Kathi Platz. Auch Kim und Franzi setzten sich. »Ich glaube, wir haben eine Menge zu besprechen.«
»Mit dir hab ich gar nichts zu besprechen!« Kathi sprang auf, aber Marie zog sie auf ihren Stuhl zurück.
»Oh doch, das hast du«, sagte sie ruhig, aber bestimmt.
Kim, die das Band inzwischen zurückgespult hatte, drückte auf die Starttaste des Aufnahmegeräts. Kathis Augen wurden immer größer, während sie Adrians und ihrer eigenen Stimme lauschte.
»Ihr habt unser Gespräch aufgezeichnet!«, rief sie fassungslos, nachdem die Aufnahme zu Ende war. »Das ist echt das Letzte! Jetzt sag doch auch mal was, Adrian!«
Adrian lächelte entschuldigend. »Tut mir leid, aber ich war von vorneherein mit von der Partie.«
Kathi starrte ihn ungläubig an. »Das heißt ... das heißt ... du hast dich nur mit mir getroffen, um mich auszuhorchen?«
Marie nickte. »Genauso ist es. Adrian ist ein Freund von uns und hat netterweise diese kleine Aufgabe übernommen. Zum Glück ist er ein sehr talentierter Schauspieler. Du hast

deine Rolle wirklich ausgesprochen überzeugend gespielt, Adrian. Vielen Dank für deine Hilfe, du hast was gut bei uns!« Sie lächelte ihm zu.

Jetzt war es um Kathis Fassung geschehen. Tränen glänzten in ihren Augen, während sie die drei !!! wütend anfunkelte. »Ihr seid gemein! Das ist echt unfair … und fies … und hinterhältig …« Allmählich gingen ihr die Worte aus.

Marie ließ sich nicht aus der Ruhe bringen. »Unsere Methoden sind längst nicht so gemein wie eure. Zum Beispiel manipulieren wir keine Filme.«

»Und wir werden diese Aufnahme auch nicht ins Internet stellen«, sagte Kim.

»Nein?« Kathi schien ein wenig Hoffnung zu schöpfen. »Was habt ihr dann damit vor?«

»Nichts«, antwortete Franzi.

»Nichts?« Kathi machte ein ungläubiges Gesicht.

»Wenn du mit uns zur Polizei gehst und dort alles noch einmal erzählst«, fügte Franzi hinzu.

Kathi schüttelte heftig den Kopf. »Niemals! Ich werde kein Sterbenswörtchen sagen!«

»Dann sind wir leider gezwungen, die Aufnahme unserem guten Freund Kommissar Peters vorzuspielen«, sagte Kim.

»Und der Kommissar wird die entsprechenden Maßnahmen ergreifen«, fuhr Marie fort. »Was natürlich nicht besonders angenehm für dich und die anderen wird.«

Kathi schluckte. »Das könnt ihr nicht machen!«

Marie beugte sich vor und sagte langsam und deutlich: »Oh doch, das können wir. Und genau das werden wir auch tun, wenn du weiter auf stur schaltest.«

»Denk nach, Kathi!« Kim ließ die Verdächtige nicht aus den Augen. »Du würdest viel besser dastehen, wenn du freiwillig zur Polizei gehst. Falls es zur Anzeige kommt, und darauf wird es vermutlich hinauslaufen, kann sich ein Geständnis sehr positiv für dich auswirken.«

Kathi schien tatsächlich zu überlegen. Sie war in sich zusammengesunken und wirkte wie ein trauriges Abziehbild ihrer selbst. Die spitzen Bemerkungen und fiesen Sprüche waren ihr offenbar gründlich vergangen. »Okay«, sagte sie schließlich leise. »Ich bin einverstanden. Mir bleibt ja sowieso keine andere Wahl.«

Marie nickte. »Sehr richtig.«

Kim steckte das Aufnahmegerät zurück in den Rucksack und erhob sich. »Am besten gehen wir gleich los.«

Franzi stand ebenfalls auf. »Genau. Höchste Zeit, dass wir die Sache zu Ende bringen.«

Detektivtagebuch von Kim Jülich
Montag, 17:57 Uhr
Der Fall ist gelöst! Die Terror-Clique existiert nicht mehr! Nach der erfolgreichen Abhöraktion im Theater-Café *haben wir Kathi ins Präsidium begleitet. Zum Glück war Kommissar Peters in seinem Büro. Er saß über einem Stapel Akten und schien ganz froh über die Abwechslung zu sein. Wahnsinn, dass er sogar sonntags arbeitet! Jedenfalls hat er mal wieder klasse reagiert. Er hat sich Kathis Geschichte angehört, ohne sie ein einziges Mal zu unterbrechen. Ich glaube, Kathi war sogar irgendwie erleichtert, sich alles von der Seele reden zu können. Sie schien ziemlich unter Druck zu stehen. Kein Wunder, wenn*

man Tag und Nacht Angst davor haben muss, bei Lizzy in Ungnade zu fallen!
Wenn sie Glück hat, kommt sie glimpflich davon, weil sie freiwillig ein Geständnis abgelegt hat. Für die anderen wird es vermutlich etwas unangenehmer. Kommissar Peters hat natürlich sofort die entsprechenden Maßnahmen ergriffen und seine Leute losgeschickt. Leider durften wir nicht mit. Ich hätte zu gern die Gesichter von Lizzy, Eva und Dana gesehen, als die Polizei bei ihnen aufgekreuzt ist!
Immerhin hat der Kommissar vorhin extra angerufen, um zu berichten, wie die Aktion gelaufen ist. Echt nett, oder?
Dana und Eva haben einen Mordsschreck bekommen, als die Polizisten vor der Tür standen, und sofort alles zugegeben.
Lizzy war eine härtere Nuss. Sie hat erst eiskalt abgestritten, etwas mit den Diebstählen zu tun zu haben. Doch als die Polizei jede Menge Diebesgut in ihrem Zimmer gefunden hat, war auch sie überführt.
Vermutlich müssen die drei Cliquenmitglieder jetzt die Schule verlassen. Und sie bekommen eine Anzeige wegen Anstiftung zum Diebstahl. Ihre Seite auf News4Teens *wurde ebenfalls gesperrt. Endlich ist der peinliche Film über uns nicht mehr zu sehen! Ich bin echt erleichtert. Mit etwas Glück ist in ein paar Wochen Gras über die Sache gewachsen. Das hoffe ich zumindest!*
Und es gibt noch eine Neuigkeit: Nachdem alles ans Licht gekommen ist, hat unser Direktor Kommissar Peters in die Schule eingeladen! Er soll einen Vortrag über die Gefahren des Internets halten und die Schüler über Cybermobbing aufklären. Und der Kommissar hat zugesagt! Ist das nicht irre??? Bin schon sehr gespannt auf seinen Auftritt!

Geheimes Tagebuch von Kim Jülich
Montag, 18:22 Uhr
Achtung: Lesen für Unbefugte (alle außer Kim Jülich) streng verboten! Wer sich nicht daran hält, dem schmuggle ich eine extrascharfe Chilischote ins Essen. Ihr werdet schon sehen, was ihr davon habt …
Ich bin so glücklich! Zwischen Michi und mir ist alles wieder in Ordnung. Unser romantisches Abendessen war ein voller Erfolg. Michi war total begeistert von dem indischen Restaurant, das ich ausgesucht hatte. Leider gab es zu Beginn eine kleine Panne: Ich hab mir aus Versehen ein extrascharfes Gericht bestellt. Nach dem ersten Bissen hab ich glatt einen peinlichen Hustenanfall bekommen und bin knallrot angelaufen. Ich konnte erst mal keinen Ton mehr sagen, weil meine Kehle so gebrannt hat. Und mir sind die Tränen nur so über die Wangen gelaufen, mein sorgfältig aufgelegtes Make-up war natürlich total im Eimer. Ziemlich unromantisch!!! Aber Michi hat echt toll reagiert. Er hat sich kein bisschen über mich lustig gemacht, sondern einfach den Teller mit mir getauscht und das scharfe Zeug, ohne mit der Wimper zu zucken, verspeist. Dafür hätte ich ihn glatt küssen können! Was ich nach dem Essen übrigens auch getan habe – und plötzlich konnten wir gar nicht mehr aufhören! Auf einmal waren auch die Schmetterlinge in meinem Bauch wieder da. Es war einfach wunderschön!
Wir wollen uns jetzt öfter einen romantischen Abend gönnen, damit unsere Beziehung nie wieder in der Routine versinkt.
Michi, ich liebe dich!!!

Kommissar Peters' großer Auftritt

»Wer von euch ist bei *News4Teens* angemeldet?«, fragte Kommissar Peters. Er stand in der Aula, vor sich die versammelten 7. und 8. Klassen der Georg-Lichtenberg-Gesamtschule.

Die Schüler kicherten nervös, schließlich hoben einige die Hand. Kurze Zeit später meldeten sich fast alle.

Der Kommissar nickte zufrieden. »Ich sehe, ihr seid ganz normal. Die meisten Schüler sind heutzutage Mitglied einer solchen Community. Dort kann man neue Freunde finden und sich austauschen, aber auch viel Unheil anrichten.«

Die Zuhörer lauschten gebannt. Franzi war stolz auf den Kommissar. Er hatte es im Handumdrehen geschafft, sein Publikum für sich einzunehmen.

»Wer von euch hat schon mal schlechte Erfahrungen mit dem Internet gemacht?«, wollte der Kommissar nun wissen. Nach kurzem Zögern schossen mehrere Finger in die Höhe. Ein Mädchen berichtete von einer Hass-Seite, die es auf *News4Teens* entdeckt hatte. Der einzige Sinn und Zweck dieser Seite war das Lästern über eine bestimmte Schülerin gewesen. Ein Junge erzählte von fiesen Kommentaren, die auf seiner *News4Teens*-Seite aufgetaucht waren, und von Droh-SMS, die er auf sein Handy bekommen hatte. Dabei kannte er den Absender nicht einmal!

Immer mehr Schüler meldeten sich und berichteten von ihren Erfahrungen. Die Lehrer, die ebenfalls an dem Vortrag teilnahmen, wechselten erstaunte Blicke. Offenbar wurde

ihnen erst jetzt bewusst, welche Gefahren im Internet lauerten.
Der Kommissar hörte sich alle Geschichten in Ruhe an. Dann sagte er: »Was ihr mir gerade erzählt habt, ist ganz typisch für jugendliche Internetnutzer. Die Probleme sind immer dieselben und es ist nicht leicht, an die Täter heranzukommen. Sie werden durch die Anonymität des Internets geschützt. Aber es gibt ein paar einfache Vorsichtsmaßnahmen. Wenn ihr die beachtet, ist die Gefahr, Opfer von Cybermobbing zu werden, schon viel geringer. Ihr solltet euch zum Beispiel genau überlegen, wie viel ihr im Internet von euch preisgebt. Private Fotos sollten nicht für alle Nutzer zugänglich sein. Und ihr solltet niemals eure Postadresse oder eure Handynummer für alle sichtbar angeben. Wenn euch jemand fiese Kommentare schickt oder ihr Hass-Seiten im Internet entdeckt, meldet sie sofort dem Betreiber der Community, damit sie gesperrt werden können. Und wenn ihr selbst gemobbt werdet, sprecht mit euren Eltern und Lehrern. Denn euer Schweigen schützt die Täter!«
Einige Schüler hatten noch Fragen, die der Kommissar geduldig beantwortete. Dann war er am Ende seines Vortrags angelangt. »Hat jemand ein gutes Schlusswort?«, fragte er.
Franzi meldete sich. Eine wichtige Erkenntnis, die ihr während der Ermittlungen gekommen war, musste sie unbedingt noch loswerden. »Auch wenn es im ersten Moment anders aussieht: Wer eine Lästergruppe im Internet gründet, Hitlisten anlegt oder andere mobbt, will doch in Wirklichkeit nur auf sich aufmerksam machen«, stellte sie fest. »So jemand ist nicht cool!«

»Da hast du vollkommen recht«, sagte Kommissar Peters. Und auch viele von Franzis Mitschülern nickten zustimmend.
Als sich der Kommissar verabschiedete, applaudierten die Schüler begeistert. Der Vortrag war ein voller Erfolg gewesen.
»Ich glaube, an unserer Schule hat Cybermobbing jetzt keine Chance mehr«, sagte Kim, nachdem sie und Franzi sich zu Kommissar Peters durchgedrängelt und ihm zu seinem gelungenen Auftritt gratuliert hatten.
Der Kommissar lächelte. »Hoffentlich! Aber ihr solltet trotzdem weiterhin Augen und Ohren offen halten. Euer letzter Einsatz war jedenfalls mal wieder ein voller Erfolg. Nicht auszudenken, was sich diese kriminelle Clique sonst noch alles geleistet hätte …«
Franzi und Kim wechselten einen schnellen Blick. Beide freuten sich über das Lob.
»Was passiert denn jetzt mit Lizzy und den anderen Cliquen-Mitgliedern?«, erkundigte sich Franzi.
»Soviel ich weiß, müssen sie die Schule wechseln«, sagte der Kommissar. »Und um eine Anzeige werden sie auch nicht herumkommen. Das wird ihnen hoffentlich eine Lehre sein.«
In diesem Moment klingelte das Handy des Kommissars. Er warf einen Blick auf das Display und lächelte entschuldigend. »Tut mir leid, aber die Pflicht ruft. Wir sehen uns bestimmt bald wieder. Wie ich euch kenne, wird der nächste Fall nicht lange auf sich warten lassen.«
Franzi grinste. »Da könnten Sie recht haben!«

Zufrieden schlenderten Franzi und Kim aus der Aula. Draußen wartete eine Überraschung auf sie.
»Ist das dort drüben nicht Benni?« Kim zeigte auf eine Gestalt, die am Fahrradschuppen lehnte.
»Tatsächlich!« Franzi blieb stehen. Sie hatte länger nichts mehr von Benni gehört. Und sie hatte versucht, auch nicht an ihn zu denken. An ihn und Elisa, die inzwischen bestimmt ein glückliches Paar waren …
Kim stieß Franzi mit dem Ellbogen in die Seite. »Jetzt geh schon zu ihm! Ihr solltet euch endlich aussprechen.«
»Meinst du?« Franzi war sich da nicht so sicher. Was, wenn Benni ihr nur von seiner neuen Flamme vorschwärmen wollte? Darauf konnte sie echt verzichten!
»Ja, das meine ich.« Kim klopfte Franzi aufmunternd auf die Schulter. »Du schaffst das schon. Ruf mich nachher an und erzähl, wie's gelaufen ist, okay?«
Franzi nickte abwesend, während sich Kim auf den Heimweg machte. Benni kam bereits lächelnd auf sie zu, für einen taktischen Rückzug war es zu spät.
»Hallo, Franzi, lange nicht gesehen!«, begrüßte er sie.
Franzi nickte automatisch. Ihr Mund war trocken. »Stimmt«, krächzte sie. »Wie geht's denn so?«
Benni zuckte mit den Schultern. »Geht so. Ich wollte dir nur erzählen, dass das Date mit Elisa ein totaler Reinfall war.«
Franzi überlegte, ob sie sich vielleicht verhört hatte. »Ein Reinfall?«, fragte sie verwirrt. »Aber warum denn? Ich dachte, sie ist deine absolute Traumfrau.«
»Das dachte ich auch.« Benni seufzte. »Doch als wir uns getroffen haben, lief es gar nicht gut. Elisa sieht zwar super aus,

aber sie hat überhaupt keinen Humor. Kannst du dir vorstellen, wie schlimm es ist, wenn man nicht zusammen lachen kann? Außerdem ist sie total aufs Turmspringen fixiert und hat von nichts anderem geredet. Irgendwann hab ich gar nicht mehr zugehört und mich bei der nächsten Gelegenheit verabschiedet.« Er sah traurig aus. »Tja, das war wohl nichts.«
»Wenigstens hast du es probiert«, sagte Franzi tröstend. Sie versuchte, eine dem Anlass entsprechende betroffene Miene zu machen, aber es gelang ihr nicht ganz. Am liebsten hätte sie laut gejubelt. Benni war wieder frei!
»Hast du vielleicht Lust, heute Nachmittag mit mir skaten zu gehen?«, fragte Benni. »Ich brauche dringend etwas Abwechslung.«
Franzi nickte eifrig. »Klar! Super Idee, ich bin dabei.«
»Prima.« Benni lächelte. »Weißt du, komischerweise musste ich die ganze Zeit an dich denken, als ich mit Elisa zusammen war.«
»Ehrlich?« Franzi merkte, wie sie rot anlief.
Benni nickte. »Ich hab sie ständig mit dir verglichen. Und sie hat eindeutig schlechter abgeschnitten. Du lachst wenigstens über meine Witze – auch wenn sie noch so blöd sind.«
Franzi grinste in sich hinein. Das Glück strömte durch ihren ganzen Körper und sie fühlte sich beinahe schwerelos. Um nicht abzuheben, griff sie nach Bennis Hand. »Dahinten wartet mein Bus.« Sie nickte zur Haltestelle hinüber. »Komm!«
Hand in Hand rannten sie los.

Henriette Wich

Die drei !!!

Fußballstar in Gefahr

Die drei !!!

Fußballstar in Gefahr

Fußballalarm

»Ja, ich weiß, ich bin zu spät!« Kim rauschte mit hochrotem Kopf ins *Café Lomo* und warf sich stöhnend aufs Sofa.

»Falls es dich interessiert«, sagte Marie, während sie ungeduldig mit ihren frisch lackierten Fingernägeln auf ihre pinkfarbene Armbanduhr tippte, »es sind genau 25 Minuten und 40 Sekunden.«

Franzi sah Kim vorwurfsvoll an. »Wir dachten schon, du hast uns vergessen und kommst gar nicht mehr zum Clubtreffen.«

»Natürlich hab ich euch nicht vergessen!«, protestierte Kim. Dass ausgerechnet ihr das passieren musste, wo sie doch nichts mehr hasste als Unpünktlichkeit – megapeinlich! »Tut mir total leid«, sagte sie, »aber es ging wirklich nicht früher.« Sie winkte der Bedienung und bestellte ein großes Wasser, um nach dem unfreiwilligen Sprint ihren mörderischen Durst zu löschen.

»Was ist passiert?«, fragte Marie, die wie immer von Kopf bis Fuß perfekt gestylt war. Zum lilafarbenen Minikleid trug sie einen breiten Gürtel aus weichem Leder und schwarze Leggings. »Hast du einen Sechser im Lotto oder hast du einen neuen Fall für die drei !!! an Land gezogen?«

»Weder noch.« Kim nahm ein paar große Schlucke Wasser und seufzte. »Leider! Wisst ihr eigentlich, dass wir jetzt schon über sechs Monate keinen neuen Fall hatten? Wenn das so weitergeht, können wir unseren Detektivclub bald dichtmachen.«

»Nach 23 erfolgreich gelösten Fällen?«, fragte Franzi. »Kommt nicht infrage! Wir müssen nur ein bisschen Geduld haben, das ist alles.«

So ernst hatte Kim es natürlich nicht gemeint. Ein Leben ohne den Detektivclub konnte sie sich überhaupt nicht mehr vorstellen. Inzwischen waren die drei !!! richtige Profis. Mit ihrer Erfahrung und ihrer tollen Detektivausrüstung hatten sie bereits zahlreiche Betrüger, Erpresser, Einbrecher und Schmuggler überführt. Manchmal hatte Kommissar Peters, ein Freund von Maries Vater, ihnen dabei geholfen, aber die Hauptarbeit hatten sie immer ganz alleine geschafft.

»Geduld allein reicht nicht!« Dankbar griff Kim Franzis Stichwort auf. So konnte sie geschickt vom Thema ablenken. »Wir müssen dringend etwas unternehmen. Ich hab mir auch schon was überlegt: Wir könnten Anzeigen aufgeben, im Internet und in den Schülerzeitungen unserer Schulen, zum Beispiel mit einer abgewandelten Version unserer Visitenkarte.« Sie holte eine Karte aus ihrer Hosentasche und legte sie auf den Tisch.

Marie runzelte die Stirn. »Ich weiß nicht. Haben wir so was nötig? Wir sollten lieber die Augen offen halten und unserem Bauchgefühl vertrauen. Oder eine Bestellung beim Universum aufgeben.«
Franzi tippte sich mit dem Zeigefinger an die Stirn. »Vergiss es! So einen Quatsch mache ich bestimmt nicht.«
»Ich glaube auch nicht daran, dass das funktioniert«, sagte Kim. In Wirklichkeit fand sie Maries esoterische Experimente ziemlich unheimlich, egal ob es um Gläserrücken, Tarotkarten oder Hexenzaubersprüche ging. Irgendwas Wahres war nämlich doch immer dran.
Marie zuckte beleidigt mit den Schultern. Dann sagte sie zu Kim: »Du bist aber pessimistisch drauf heute! Jetzt erzähl endlich, warum du zu spät gekommen bist. Ich finde, wir haben ein Recht darauf, es zu erfahren.«
Kim zögerte. Sollte sie ihren Freundinnen die volle Wahrheit sagen? Normalerweise vertraute sie solche Dinge nur ihrem geheimen Tagebuch an, das sie neben dem Detektivtagebuch führte. Fürs Erste musste die halbe Wahrheit reichen.
»Heute ist echt nicht mein Tag«, seufzte Kim. »Die Schule war ätzend, ich hab zwei fette Pickel bekommen und meine heiß geliebten Zwillingsbrüder haben sich ein neues Schimpfwort für mich ausgedacht: Statt Planschkuh nennen sie mich jetzt Streuselmonster.«
Franzi verkniff sich ein Grinsen. Kim war wirklich geschlagen mit Ben und Lukas. Die 10-jährigen Jungs waren die reinsten Nervensägen. Im Vergleich dazu hatte Franzi mit ihrer 16-jährigen Zickenschwester Chrissie das große Los gezogen.

Marie nippte an ihrem *Kakao Spezial* mit Vanillearoma, dem absoluten Lieblingsgetränk der drei !!!. Ihr Ärger auf Kim war inzwischen verflogen. »Da hilft nur eins«, schlug sie vor, »Nervennahrung! Bestell dir doch einen Schokomuffin oder am besten gleich zwei. Ich lade dich ein. Mein Vater hat mir heute ein extra Taschengeld spendiert.«

Als Hauptkommissar Brockmeier in der beliebten Vorabendserie *Vorstadtwache* verdiente Helmut Grevenbroich so gut, dass er seine einzige Tochter auf Händen tragen konnte.

Kim schüttelte den Kopf. Normalerweise wurde sie bei Süßigkeiten sofort schwach. Die brauchte sie auch als Kopf des Detektivclubs, damit sie konzentriert nachdenken oder am Computer komplizierte Recherchen durchführen konnte. Doch heute war ihr der Appetit vergangen.

Marie und Franzi tauschten einen besorgten Blick. Wenn Kim freiwillig auf ihren Schokomuffin verzichtete, musste mehr dahinterstecken als der übliche Zoff mit den Zwillingen.

Franzi legte den Arm um Kim. »Wir sind doch nicht blind, Kim. Dir geht es nicht gut. Komm, lass es raus!«

Das war zu viel für Kim. Plötzlich musste sie ihre Wut loswerden. »Ich war sogar überpünktlich heute und wollte gerade los, da hat Michi angerufen, obwohl er genau wusste, dass ich mit euch verabredet bin, und …« Sie konnte nicht weiterreden, weil sie nach Luft schnappen musste.

»Und deswegen bist du schlecht drauf?« Marie zog ihre linke Augenbraue hoch. »Michi ist doch sonst dein Garantieschein für gute Laune.«

Das stimmte tatsächlich. Die drei !!! hatten Michi Millbrandt bei ihrem ersten Fall kennengelernt und Kim hatte sich Hals über Kopf in ihn verliebt. Seit einiger Zeit war sie mit ihm zusammen und immer noch glücklich wie am ersten Tag (abgesehen von einer kurzfristigen Beziehungsflaute – aber die zählte nicht). Nur heute hätte Kim Michi auf den Mond schießen können, so sauer war sie auf ihn.

»Habt ihr euch gestritten«, bohrte Franzi nach. Es war mehr eine Feststellung als eine Frage.

»Und wie! Ich sag nur eins: Fußball!« Kim verdrehte genervt die Augen.

Sie hoffte auf Zustimmung und Mitleid bei ihren Freundinnen, doch Marie zuckte nur mit den Schultern. »Was erwartest du? Es ist WM, da sind natürlich alle Jungs im Fußballfieber.« Zum Beweis drehte Marie sich um und zeigte auf den großen Fernseher, den der Besitzer des Cafés extra für die WM installiert hatte. Vor dem Flachbildschirm drängelte sich ein Dutzend Jungen und verfolgte gebannt die Berichterstattung. Gerade lief ein Interview mit einem berühmten Fußballer aus Brasilien.

Kim gähnte demonstrativ. Wie man um so einen langweiligen Sport einen solchen Wirbel veranstalten konnte, war ihr völlig schleierhaft. Auch die vielen Deutschlandfahnen überall fand sie übertrieben. Selbst hier im *Café Lomo*, neben ihrem Hauptquartier der Lieblingstreffpunkt der drei !!!, steckten kleine Fähnchen in den Vasen auf den Tischen, und die Papiertischdecken hatten ein Fußballmuster.

Franzi grinste. »Übrigens sind nicht nur die Jungs im Fußballfieber. Seit die WM angefangen hat, hab ich kein einziges Spiel verpasst.« Kim hätte es sich eigentlich denken können! Sport war Franzis große Leidenschaft. Sie spielte zwar selbst nicht Fußball, skatete aber oft mit Benni und ritt in jeder freien Minute auf ihrem Pony Tinka. Und sie konnte hervorragend klettern. Damit hatte sie Marie und Kim schon oft aus brenzligen Situationen gerettet.

»Also ich finde, du solltest das Ganze nicht überbewerten«, sagte Marie. »Sobald die WM vorbei ist, kannst du mit Michi wieder über andere Themen reden.«

Kim fuhr sich entrüstet durch die kurzen braunen Haare. »Ihr versteht mich nicht. Michi hängt nicht nur vorm Fernseher ab. Beim Endspiel Deutschland – Brasilien will er unbedingt zum Public Viewing im Schillerpark. Von mir aus könnte er da gerne mit seinen Kumpels hingehen, aber er besteht darauf, dass ich mitkomme.«

»Super Idee!«, rutschte es Franzi heraus und Marie klatschte so begeistert in die Hände, dass das silberne Bettelarmband an ihrem linken Handgelenk klirrte.

Kim starrte ihre beiden Freundinnen fassungslos an. »Das meint ihr jetzt nicht ernst, oder?«

»Mensch, Public Viewing ist doch spitze!« Marie warf ihre langen blonden Haare schwungvoll nach hinten. »Coole Party, Megastimmung, jede Menge durchtrainierter Spieler auf dem grünen Rasen und flirten ohne Ende. Das ist die perfekte Mischung!«

»Klar«, knurrte Kim und verschränkte beleidigt die Arme vor der Brust. Marie dachte wieder mal nur an sich. Seit sie ihren Liebeskummer wegen Holger erfolgreich überwunden hatte, flirtete sie mit jedem gut aussehenden Jungen, der ihr über den Weg lief. Dabei setzte sie hemmungslos alle Tricks ein, die sie in ihren Schauspielstunden gelernt hatte.

Franzi boxte Kim freundschaftlich in die Seite. »Ich finde, Marie hat recht. Public Viewing wird dir gefallen. Das ist wie bei einem Popkonzert. Im Fernsehen versteht man nicht, warum die Fans so ausrasten, aber wenn man live dabei ist, lässt man sich sofort anstecken von der Wahnsinnsbegeisterung.«

»Begeisterung«, sagte Kim. »Über einen lächerlichen Ball, der hin und her geschoben wird.« Sie konnte es nicht glauben, dass Marie und Franzi nicht auf ihrer Seite waren.

»Wie hast du eigentlich auf Michis Vorschlag reagiert?«, fragte Marie neugierig.

Kim presste die Lippen aufeinander. »Ich hab natürlich Nein gesagt. Michi fand das leider gar nicht lustig. Er meinte, das sei voll ungerecht. Entweder hätte ich wegen unseres Detektivclubs keine Zeit für ihn, oder wir unternehmen etwas, das ich vorgeschlagen habe.«

»Hmm …«, machte Franzi. »Irgendwie kann ich ihn schon verstehen. In einer Beziehung muss jeder mal Kompromisse machen. Willst du es dir nicht noch mal überlegen? Michi würde sich bestimmt riesig freuen.«

Auf einmal wurde Kim unsicher. War sie vor lauter Wut zu weit gegangen? Ihr fiel ein, wie enthusiastisch Michi geklungen hatte, als er ihr von seiner Idee erzählt hatte. Er wollte seine Begeisterung mit ihr teilen, er wollte ihr um den Hals fallen, wenn Deutschland ein Tor schoss oder vielleicht sogar Weltmeister wurde. Das war eigentlich sogar ganz süß von ihm. Hatte sie einen Fehler gemacht?

»Ich weiß nicht …«, murmelte Kim. Sie hatte immer noch keine Lust auf Fußball, aber ihre Wut war plötzlich weg. Im

Grunde war es total albern, sich wegen so einer Kleinigkeit mit Michi zu streiten.
»Was hältst du davon, wenn Franzi und ich mitkommen?«, schlug Marie vor. »Oder noch besser: Wir gehen als drei Pärchen hin: du mit Michi, Franzi mit Benni und ich mit Adrian!«
Franzi wurde rot. »Benni und ich sind schon ewig nicht mehr zusammen. Wir sind Skaterkumpel, mehr nicht.« Dass sie trotzdem überglücklich war, dass Benni keine neue Freundin hatte, musste sie Kim und Marie ja nicht auf die Nase binden. Sonst fingen sie gleich wieder mit ihren schlauen Beziehungstipps an.
»Klar, wissen wir alles«, winkte Marie ab. »Adrian und ich sind ja auch kein Paar. Er ist bloß mein Nachbar und leider schon 18, aber er sieht immer noch verdammt gut aus. Zufällig hab ich neulich erfahren, dass er sich nicht nur für seine Schauspielschule interessiert, sondern auch für Fußball. Das sollten wir ausnutzen. Mit Freunden macht das Ganze doch gleich viel mehr Spaß.«
Jetzt war auch Franzi Feuer und Flamme. »Au ja! Mensch, komm, Kim, spring über deinen Schatten! Du wirst es nicht bereuen. Und wer weiß, vielleicht wartet ja beim Public Viewing ein neuer Fall auf uns?«
Kims letzter Widerstand schmolz dahin. Sie ließ ihre Freundinnen noch kurz zappeln, aber dann musste sie lachen. »Okay, okay, ihr habt mich überredet. Ich rufe Michi an.«
»Jaaa!«, jubelten Marie und Franzi.
Gleichzeitig grölten die Jungs vor dem Bildschirm: »Jaaa, wir werden Weltmeister, das ist klaaar!«

Kim ließ sich in die weichen Polster des Sofas zurücksinken und zückte ihr Handy. Dann legte sie es wieder auf dem Tisch ab. »Wartet! Vorher muss ich noch dringend was anderes tun.« Sie gab der Bedienung ein Zeichen und rief laut: »Einen Schokomuffin, bitte!«

Überraschung beim Finale

Kim hatte sich auf große Menschenmengen gefasst gemacht, doch der Ansturm beim Public Viewing verschlug ihr den Atem. Der Schillerpark platzte aus allen Nähten. Dicht an dicht standen die Fans nebeneinander und immer noch mehr Leute strömten von allen Seiten herbei. Am liebsten wäre Kim sofort wieder umgedreht, aber das konnte sie Michi nicht antun. Sie reckte den Kopf, um nach Franzi und Marie Ausschau zu halten. Rufen hatte keinen Sinn, weil sie gegen die Sprechgesänge der Fans und die Musik aus den großen Lautsprechern sowieso nicht ankam.

»Und ich dachte, wir sind früh dran«, brüllte Kim Michi ins Ohr. »Das Spiel geht doch erst in anderthalb Stunden los.«

»Keine Sorge!«, brüllte Michi zurück. »Ich hab uns einen tollen Platz organisiert. Komm mit!« Er griff nach Kims Hand und lotste sie durch die Menge hinüber zu den Biertischen unter den Kastanien. Dort war es etwas ruhiger und es roch verführerisch nach Grillwürstchen, Pommes und Popcorn. Kim lief das Wasser im Mund zusammen.

Endlich hatten sie sich erfolgreich durchgeboxt. Michi wechselte ein paar Worte mit einem der Organisatoren und schon saßen sie auf einer Bank, die einen tollen Ausblick auf die Großleinwand hatte.

»Na, was sagst du?«, fragte Michi stolz. »Für deine Freundinnen und ihre Freunde ist natürlich auch noch Platz.«

»Super, danke!« Kim schmiegte sich an Michis starke Schulter. Wie aufgekratzt er war und wie lieb er sich um alles ge-

kümmert hatte, total süß! Kim merkte, wie ihre Anspannung nachließ. Vielleicht wurde der Abend ja doch nicht so schlimm.
»Hi, hier sind wir!«, rief Franzi. Sie hatte Benni, Marie und Adrian im Schlepptau und winkte mit ihrem Fanschal. »Die Plätze sind für uns? Michi, du bist ein Schatz!« Sie ließ sich auf die Bank fallen, um im nächsten Augenblick gleich wieder aufzuspringen und bei einem Sprechgesang mitzugrölen.
Kim hielt sich lachend die Ohren zu. »Sonst geht's dir schon noch gut, oder?«
»Klar doch!«, rief Franzi.
Marie grölte zwar nicht mit, war aber mindestens genauso gut drauf wie Franzi. Für das große Finale hatte sie sich die Deutschlandfahne auf die rechte Wange geschminkt und ein sportliches Outfit in den Nationalfarben ausgewählt: schwarze Hose, rotes T-Shirt und als i-Tüpfelchen einen goldenen Seidenschal. Alle naselang zupfte Marie an ihrem Schal herum, während sie sich von Adrian die Abseitsregel erklären ließ und ihm dabei tief in die Augen sah.
»Wer hat Lust auf Würstchen?«, fragte Benni.
»Ich, ich, ich!«, riefen alle im Chor.
Benni grinste. »Geht klar. Ich hol welche.« Geduldig reihte er sich in die lange Schlange vor dem Grill ein. Adrian kümmerte sich inzwischen um die Getränke.
Bald hatte jeder eine Cola und einen Pappteller vor sich. Kim tunkte ihr Würstchen in den Senf und fütterte Michi damit. Er bedankte sich für jeden Bissen mit einem Kuss, der jedes Mal einen Glücksschauer bei Kim auslöste. Sie vergaß alles um sich herum und schwebte auf Wolke sieben.

»Und, was ist euer Tipp?«, fragte Adrian in die Runde.
»Zwei zu eins für Deutschland!«, sagte Michi wie aus der Pistole geschossen.
Bennis Augen leuchteten auf. »Ich glaube auch an unsere Mannschaft. Wetten, wir gewinnen sogar drei zu eins?«
»Ich weiß nicht«, unkte Adrian und schüttelte bedächtig den Kopf. »Die Brasilianer sollte man nie unterschätzen. Erinnert ihr euch noch an die WM 2002? Und an die von 1994, mit dem Elfmeterschießen?«
»Klar!«, sagte Michi. »Aber damals war das doch ganz was anderes …« Er fing eine heiße Diskussion mit Benni und Adrian an, in der alle drei über Details aus der WM-Geschichte fachsimpelten und sich gegenseitig mit ihrem Wissen übertrumpften.
Kim stöhnte laut auf, doch eigentlich fand sie es gar nicht so schlimm. Während die Unterhaltung der Jungs an ihr vorbeirauschte, bewunderte sie Michis Profil: seine dunkelbraunen Haarsträhnen, die ihm ins Gesicht fielen, seine wunderschönen blaugrünen Augen und die süßen Sommersprossen auf der Nase.
Franzi und Marie tauschten sich inzwischen über die attraktivsten Spieler aus. Sie konnten sich absolut nicht einigen, welcher Brasilianer nun die knackigsten Oberschenkel hatte, doch plötzlich verstummten sie gleichzeitig und starrten in dieselbe Richtung.
»Was ist denn los mit euch?«, fragte Kim verwundert.
Franzi starrte mit offenem Mund einen braun gebrannten, muskulösen, etwa 16-jährigen Jungen an, der mit einem breiten Lächeln auf ihren Tisch zusteuerte. Der Typ sah ver-

dammt gut aus, das musste Kim zugeben, aber deshalb mussten Franzi und Marie doch nicht gleich in Schockstarre verfallen.
»Hi, Kumpel!«, rief der Junge und klopfte Michi auf die Schulter. »Schön, dich mal wiederzusehen.«
»Hi!« Michi sprang auf und strahlte. »Mensch, Bastian! Wie geht's, wie steht's?«
»Gut geht's mir«, sagte Bastian. »Sorry, dass ich auf deine letzte Mail nicht geantwortet habe! Ich hatte ziemlich viel um die Ohren.«
Michi winkte ab. »Kein Problem, das hab ich mir schon gedacht, bei deinem Erfolg. Gratuliere! Freut mich total. Aber du warst ja schon damals in der Schule der absolute Crack.«
Kim verstand nur noch Bahnhof. Warum verschlangen Franzi und Marie diesen Bastian mit den Augen und warum verstummten plötzlich alle Leute um sie herum? Schnell beugte sich Kim zu Franzi hinüber und raunte ihr ins Ohr: »Wer ist denn das?«
»Sag bloß, du kennst Bastian Jahn nicht«, raunte Franzi zurück, »den Newcomer im 1. FC?«
Kim zuckte mit den Schultern. »Nö, wieso?« Franzi musste doch langsam wissen, dass sie sich nicht für Fußball interessierte.
Jetzt schaltete sich Marie ein und klärte Kim im Flüsterton auf: »Er ist *der* Nachwuchsstar unserer Stadt, super Mittelstürmer. Hat bereits das Trainingslager zum Länderspiel mitgemacht. Bastian gehört zum weiteren Kreis der U17-Mannschaft, die nächstes Jahr bei der Junioren-WM teilnehmen wird.«

Kim fiel aus allen Wolken. Bastian war ein Fußballstar? Und Michi kannte ihn? Davon hatte er ihr nie erzählt!
»Lange her, was«, sagte Bastian gerade, »dass wir zusammen die Schulbank gedrückt haben?«
»Ewigkeiten her«, bestätigte Michi. »Wir müssen uns unbedingt mal wieder treffen, falls du überhaupt Zeit hast bei deinen vielen Terminen.«
Bastian nickte. »Gern, ich trainiere in den nächsten Wochen mit der U17-Mannschaft sowieso hier in der Stadt. Und zum Abschluss gibt es ein Freundschaftsspiel gegen den 1. FC.«
Ringsumher wurden die Sprechchöre der Fans immer lauter. Sogar Kim als Fußball-Laie konnte daran erkennen, dass das Finale bald losging.
»Habt ihr noch einen Platz für mich frei?«, fragte Bastian.
»Klar!«, sagte Michi. »Setz dich zu uns, wir rutschen zusammen. Das ist übrigens meine Freundin Kim.«
Bastian schenkte Kim ein strahlendes Lächeln. Seine blauen Augen, die einen tollen Kontrast zu seinen schwarzen Haaren bildeten, blitzten schelmisch auf. »Freut mich sehr! Michi hat schon von dir geschwärmt. Toll, dass ich dich endlich kennenlerne.«
»Äh ... ja ... t...toll«, stotterte Kim völlig perplex. Auch davon hatte Michi ihr nie was erzählt. Sie musste nachher ein ernstes Wörtchen mit ihm reden.
Bastian sah wirklich umwerfend gut aus und er war auch noch supernett. Er setzte sich und begrüßte Franzi, Benni, Marie und Adrian wie alte Freunde. Keine Spur von Starallüren. Kim musste sich eingestehen, dass sie die neidischen Blicke der Leute am Nachbartisch genoss.

Jetzt ging es aber wirklich los. Die Spieler liefen, jeder ein Kind an der Hand, auf den Platz und reihten sich auf. Ein Ruck ging durch die Menge im Schillerpark und Kim stand automatisch auf. Als die Nationalhymne erklang, drückte Michi ihre Hand ganz fest, und plötzlich hatte Kim einen Kloß im Hals. Alle Zuschauer im Schillerpark sangen mit. Auch Kim stimmte mit ein. Auf einmal war sie ein Teil all dieser Menschen und fühlte sich ihnen nah, obwohl sie die meisten gar nicht kannte. Bevor sie sich darüber wundern konnte, kam der Anpfiff. Der deutsche Spielmacher eroberte den Ball. Ein gezielter Pass und schon ging es rasant aufs gegnerische Tor zu. Eine Flanke vom linken Verteidiger, Torchance für den Stürmer – Schuss! Der Ball sauste auf die rechte Torecke zu – die Fans tobten – der Ball ging an den Pfosten.

»Oooouh!«, hallte es durch die Reihen der Fans.

Bastian stöhnte: »Mann, war das knapp!«

Michi presste wieder Kims Hand. »Das nächste Mal klappt es, ich spür es.«

»Klar!«, sagte Kim und strahlte Michi an. Plötzlich fieberte sie auch mit. Das schnelle Tempo auf dem Rasen faszinierte sie. Beide Mannschaften kämpften um jeden Ball, beide wollten unbedingt Weltmeister werden. Und Kim wollte jetzt auch unbedingt, dass Deutschland gewann.

»Danke, dass ihr mich überredet habt!«, rief sie ihren Freundinnen zu.

Marie streckte beide Daumen nach oben, doch Franzi reagierte nicht. Sie war viel zu sehr damit beschäftigt, Bastian anzuhimmeln. Erst ein Mal hatte Kim einen solchen Glanz

in Franzis Augen gesehen, damals in England, als sie sich Hals über Kopf in den Sohn ihrer Gastfamilie verliebt hatte.
Die Mannschaften hielten das hohe Tempo bis zur Halbzeit. Für beide Seiten gab es mehrere Torchancen, doch es blieb beim 0:0. Als der Abpfiff zur Pause kam, gingen sofort die heißen Diskussionen los. Was für ein tolles Finale, was für eine starke deutsche Nationalmannschaft! Jetzt mussten sie in der zweiten Halbzeit nur noch eins drauflegen.
Bastian war voll in seinem Element. Er gestikulierte mit Händen und Füßen und unterhielt den ganzen Tisch mit seinen Insiderinfos und Prognosen für die zweite Halbzeit. Franzi hörte ihm mit offenem Mund zu. Benni neben sich hatte sie völlig vergessen, sie hatte nur noch Augen für Bastian.
Kim musste grinsen, da unterbrach Bastian plötzlich seinen Redeschwall und zwinkerte ihr zu. »Bevor ich es vor lauter WM vergesse: Michi hat erwähnt, dass du einen Detektivclub hast?«
»Äh … ja, stimmt«, sagte Kim. »Zusammen mit Marie und Franzi.« Sie zeigte auf ihre Freundinnen, die sofort eifrig nickten.
Bastian pfiff durch die Zähne. »Cool! Und ihr seid richtig erfolgreich, hab ich gehört.«
Marie war schneller mit der Antwort als Kim. Lächelnd spielte sie mit einer Haarsträhne und sagte selbstbewusst: »Oh ja, das sind wir.«
Langsam wurde Kim das Ganze unheimlich. Sie warf Michi einen vorwurfsvollen Blick zu, doch der grinste nur.
»Und, habt ihr gerade viel zu tun?«, erkundigte sich Bastian bei Franzi.

Franzi starrte ihn mit großen Augen an. Sie machte den Mund auf, um zu antworten, brachte aber kein Wort heraus. Kim räusperte sich. »Natürlich haben wir immer was zu tun, aber zurzeit haben wir keinen aktuellen Fall. Warum fragst du?«

»Nur so«, sagte Bastian. Ein Schatten huschte über sein eben noch strahlendes Gesicht. Er sah sich schnell um, als hätte er Angst, dass jemand mithörte, doch dann lächelte er wieder. »Ist nicht so wichtig.« Er klatschte in die Hände und stimmte in den Sprechchor der Fans mit ein.

Kim spürte auf einmal ein Kribbeln im Bauch. Brauchte Bastian etwa die Hilfe der drei !!!? Allein der Gedanke daran, dass die drei !!! vielleicht bald einen neuen Fall haben könnten, versetzte Kim in Hochstimmung. Sie musste Bastian unbedingt ihre Visitenkarte geben. Leider kam sie vor der zweiten Halbzeit nicht mehr dazu.

Die kraftraubende erste Hälfte hatte die Spieler erschöpft. Jetzt wirkten die Ballwechsel unkonzentriert. Das wollten die Fans im Stadion nicht zulassen. Immer wieder feuerten sie die deutsche Nationalmannschaft an. Auch im Schillerpark rissen die Sprechchöre nicht ab. Und endlich setzte die Wirkung ein. In der 71. Spielminute gaben alle Fußballer noch mal richtig Gas. Ein Angriff aufs Tor jagte den nächsten. Jetzt waren die Brasilianer dran, jetzt wieder die Deutschen. 80. Spielminute: Heftiger Kampf um den Ballbesitz, wieder ein Vorstoß zum brasilianischen Tor. Kim wurde schon beim Zusehen schwindelig. 85. Spielminute. Da, jetzt hatte der deutsche Spielmacher den Ball zurückerobert! Pass nach rechts, noch ein Pass vom linken Verteidiger, der Ball flog dem Stürmer direkt vor die Füße. Er rannte los, tunnelte den Ball durch die Füße des Torwarts und …

»Tor!!!«, brüllte Michi und zog Kim mit hoch.

»Tor, Tor, Tor!«, brüllte Kim zusammen mit den anderen Fans.

Aber das Spiel war noch nicht vorbei. Die letzten fünf Minuten und die Nachspielzeit kamen Kim wie eine halbe Ewigkeit vor. Ihre Kehle wurde trocken, ihre Hände fingen an zu schwitzen. Endlich die Erlösung, der Abpfiff und die sich überschlagende Stimme des Kommentators: »Deutschland ist Weltmeister!«

Michi fiel Kim um den Hals. »Ja, ja, ja! Wir sind Weltmeister.« Er lachte und strahlte und bedeckte Kims Gesicht mit Küssen.

Eine Glückswelle überrollte Kim. Sie jubelte und lachte mit den Fans. Der Schillerpark tobte. Freudentaumel, Begeisterung, überall strahlende Gesichter. Kim musste ihre Freude loswerden. Sie umarmte Michi, sie drückte Franzi, Marie, Benni, Adrian und immer wieder Michi. Plötzlich spürte sie Bastians starke Arme auf ihren Schultern. Er drückte ihr zwei Küsschen auf die Wangen. Kim lachte ihn an. Es war, als würde sie ihn schon ewig kennen. Da drehte sich Bastian zu Marie um, umarmte sie stürmisch und fiel gleich danach Franzi um den Hals. Ihr gab er sogar drei Küsschen. Franzi schwankte. Kim konnte sie gerade noch festhalten, damit sie nicht in Ohnmacht fiel. Dann drängten von allen Seiten Fans dazu. Kim kam aus den Umarmungen gar nicht mehr heraus. Sie jubelte und schrie sich heiser, aber es war ihr völlig egal. Was für ein Tag! Was für ein Finale! Und sie war

mittendrin! Die Euphorie schien gar nicht mehr aufzuhören. Erst nach einer halben Stunde verebbte sie ein bisschen. Bastian klatschte Michi ab. »Tut mir leid, aber ich muss los. Die Kumpels vom Team warten auf mich.«
»Klar«, sagte Michi, »mach's gut!« Kim merkte, dass er kurz enttäuscht war. Andererseits verstand er natürlich, dass Bastian mit den Spielern der Juniorenmannschaft feiern wollte.
»Ich melde mich bei dir, versprochen!«, rief Bastian. Er drehte sich zu Kim, Franzi und Marie um und schenkte ihnen ein letztes strahlendes Lächeln. »War nett mit euch.«
Franzi himmelte ihn stumm an, Marie wusste ausnahmsweise auch nichts zu sagen, nur Kim fiel ein, dass sie das Wichtigste beinahe vergessen hätte. »Warte!«, rief sie und streckte Bastian die Visitenkarte der drei !!! hin. »Falls du mal Hilfe brauchen solltest, Anruf genügt und wir sind für dich da.«
Wieder lief ein Schatten über Bastians Gesicht. »Lieb von dir, aber mir geht's gut. Ich brauche keine Hilfe.« Schnell steckte er die Visitenkarte ein und dann war er auch schon in der Menge der jubelnden Fans verschwunden.
Franzi starrte ihm nach und murmelte: »Bastian, süßer Bastian …« Sie berührte mit zitternden Fingern ihre Wangen an den Stellen, wo Bastian sie geküsst hatte, und seufzte: »Ich wasche mich nicht mehr, *nie, nie* mehr …«
Kim rümpfte die Nase. »Bitte nicht! Sonst musst du beim nächsten Clubtreffen zu Hause bleiben. Übrigens denke ich, dass Bastian uns bald anruft und sich mit uns treffen will.«
Franzis Augen fingen an zu leuchten. »Du meinst, er hat einen Fall für uns? Hat er nicht gerade gesagt, ihm geht's gut?«
Kim nickte. »Ja. Aber sein Gesicht sah nicht danach aus.«

»Echt?« Franzi war so verknallt in Bastian, dass sie ihren detektivischen Scharfsinn kurzfristig abgeschaltet hatte.
Marie dagegen stimmte Kim sofort zu. »Das ist mir auch aufgefallen.«
Franzi sah ungläubig von einer zur anderen. Ihr Seufzer kam aus tiefster Seele. »Wär das schöööön!«

Vitamin B

<u>Detektivtagebuch von Kim Jülich</u>
<u>Montag, 16:21 Uhr</u>
Natürlich hatte ich gehofft, dass Bastian anrufen würde, aber als es tatsächlich passiert ist, gleich am Morgen nach dem Finale, wäre mir fast das Handy auf den Boden geknallt. Er braucht doch unsere Hilfe! Es geht ihm nämlich gar nicht gut, er wollte nur nicht in der Öffentlichkeit über sein Problem reden. Zu viele neugierige Augen und Ohren, hat er gemeint. Das kann ich natürlich verstehen. Die ganze Sache muss topsecret *bleiben, aber das ist sowieso klar, schließlich ist er ein berühmter Fußballstar. Zum Glück haben wir ja Erfahrung mit Promis. Der Fall damals mit Nick Voss, dem Sänger der* Boyzzzz, *war auch ziemlich heikel. Leider wollte Bastian am Telefon keine Details erzählen, dabei platze ich fast vor Neugier. Wie soll ich das bis morgen Nachmittag aushalten?*
Bastian hat als Treffpunkt das Museum vorgeschlagen. Ganz schön clever von ihm. Dort sind wir ungestört, weil uns garantiert kein Fußballer über den Weg laufen wird. Viele Autogrammjäger muss Bastian auch nicht fürchten, am Dienstag ist im Museum meistens tote Hose.
Jetzt muss ich mir nur noch eine halbwegs plausible Ausrede für meine Mutter ausdenken. Die wollte nämlich ausgerechnet morgen Nachmittag mit mir für die nächste Englischarbeit lernen. Wie wär's mit einer Recherche im Museum für die Schule? Das stimmt sogar fast. Ja, das ist gut!
Endlich ein neuer Fall für die drei !!!. Ich bin total aufgeregt!

Dabei sollte ich doch nach 23 Fällen langsam ein bisschen cooler sein. Fehlanzeige! Andererseits, so schlecht ist Lampenfieber eigentlich gar nicht. Einen Adrenalinkick kann man bei den Ermittlungen immer gut gebrauchen.
Der einzige Haken bei der Sache: Ich muss mein Fußballwissen dringend auffrischen beziehungsweise es mir völlig neu aneignen. Sonst kann ich nicht professionell arbeiten. Außerdem will ich mich vor Bastian nicht blamieren. Das WM-Finale war ja echt toll, aber auf die blöden Fußballregeln und den ganzen Kram drum herum hab ich überhaupt keine Lust. Es hilft alles nichts, da muss ich jetzt durch!

Geheimes Tagebuch von Kim Jülich
Montag, 16:53 Uhr
Gelbe Karte für alle, die an meinen Computer gehen, um irgendwelche Spiele zu machen, und dabei »rein zufällig« auf dieses Tagebuch stoßen! Ich warne euch, Ben und Lukas: Wenn ihr jetzt trotzdem weiterlest, bekommt ihr sofort die Rote Karte. Dann dürft ihr NIE mehr an meinen Computer!
Ich dachte eigentlich, ich kenne Michi. Schließlich sind wir schon ewig zusammen. So kann man sich täuschen! In all den Monaten hat Michi nie erwähnt, dass er Bastian kennt. Nach dem Finale, als er wieder halbwegs ansprechbar war, hab ich ihn sofort zur Rede gestellt. Er hat mich nur verwundert angeschaut und gemeint, er hätte gedacht, es würde mich sowieso nicht interessieren, weil ich doch nicht auf Fußball stehe. Typisch Mann! Bei einem berühmten Fußballspieler, der auch noch supergut aussieht und supernett ist, ist das ja wohl ganz was anderes. Ich glaube, Michi fand es nicht so toll, dass ich so von Bastian und

seinem durchtrainierten Körper geschwärmt habe. Muss ich mir beim nächsten Mal verkneifen! Ein bisschen eifersüchtig ist Michi bestimmt auch, weil Bastian zuerst mich angerufen hat und nicht ihn. Das wollte er zwar nicht zugeben, aber ich hab es an seinen Augen gemerkt. Die kneift er nämlich immer zusammen, wenn er eifersüchtig ist. So gut kenne ich ihn dann doch, meinen süßen Michi, den coolsten, tollsten Jungen …
Gerade wurde ich unterbrochen. Ben und Lukas sind, ohne vorher anzuklopfen, in mein Zimmer gestürmt und haben mir Löcher in den Bauch gefragt wegen Bastian. Leider haben sie über den großen Bruder eines Mitschülers, der auch beim Public Viewing war, mitbekommen, dass ich Bastian kennengelernt habe. Sie wollten unbedingt ein Autogramm von ihm oder am besten gleich mehrere für ihre Freunde in der Schule. Als ob Bastian nichts Besseres zu tun hätte! Ich konnte sie nur loswerden, nachdem ich ihnen eine Tafel Nussschokolade in die Hände gedrückt habe (die letzte aus meiner eisernen Reserve!).
Jetzt schreibe ich aber endlich meinen Satz in aller Ruhe zu Ende: So gut kenne ich ihn dann doch, meinen süßen Michi, den coolsten, tollsten Jungen auf der ganzen Welt!
PS: Franzi hat es voll erwischt. Von Benni ist keine Rede mehr (der Arme tut mir richtig leid). Franzi wollte jedes einzelne Wort wissen, das Bastian zu mir am Telefon gesagt hat, und auch noch, wie er es gesagt hat. Ich mache mir ernsthaft Sorgen, ob sie ihre Gefühle rechtzeitig unter Kontrolle bekommt, bevor wir mit den Ermittlungen anfangen.

Als Kim die große Eingangshalle des Museums betrat, fühlte sie sich sofort in eine andere Zeit zurückversetzt, und das lag nicht nur an der Sonderausstellung über die Römer, die gerade lief. Es kam ihr wie gestern vor, dass die drei !!! den Fall mit den rätselhaften Tarotkarten gelöst und hier im Museum eine heiße Spur verfolgt hatten.

»Wisst ihr noch, damals bei der Kelten-Ausstellung?«, fragte Kim Franzi und Marie, während sie zur Kasse gingen, um Tickets zu kaufen. Sie hatten sich eine Viertelstunde früher verabredet und Bastian war noch nicht da.

Marie nickte. »Klar, das werde ich nie ver…«

»Wie sehe ich aus?«, schnitt Franzi ihr das Wort ab. »Sind meine Haare okay? Hab ich zu viel Wimperntusche aufgetragen?«

Verblüfft sah Kim ihre Freundin an. Franzi schminkte sich so gut wie nie und ihre Frisur war ihr normalerweise auch egal, doch heute hatte sie sich richtig aufgebrezelt: Sie trug die roten Haare offen, hatte sie mit einer Tönung aufgefrischt und grüne Wimperntusche aufgetragen, die perfekt zu ihrem Top passte. Die langen, schlanken Beine steckten in einer schwarzen Jeans, und an den Füßen trug Franzi ausnahmsweise keine Sportschuhe, sondern Glitzersandalen.

Marie nickte anerkennend. »Du siehst toll aus. Solltest du öfter machen. Ich kann dir auch gerne ein paar Tipps geben.«

»Au ja!«, rief Franzi, die bei solchen Angeboten sonst nur genervt die Augen verdrehte.

Kim stöhnte. Das konnte ja heiter werden! »Entschuldigt, wenn ich euch bei eurem Beauty-Workshop störe«, sagte sie, »aber jetzt wird es ernst. Unser Auftraggeber ist da.«

Franzi ließ einen spitzen Schrei los, schlug sich dann sofort mit der Hand auf den Mund und lief knallrot an.

»Hi!«, sagte Bastian. Er hatte seine Sporttasche lässig über die linke Schulter geworfen. In T-Shirt und kurzer Freizeithose kamen sein beeindruckender Bizeps und die durchtrainierten Beinmuskeln ziemlich gut zur Geltung. Das fiel sogar Kim auf, obwohl sie nicht in ihn verknallt war.
»Toll, dass ihr gleich Zeit für mich hattet!«, sagte Bastian.
Er löste ein Ticket bei der Angestellten hinter der Kasse, die keine Miene verzog, als er ihr zulächelte. Auch die junge Frau von der Museumsaufsicht erkannte den Jungfußballer nicht. Gelangweilt wies sie Bastian darauf hin, dass er seine Sporttasche an der Garderobe abgeben musste. Als er das getan hatte, riss sie die Karten ab und winkte die kleine Gruppe durch. Kim musste grinsen. Bastian hatte den Treffpunkt wirklich gut ausgewählt.
Gemeinsam betraten sie den ersten Raum der Sonderausstellung. Bis jetzt schienen sie die einzigen Besucher zu sein. In den Vitrinen lagen Schmuckstücke aus Pompeji und am Boden war ein wunderschönes Mosaik mit Früchten und Vögeln ausgelegt. Bastian und die drei !!! taten so, als würden sie interessiert die Exponate betrachten. In Wirklichkeit waren sie mit ihren Gedanken ganz woanders.
»Worum geht es denn?«, fragte Marie halblaut. »Wie können wir dir helfen?«
Bastian seufzte. »Am besten fange ich ganz von vorne an. Ich bin noch nicht lange in der Juniorenmannschaft, genauer gesagt erst seit drei Monaten. Natürlich hab ich mich wahnsinnig gefreut. Davon hab ich schon geträumt, seit ich fünf war. Am Anfang war auch alles ganz toll. Bis vor zwei Wochen die Sache mit den SMS anfing …«

»Was für SMS?«, hakte Kim sofort nach.
»Von der ganz gemeinen Sorte«, sagte Bastian. »Unterstellungen, Drohungen, von einem Feigling, der seinen Namen nicht verrät.« Bastian ging weiter in den nächsten Ausstellungsraum und blieb vor einer Vitrine stehen, in der ein großes Schwert ausgestellt war. Kim hatte das Gefühl, er hätte es am liebsten gezückt und gegen seinen unbekannten Gegner gerichtet.
Franzi, die ihren neuen Schwarm bisher nur stumm angehimmelt hatte, fand jetzt endlich ihre Sprache wieder. »Was stand denn genau in den SMS?«
»Dass ich ein mieser Fußballspieler bin«, sagte Bastian. »Dass ich dauernd Fehler mache und das Niveau in der Mannschaft runterziehe. Dass ich es gar nicht verdiene, in der Juniorenmannschaft zu sein.«
»Also Mobbing«, murmelte Kim. Nichts fand sie schlimmer, als wenn jemand einem anderen in den Rücken fiel, statt die direkte Auseinandersetzung zu suchen.
Bastian machte eine kleine Pause und schluckte. »Aber die gemeinste SMS hab ich heute Morgen bekommen.« Er holte sein Handy heraus und zeigte ihnen den Text.

Du bist doch nur über Vitamin B in die Mannschaft gekommen. Ohne deinen Onkel hättest du das nie geschafft. Das weiss jeder!

»Was hat dein Onkel damit zu tun?«, fragte Marie
Bastian seufzte. »Onkel Hannes ist der Trainer der U17-Mannschaft.«

»Jetzt verstehe ich!« Kim pfiff durch die Zähne. »Dadurch bist du natürlich angreifbar. Aber dein Onkel hat dich bestimmt nicht wegen eurer Verwandtschaft in die Mannschaft geholt, oder?«

Bastian schüttelte den Kopf. »Natürlich nicht. Hannes wäre der Letzte, der mich deshalb vorziehen würde. Im Gegenteil, er hat sogar viel länger gezögert als die anderen Entscheider bei den Junioren. Er hat mich vorher auf Herz und Nieren geprüft und im Training ist er besonders streng zu mir. Deswegen finde ich es ja auch so ungerecht.« Bei den letzten Worten war Bastians Stimme lauter geworden. Er erschrak über sich selbst und sah sich ängstlich um.

Ein Mann von der Museumsaufsicht musterte Bastian interessiert und kam neugierig herüber. Bastian zuckte zusammen, blieb aber ruhig stehen.

»Entschuldigen Sie bitte«, sagte der Museumswärter lächelnd, »kann ich vielleicht ein Autogramm haben? Mein Sohn ist ein großer Fan vom 1. FC.«

Bastian entspannte sich. »Klar, gerne.« Er zückte einen Kugelschreiber und setzte seinen Namenszug auf den Notizblock, den der Museumswärter ihm hinhielt.

»Vielen Dank! Jetzt will ich Sie nicht weiter stören. Viel Spaß noch in unserer Ausstellung!« Glücklich zog der Museumswärter ab und ließ die drei !!! mit dem Fußballstar alleine.

Bastian fuhr sich nervös durch die schwarzen Haare. »Wenn das so weitergeht, kriege ich noch Verfolgungswahn.«

Franzi sah Bastian voller Mitgefühl an. Am liebsten hätte sie ihm tröstend den Arm um die Schulter gelegt, aber das traute sie sich dann doch nicht. »Mobbing ist das Allerletzte«,

sagte sie. »Wir helfen dir. Wir finden den gemeinen Kerl, du wirst sehen. Und wir arbeiten absolut diskret.«
Bastian nickte. »Das hat Michi mir auch schon erzählt. Deshalb hab ich mich auch für euch entschieden, statt irgendeine Detektivagentur aus dem Internet rauszusuchen, die ich nicht kenne. Außerdem seid ihr so jung und gleichzeitig so professionell, dass niemand Verdacht schöpfen wird.«
Das Lob ging runter wie Öl. Marie hatte recht gehabt. Die drei !!! hatten es wirklich nicht mehr nötig, in Schülerzeitungen zu inserieren.
Plötzlich fiel Kim etwas ein. »Hast du schon auf die Handynummer des Absenders geschaut?«
»Klar«, sagte Bastian. »Das war das Erste. Die erscheint leider nicht auf meinem Handy.«
Marie seufzte. »Logisch. Der Absender hat sie unterdrückt. Wahrscheinlich benutzt er ein Vertragshandy und hat seine Nummer gleich beim Vetragsabschluss unterdrücken lassen.«
»Ja, das glaube ich auch«, sagte Bastian. Er ließ sich neben einer Bronzestatue des römischen Gottes Apollo auf eine Bank fallen und wirkte auf einmal so erschöpft wie nach einem mehrstündigen Zirkeltraining. »Das macht mich alles total fertig. Ich weiß nicht, was ich tun soll.«
Kim lächelte ihm aufmunternd zu. »Keine Sorge! Wir lösen den Fall. Hast du einen Verdacht, wer dir die SMS schickt?«
»Leider nicht«, antwortete Bastian. »Wir sind ein super Team. Alle halten zusammen und verstehen sich total gut. Wir wollen die Junioren-WM unbedingt gewinnen, das ist unser großes Ziel.«
Franzi hatte eine Zeit lang in einer Volleyballmannschaft

mitgespielt und wusste genau, wovon Bastian sprach. »So was schweißt natürlich zusammen«, sagte sie. »Trotzdem fürchte ich, dass der Verdächtige aus dem Umfeld deiner Mannschaft kommt, wahrscheinlich ist es sogar einer deiner Teamkollegen.«

»Meint ihr wirklich?« Bastian kaute auf seiner Unterlippe. »Klar, ihr habt recht. Ich kann es mir nur überhaupt nicht vorstellen, das heißt, ich *will* es mir lieber nicht vorstellen.«

»Wir fangen sofort mit den Ermittlungen an«, versprach Kim. »Kannst du uns eine Liste mit den Namen aller Spieler aus deinem Team geben?«

»Ich hab was Besseres dabei.« Bastian zeigte in Richtung Garderobe. »Wenn wir rausgehen, gebe ich euch unser offizielles Mannschaftsfoto und ein paar private Schnappschüsse von unserer letzten Party.«

»Private Schnappschüsse …«, murmelte Franzi mit glänzenden Augen.

»Super, vielen Dank«, sagte Marie. »Toll wäre natürlich auch, wenn wir beim Training zusehen könnten.«

Bastian nickte. »Kein Problem. Das nächste öffentliche Training ist morgen um 15 Uhr. Sagt am Eingang, dass ihr Freunde von Harry Potter seid, dann lässt Tommy euch kostenlos durch.« Als die drei !!! ihn verständnislos ansahen, grinste Bastian verlegen. »Harry Potter ist mein Deckname, unter dem ich auch in Hotels absteige, damit mich nicht dauernd Fans oder Paparazzi belagern.«

»Ach so, verstehe …«, sagte Kim langsam. So faszinierend sie auch sein mochte, die Welt der Promis war ihr nach wie vor ziemlich fremd.

Franzi dagegen war begeistert. Bis vorgestern noch war Bastian ein unerreichbarer Stern am Fußballhimmel für sie gewesen und heute gehörte sie schon zu seinen Freunden!
»Ich bin ja so froh, dass ihr den Fall übernehmt!«, sagte Bastian. Dann warf er einen Blick auf seine Armbanduhr. »Ich muss los! Wir haben gleich eine Trainingseinheit. Macht es euch was aus, wenn wir den Rest der Ausstellung streichen?«
Kim schüttelte den Kopf. »Überhaupt nicht.«
Sie durchquerten die letzten Ausstellungsräume im Stechschritt und liefen zur Garderobe. Bastian kramte schnell die Fotos aus seiner Tasche, drückte sie Franzi in die Hände und weg war er. Zärtlich strich Franzi über den Rand des Mannschaftsfotos, den Bastian gerade noch berührt hatte. Kim und Marie warfen sich einen amüsierten Blick zu.
»Und was machen wir jetzt?«, fragte Marie.
»Lasst uns ins Museumscafé gehen und uns dort die Fotos ansehen«, schlug Kim vor.
»Gute Idee«, sagte Marie. »Aber unseren Powerspruch können wir eigentlich gleich hier aufsagen.«
Der Powerspruch war ein festes Ritual der drei !!!. Immer wenn sie einen neuen Fall an Land gezogen hatten oder gerade besonders viel Energie für ihre Ermittlungen brauchten, war es Zeit für ihren Powerspruch.
Feierlich stellten sich die Detektivinnen im Kreis auf, streckten die Arme aus und legten die Hände übereinander. Dann riefen sie im Chor: »Die drei !!!.«
Kim sagte: »Eins!«, Franzi »Zwei!« und Marie »Drei!«. Am Schluss hoben sie gleichzeitig die Hände in die Luft und riefen laut: »Power!!!«

Stille Wasser sind tief

»Dürfen wir mal durch?«, fragte Marie und teilte mit ihren Ellbogen die Warteschlange vor dem Haupteingang des Stadions.
»Hey, was soll das?«, beschwerte sich ein bärtiger Typ, der gleich zwei Fanschals um seinen Hals gewickelt hatte.
»Da könnte ja jeder kommen!«, rief sein Freund.
Auch ein paar andere Fans in der Schlange murrten empört. Marie ließ sich davon nicht beeindrucken. Sie zupfte an ihrem neuen Stirnband in den Deutschlandfarben, lächelte zuckersüß und sagte: »Sorry, aber wir sind VIPs. Bastian hat uns eingeladen.«
Der Typ mit den zwei Fanschals knurrte: »Klar, und ich hab eine persönliche Einladung von Franz Beckenbauer!«
Der Witz kam gut an. Während einige lachten, mogelten sich die drei !!! weiter nach vorne durch.
Der muskulöse Bodyguard am Eingang runzelte die Stirn, aber Marie wickelte ihn sofort um den Finger. »Hi, Tommy! Ich bin Marie. Ich habe schon sooo viel von dir gehört. Wir sind nämlich Freunde von …«, sie beugte sich zu Tommy vor und flüsterte ihm ins Ohr, »… Harry Potter. Total lieb von dir, dass du uns kostenlos reinlässt.« Sie drückte dem völlig verdutzten Tommy zwei Küsschen auf die Wangen.
»Äh … klar, gerne«, sagte er und grinste breit.
Und schon waren sie drin. Franzi und Marie hatten bereits ein paar Spiele des 1. FC live miterlebt, aber Kim war zum ersten Mal im Stadion.

»Ist das riesig!«, staunte sie, als die Detektivinnen in der Ostkurve am oberen Rand der Tribünen standen. Über ihnen wölbte sich ein strahlend blauer Himmel, und das Fußballfeld sah von hier oben aus wie ein frisch gewaschenes grünes Handtuch.

Franzi lachte. »Was hast du denn erwartet? Los, beeilen wir uns, damit wir noch einen Platz in der ersten Reihe erwischen.«

Sie hatten Glück. Genau drei Plätze waren noch frei. Schnell rutschten Kim, Franzi und Marie auf die Schalensitze. Kim holte eine Tüte Gummibärchen aus ihrer Tasche und reichte sie herum. Als die Tüte leer war, liefen die Spieler auf den Platz. Jubelnd wurden sie von den Fans begrüßt. Auch Kim sprang auf und klatschte. Lauter braun gebrannte, durchtrainierte Fußballer aus nächster Nähe bewundern zu können, hatte schon was. Die meisten Spieler erkannte Kim vom Mannschaftsfoto wieder: Luca, den Außenstürmer mit den langen blonden Haaren, Torwart Karsten mit den buschigen schwarzen Augenbrauen und Valerio, den linken Außenverteidiger.

»Das muss Bastians Onkel sein!«, rief Marie und zeigte auf einen braunhaarigen Mann im Trainingsanzug, der hektisch am Spielfeldrand auf und ab lief.

Kim schätzte Hannes auf Mitte vierzig. Er hatte einen schmalen Mund und große blaue Augen, die ständig in Bewegung waren. »Los, los, Tempo!«, rief er. »Laufen, nicht einschlafen, Leute!«

Die Fußballer joggten los. Bastian war an der Spitze. Sein Laufstil sah selbst dann noch locker aus, als Hannes die

Spieler zu einem Sprint antrieb. Danach mussten sie einige Stretchingübungen absolvieren und den Torwart einschießen.

Endlich ging das Spiel los. Gleich nach dem Anstoß schnappte Bastian sich den Ball und schoss ihn geschickt durch die Beine eines Gegners.

»Super getunnelt!«, rief Kim begeistert.

Franzi sah sie überrascht von der Seite an. »Seit wann kennst du dich denn so gut aus?«

Kim zwinkerte ihr zu. »Tja, eigentlich ist so was ja Detektivgeheimnis, aber euch kann ich es verraten: Ich hab gestern bis spät in die Nacht Fußballbücher aus der Bibliothek durchgeackert.«

»Wow!«, sagte Franzi beeindruckt. An Kims Stelle hätte sie bestimmt nur halb so viel Ehrgeiz entwickelt.

»Quatscht nicht, sonst verpassen wir womöglich was Wichtiges!«, unterbrach Marie ihre Freundinnen.

Sofort stellte Kim wieder alle Antennen auf Detektivin und beobachtete Bastian. Der schien überall gleichzeitig auf dem Platz zu sein, so schnell trickste er seine Gegner aus und brachte immer wieder den Ball an sich. Nur zwei kleine Momente gab es, da war er nicht voll konzentriert oder es war ihm kurz die Puste ausgegangen. Als er sich dann das zweite Mal den Ball abnehmen ließ, pfiff Hannes durchdringend in seine Trillerpfeife und rannte zu ihm hinüber.

»Was ist heute bloß los mit dir, Bastian? Du stehst wie ein lahmer Esel rum. Wenn du denkst, das reicht schon, hast du dich geschnitten. Die Entscheidung steht noch lange nicht fest.«

»Aber ich hab doch …«, wollte Bastian sich verteidigen.
»Nein, ich will nichts mehr hören!«, rief Hannes.
Bastian lief rot an. Er wollte trotzdem etwas sagen, da klopfte ihm ein rothaariger Spieler auf die Schulter und flüsterte ihm ein paar beruhigende Worte ins Ohr. Bastian nickte. Er kochte immer noch innerlich vor Wut, aber er biss die Zähne zusammen und versuchte sogar zu lächeln.
»Hat der Tomaten auf den Augen?«, regte Franzi sich auf. »Bastian ist einer der Besten in der Mannschaft.«
»Das sehe ich auch so«, stimmte Marie zu. »Aber Bastian hat uns ja schon vorgewarnt, dass sein Onkel besonders streng zu ihm ist.«
»Wer ist denn der Rothaarige gleich wieder?«, fragte Kim.
Franzi holte das Mannschaftsfoto heraus. »Das ist Kai, der rechte Außenstürmer.«
»Der scheint nett zu sein«, sagte Marie. »Und süß ist er mit seinen Wuschelhaaren.«
Sofort protestierte Franzi: »Aber nichts gegen Bastian!«
Das Spiel ging weiter. Bastian strengte sich noch mehr an als vorher, doch Hannes schien es nicht zu sehen. Stattdessen lobte er einen Pass von Ulli, dem rechten Außenverteidiger, der bisher nur durch dekoratives Herumstehen aufgefallen war. »Ja, sehr gut, Ulli! Das war genial.«
Ulli machte das Victory-Zeichen und schüttelte seinen braunen Lockenkopf, den er im Nacken zu einem Pferdeschwanz zusammengebunden hatte.
»Siehst du, Bastian, so muss man es machen!«, sagte der Trainer. »Nimm dir ein Beispiel an Ulli, wenn du hier weiterkommen willst.«

»Was soll das denn jetzt?«, rief Franzi und ballte die Fäuste. »Gleich renne ich auf den Platz und knöpfe mir den Trainer vor.«
Marie packte Franzi am Ärmel. Sie traute ihrer Freundin glatt zu, dass sie es tatsächlich machte.
Der Rest des Trainings verlief ohne besondere Zwischenfälle. Nach dem Abpfiff wollten die drei !!! noch auf ihren Plätzen bleiben, um Bastian abzupassen, aber Tommy drängte sie leider mit den anderen Fans zum Ausgang. Diesmal halfen selbst Maries Flirtkünste nichts. Es blieb ihnen nichts anderes übrig, als gemeinsam mit den Fans vor dem Stadion auf die Juniorenmannschaft zu warten, bis diese sich geduscht und umgezogen hatte.
»Da sind ja wieder unsere VIPs!«, sagte der bärtige Typ mit den zwei Fanschals. »Na, hat euer Bastian euch nicht in die VIP-Lounge eingeladen?«
Die drei !!! beschlossen, ihn am besten zu ignorieren, und Marie drehte ihm demonstrativ den Rücken zu. Endlich kamen die Junioren mit ihren Sporttaschen aus den Katakomben. Sofort stürmten die Fans auf sie zu, um Autogramme zu ergattern.
Plötzlich rief Franzi: »Mensch, ich hab ja noch gar kein Autogramm von Bastian! Das muss ich gleich nachholen.«
»Hiergeblieben!«, sagte Marie. »Dafür haben wir keine Zeit.«
Franzi verzog beleidigt das Gesicht und wollte etwas erwidern, da löste Bastian sich aus der Gruppe seiner Teamkollegen, verabschiedete sich mit ein paar Worten und einer Umarmung von Kai und kam auf sie zu. »Hi, schön dass ihr da seid!« Sein Lächeln wirkte angestrengt.

»Du hast wirklich super gespielt!«, munterte Kim ihn auf. »Hast du noch kurz Zeit für uns?«
»Klar doch«, sagte Bastian. »Gehen wir am besten in ein Café in der Innenstadt.«
Sie machten sich auf den Weg, da piepste Bastians Handy. Er zuckte zusammen und griff mit zitternden Fingern in seine Hosentasche. »Das ist bestimmt wieder so eine SMS.« Bastian checkte den Nachrichteneingang und nickte düster. »Dieser Mistkerl!«
»Was hat er denn diesmal geschrieben?«, wollte Franzi wissen. Gemeinsam mit Marie beugte sie sich über Bastians Handy.
»Wartet!«, rief Kim. Sie war ein Stück zurückgeblieben, weil sich der Schnürsenkel an ihrem rechten Schuh gelöst hatte. Während sie sich bückte, um ihn wieder zuzubinden, sah sie aus den Augenwinkeln Ulli, der sich von den Fans abgesetzt hatte und zufrieden grinste. Er hatte gerade etwas in sein Handy getippt, sah jetzt in Bastians Richtung und stopfte das Handy hastig in seine Sporttasche. Kims Puls pochte schneller. War das purer Zufall gewesen? Oder hatte Ulli etwa …
Kim sprang auf und rannte los. Bastian, Marie und Franzi hatten nicht gewartet, doch Kim hatte ihren Vorsprung bald eingeholt.
»Wo bleibst du denn?«, fragte Marie ungeduldig. »Das musst du dir ansehen! Der Typ geht eindeutig zu weit.«
Kim erschrak über Bastians Gesicht. Er war ganz blass um die Nase geworden. Stumm streckte er Kim sein Handy hin. Mit klopfendem Herzen las sie die SMS.

Du wirst von Tag zu Tag schlechter, das weiß inzwischen jeder. Wie lange willst du noch warten? Gib lieber jetzt auf, bevor du das Team weiter runterziehst. Oder soll ich nachhelfen?

»Nachhelfen …«, murmelte Kim entsetzt. »Was für eine fiese Drohung!«

»Das muss noch lange nichts heißen«, sagte Franzi schnell. »Viele Leute sprechen Drohungen aus, schrecken aber dann doch davor zurück, sie in die Tat umzusetzen.« Es sollte beruhigend wirken, klang jedoch nicht besonders überzeugend.

Bastian fuhr sich stöhnend durch die Haare. »Ich halte das nicht mehr aus! Vielleicht stimmt es ja wirklich, dass ich schlechter werde. Heute musste ich beim Training dauernd an die SMS denken, ich konnte mich überhaupt nicht konzentrieren. Das hat mein Onkel natürlich sofort gemerkt. Ich war so wütend auf ihn. Sonst hab ich mich immer unter Kontrolle, aber heute … Wenn Kai nicht gewesen wäre! Ohne meinen besten Freund wäre ich sowieso schon längst aus dem Team geflogen.«

»Hör sofort auf damit!«, sagte Marie. »Genau das will doch der Absender erreichen, er will dich mürbemachen. Das darfst du nicht zulassen.«

Bastian nickte. »Ja, ich weiß … Aber wenn wir ihn nicht finden, macht er immer weiter und weiter. Ich hab schon überlegt, ob ich mir ein neues Handy zulege mit einer neuen Nummer und das alte einfach wegwerfe.«

»Tu das bitte nicht«, rief Kim, »jetzt, wo wir eine heiße Spur haben!«

Marie und Franzi sahen Kim mit großen Augen an.

»Wovon redest du?«, fragte Marie.
Kim checkte vorsichtshalber, dass Ulli ihnen nicht gefolgt war. Mittlerweile hatten sie die Innenstadt erreicht und die Menschenmenge war ziemlich unübersichtlich geworden. Kim wollte trotzdem lieber nichts riskieren. »Ich erzähl es euch, sobald wir im Café sind.«
»Du machst es ja spannend!«, stöhnte Franzi.
Kurz darauf kamen sie zu einem Oma-Café mit plüschigen Sofas, in das sich Ulli garantiert nicht verirren würde, zumal draußen immer noch Bilderbuchwetter war. Sie betraten den kühlen Innenraum und ließen sich in die weichen Polster sinken. Die drei !!! bestellten Cola, ihr Lieblingsgetränk an heißen Tagen.
Bastian schloss sich an, ließ aber sein Glas unberührt stehen. »Ist dir was aufgefallen?«, fragte er Kim nervös. »Hast du jemand Bestimmten in Verdacht?«
Kim nickte. »Ja, hab ich.« Sie erzählte, was sie vor dem Stadion beobachtet hatte. Bastian, Marie und Franzi hörten ihr aufgeregt zu.
»Ulli …«, murmelte Bastian, als Kim ihren Bericht abgeschlossen hatte.
Marie rutschte auf die äußerste Kante des Sofas. »Könnte Ulli es gewesen sein? Hattet ihr Streit oder so? Hat er irgendein Motiv?«
Bastian schüttelte den Kopf. »Streit hatten wir nicht gerade, aber dicke Freunde sind wir auch nicht. Wir gehen uns aus dem Weg, seit er kurz nach mir ins Team gekommen ist. Eigentlich ist Ulli in Ordnung. Er bleibt immer ruhig und ist fair und so …«

»Hast du dich geärgert, weil dein Onkel Ulli dauernd vorzieht?«, hakte Franzi vorsichtig nach. »Das ist uns heute sofort aufgefallen, das war echt ungerecht.«
Bastian schüttelte wieder den Kopf. »Nein, das hat Onkel Hannes nur heute gemacht. Ich weiß auch nicht, warum, vielleicht wollte er mich zu noch mehr Leistung anstacheln.« Er nippte an seiner Cola, verzog aber das Gesicht, als hätte er in eine Zitrone gebissen. »Ulli und ich sind Konkurrenten. Er gehört genau wie ich nur zum weiteren Kreis der Juniorenmannschaft. Ob wir bei der WM wirklich mitspielen dürfen, wird erst später entschieden.«
Kim erinnerte sich wieder an Hannes' Worte beim Training. Das hatte er also gemeint, als er von einer Entscheidung gesprochen hatte. Jetzt war alles klar. »Damit ist Ulli unser Hauptverdächtiger«, sagte Kim. »Noch können wir ihm nichts nachweisen, aber das ist nur eine Frage der Zeit. Wir werden ihn auf jeden Fall genauer unter die Lupe nehmen.«
»Verrätst du uns, wo er wohnt?«, fragte Franzi. »Das würde die Sache leichter machen.«
Bastian reagierte nicht. »Ulli … Ich kann's einfach nicht glauben, dass er zu so was fähig wäre. Er ist sonst immer ziemlich direkt. Hintenrum SMS zu schicken, das passt gar nicht zu ihm. Obwohl – so gut kenne ich ihn natürlich auch nicht …«
»Tja«, unkte Marie, »stille Wasser sind tief.«
Sie schwiegen eine Weile betroffen, dann antwortete Bastian auf Franzis Frage: »Die U17-Mannschaft ist im *Hotel Olympia* abgestiegen, in der Oststadt, Kaiserallee.«
Kim und Franzi hörten den Namen des Hotels zum ersten

Mal, aber Marie nickte. »Das kenne ich! Fünf Sterne, toller Service und ein Teesalon in der Lobby, very british. Mein Vater hat mich mal dort zur Teatime eingeladen.«
Kim warf Marie einen leicht genervten Blick zu. Musste sie immer damit angeben, dass ihr Vater sie alle naselang zum Essen ausführte?
Marie ignorierte den Blick. »Und welche Zimmernummer hat Ulli?«, fragte sie.
»307«, antwortete Bastian. »Wir sind alle auf demselben Flur im dritten Stock. Ich hab übrigens die Zimmernummer 303.«
»Alles klar«, sagte Franzi. »Wir fahren gleich zum Hotel, um bei Ulli nach Indizien zu suchen. Du hast nicht zufällig einen Zweitschlüssel zu seinem Zimmer?«
Bastian schüttelte den Kopf. »Leider nicht. Ich kann auch nicht mitkommen, sonst schöpft Ulli womöglich Verdacht.«
»Kein Problem«, sagte Kim. »Wir schaffen es auch so.« Sie hatte zwar nicht die geringste Idee, wie das bei den strengen Sicherheitsvorkehrungen gehen sollte, hoffte aber, dass ihnen zu dritt schon was einfallen würde. Kim winkte der Bedienung. »Zahlen, bitte!«
Bastian zückte schnell seinen Geldbeutel. »Kommt nicht infrage! Ich lade euch ein. Alle Spesen und Auslagen übernehme ich.«
Die drei !!! sahen sich verblüfft an. Jetzt kamen sie sich wirklich vor wie Detektivprofis. Dann standen sie draußen auf dem Gehsteig und verabschiedeten sich. Bastian lächelte. »Ach übrigens! Ulli hat auch einen Decknamen: Er heißt Justus Jonas.«

»Wie der Detektiv aus der Krimireihe *Die drei ???*?«, fragte Kim. »Cool!« Wenn Ulli nicht der Hauptverdächtige gewesen wäre, hätte sie ihn glatt sympathisch gefunden.
»Viel Glück!«, sagte Bastian. »Ruft mich an, sobald ihr was rausgefunden habt.«
»Machen wir«, versprach Franzi, die jetzt schon Sehnsucht nach Bastian hatte.
Bastian drehte sich um, da rief Marie: »Warte! Hat Ulli irgendeine Schwäche?«
Bastian kratzte sich am Kinn. »Hmmm … Schwäche? Nicht dass ich wüsste. Höchstens seine Mutter vielleicht. Er ist Einzelkind und war noch nie länger von ihr getrennt. Seit wir in der Stadt sind, telefoniert er mindestens dreimal täglich mit seiner Mutter in Bochum. Die Teamkollegen ziehen ihn schon auf deswegen.«
Marie grinste. »Super, vielen Dank! Daraus lässt sich was machen.«
Als die drei !!! einen zweiten Anlauf machten, sich von Bastian zu verabschieden, piepste sein Handy.
»Oh nein, nicht schon wieder eine Drohung!«, rief Kim.
Bastians Mundwinkel zitterten, doch dann ging ein Strahlen über sein Gesicht. »Das ist Jennifer, meine Freundin. Stellt euch vor, sie ist in der Boutique nebenan! Ich überrasche sie.«
Die drei !!! beobachteten, wie eine attraktive, topgestylte Blondine mit Pferdeschwanz aus einer schicken Boutique kam. Sie ging zu ihrem pinkfarbenen Roller, den sie auf dem Gehsteig geparkt hatte, und wollte gerade den Zündschlüssel ins Schloss stecken. Da schlang Bastian von hinten die Arme

um ihren Hals. Jennifer drehte sich lachend um. Dann knutschten die beiden ausgiebig, ohne auf die Passanten zu achten, denen sie den Weg versperrten.
Franzi spürte einen brennenden Schmerz in ihrer Brust. Bastian hatte eine Freundin! Natürlich, das hätte sie sich gleich denken können. Tapfer schluckte sie die Tränen hinunter, die in ihrer Kehle aufsteigen wollten.
Kim musste grinsen. Bastian und Jennifer erinnerten sie total an ihre erste Zeit mit Michi, als sie beide auf einer riesengroßen, rosaroten Wolke geschwebt waren. »Die sind aber noch nicht lange zusammen«, stellte sie fest und zwinkerte Marie und Franzi zu. »Kommt, stören wir die Turteltauben nicht, wir haben was zu tun.«

Passwort gesucht

»Ich wusste es!«, stöhnte Kim, als die drei !!! auf das *Hotel Olympia* zuliefen. »Ich hätte doch noch heimfahren und mich umziehen sollen.« Vor der gläsernen Drehtür stand ein piekfeiner Türsteher in dunkelblauer Uniform und begrüßte gerade ein elegantes Paar. Die Frau trug ein weißes Designerkostüm und der Mann einen schwarzen Anzug.
»Jetzt ist es zu spät«, sagte Franzi. »Mach dir nichts draus, ich hab auch nur Jeans an.«
Schnell zog Kim den Reißverschluss ihrer Strickjacke zu, damit man wenigstens das ausgeleierte T-Shirt darunter nicht sah.
Marie warf einen letzten Blick in ihren Taschenspiegel, um ihr perfektes Make-up und den faltenfreien Sitz ihres Minikleides zu überprüfen. Dann raunte sie ihren Freundinnen zu: »Lasst mich nur machen. Jetzt ist Showtime!« Sie lächelte dem Türsteher zu und betrat das Hotel mit der Selbstverständlichkeit einer erfolgreichen Geschäftsfrau.
Kim und Franzi folgten ihr nicht ganz so selbstverständlich. Beinahe wäre Kim auf dem spiegelglatten Marmorfußboden der Lobby ausgerutscht. Gerade noch konnte sie sich an Franzi festhalten und bekam einen hochroten Kopf. Toller Einstieg!
Marie winkte der Empfangsdame hinter dem Tresen wie einer alten Bekannten zu. Dann lief sie zielstrebig zu den Aufzügen hinüber. Wie durch ein Wunder wurden sie von niemandem aufgehalten. Erleichtert schlüpften Kim und

Franzi zu Marie in den Aufzug. Lautlos nach oben schwebend, brachte er sie in den dritten Stock.

Kaum waren sie aus der Tür getreten, baute Tommy sich breitbeinig vor ihnen auf. »Hier ist kein Zutritt! Der dritte Stock ist komplett reserviert.«

Marie ließ sich ihre Überraschung nicht anmerken. »Ich weiß, Tommy. Hallo erst mal! Erkennst du mich nicht wieder?« Sie stützte selbstbewusst eine Hand auf die linke Hüfte und präsentierte ihre Schokoladenseite, ein Trick, den sie im Modelhaus gelernt hatte.

Tommy wurde etwas freundlicher. »Hi ... Marie, oder? Hab dich gleich erkannt. Tut mir trotzdem schrecklich leid. Ihr könnt hier nicht durch, der dritte Stock ist Sperrzone.«

»Klar«, sagte Marie und spielte mit einer blonden Haarsträhne. Tommy sah ihr fasziniert dabei zu. »Ich wäre auch nicht gekommen, wenn es nicht um einen Notfall ginge.«

Tommy kam aus dem Konzept. »Ein Notfall? Geht es Harry Potter nicht gut?«

Marie schüttelte den Kopf. »Nein, nein, alles bestens. Wir waren gerade noch mit ihm im Café. Es geht um Ulli ... äh ... um Justus Jonas natürlich. Seine Mutter hat eine wichtige Nachricht für ihn. Sie konnte ihn auf dem Handy leider nicht erreichen.«

Tommy runzelte misstrauisch die Stirn. »Eine wichtige Nachricht? Kann ich mir nicht vorstellen.«

»Ich weiß, worauf du anspielst!« Marie ließ ein perlendes Lachen los. »Muttersöhnchen Ulli, Mama hier, Mama da! Die beiden unterhalten sich wahrscheinlich auch darüber, wie oft Ulli aufs Klo gegangen ist.«

»Hahaha!«, rief Tommy lachend und schlug sich amüsiert auf die Schenkel. »Ja, genau.«
Marie wusste, dass sie das Eis gebrochen hatte. Jetzt musste sie nur noch ein letztes Holzscheit ins Feuer legen. Von einer Sekunde zur nächsten wurde sie ernst und presste zwei Tränen aus ihren Augen. »Diesmal ist es wirklich ernst«, sagte sie mit Grabesstimme. »Seine Mutter ist sehr … nein, ich sollte nicht darüber sprechen, das ist zu persönlich. Ich muss es Ulli selber sagen.«
Tommy knetete unschlüssig seine Hände. Dann gab er sich einen Ruck. »Okay, ausnahmsweise! Hannes ist zum Glück gerade nicht da. Kommt mit, ich klopfe bei Ulli. Aber er wird nicht viel Zeit haben. Macht schnell, bitte!«
»Klar!«, sagte Marie und warf Kim und Franzi einen triumphierenden Blick zu. Ihr Schauspielunterricht hatte sich wieder mal voll gelohnt.
Die drei !!! folgten Tommy um die Ecke. Ihre Schritte wurden vom Hotelteppich verschluckt. Kim bekam weiche Knie, als sie vor Zimmer 307 standen. Tommy klopfte zweimal kurz und nach einer Pause noch einmal kurz.
Ullis zerknautschtes Gesicht erschien im Türrahmen. Die offenen Locken hingen ihm wirr in die Stirn, anscheinend hatte er gerade geschlafen. »Was ist denn?«, fragte er nicht gerade begeistert.
»Die Mädchen müssen dich dringend sprechen«, erklärte Tommy. »Ein Notfall.«
»Aber ich kenne die überhaupt …«, fing Ulli an.
Bevor er den Satz zu Ende sprechen konnte, rief Marie aufgeregt: »Es geht um deine Mutter.«

Ulli riss erschrocken die Augen auf. »Meine Mutter? Was ist passiert?«
»Das sagen wir dir gleich.« Marie legte ihre Hand auf Ullis Schulter. »Aber am besten reden wir nicht hier auf dem Flur.«
Jetzt war Ulli hellwach. »Kommt rein«, sagte er tonlos.
Das ließen Kim, Franzi und Marie sich nicht zweimal sagen. Tommy verabschiedete sich und Ulli führte sie in sein Zimmer, das sich als großzügige Suite mit zwei voneinander abgetrennten Räumen entpuppte. Besser konnte es gar nicht laufen für die drei !!!.
Als sie es sich auf der lindgrünen Sofalandschaft im Wohnzimmer bequem gemacht hatten, scannte Kim unauffällig den Raum. Er war liebevoll mit wertvollen antiken Möbeln ausgestattet. Ulli schien ziemlich ordentlich zu sein. Es lagen weder Kleider noch Schuhe herum. Nur auf dem Sekretär aus Kirschbaumholz war ein teures Notebook aufgeklappt und auf dem Nachttisch neben dem Biedermeier-Bett lag eine silberfarbene, längliche Box. Kim hätte sich beides am liebsten sofort aus der Nähe angesehen, aber sie musste sich leider noch gedulden.
Marie ließ inzwischen einen Redeschwall los: »Entschuldige bitte, dass wir einfach so reinplatzen bei dir. Das ist sonst nicht unsere Art. Du wunderst dich bestimmt, wer wir sind. Nur so viel: Wir kennen deine Mutter aus Bochum. Woher genau, das ist eine längere Geschichte, die will ich dir ersparen, weil es momentan wichtigere Dinge gibt.«
Ulli wurde immer nervöser. »Erzählt endlich, was los ist! Geht es meiner Mutter nicht gut?«

Marie setzte einen besorgten Krankenschwester-Blick auf. »Du musst jetzt sehr stark sein, Ulli! Wir haben gerade mit deiner Mutter telefoniert. Ja, du hast es erraten. Es geht ihr leider gar nicht gut.«
»Was hat sie? Ist sie im Krankenhaus?« Panik spiegelte sich in Ullis Augen.
Kim konnte es nicht mehr länger mit ansehen, ihn unnötig leiden zu sehen. »Nein, Ulli, wir können dich beruhigen. Deine Mutter ist nicht krank.«
Marie trat Kim unter dem Couchtisch gegen das Schienbein, weil sie ihre ausgeklügelte Gesprächsstrategie durchkreuzt hatte. »Nun ja …«, sagte sie gedehnt. »Deine Mutter ist irgendwie schon krank.«
»Was jetzt?«, fragte Ulli verwirrt. »Wollt ihr mich auf den Arm nehmen?«
»Nie im Leben!«, sagte Franzi und biss sich auf die Unterlippe, um nicht loszukichern.
Marie strafte ihre Freundinnen mit einem unmissverständlichen »Kann ich jetzt endlich ungestört weiterreden?«-Blick. Das wirkte. Kim und Franzi verstummten. »Also«, sagte Marie, »deine Mutter ist krank vor lauter Sorge.« Sie machte eine Kunstpause. »Krank vor Sorge, weil du nicht anrufst!«
Ulli hatte mit allem gerechnet, nur damit nicht. »Was? Wieso? Aber ich hab doch heute schon zweimal mit ihr telefoniert.«
»Stimmt«, reagierte Marie sofort, ohne mit der Wimper zu zucken. »Trotzdem war sie total verzweifelt. Sie meint, du warst so abwesend bei eurem letzten Gespräch und du hättest gar nichts erzählt von dir. Sie meint, du hättest irgendein

Geheimnis vor ihr, das du ihr nicht verraten würdest, obwohl sie doch deine engste Vertraute ist, deine Mutter …«
Ulli protestierte: »Ich hab nichts erzählt? Wie auch? Erst hat sie gefragt, wie's mir geht, dann hat sie mich sofort unterbrochen und wieder ohne Punkt und Komma geredet.«
Beinahe hätte Marie laut losgelacht. Schnell dachte sie an die letzte Mathearbeit, das half zum Glück. »Du kennst sie doch, so ist sie eben«, sagte Marie. »Sie hat übrigens schon dauernd vergeblich versucht, dich zu erreichen. Du solltest sie lieber sofort anrufen, bevor sie noch einen Herzinfarkt bekommt.«
Das Wort »Herzinfarkt« betonte sie besonders und schielte dabei zu Franzi hinüber.
Sofort legte Franzi stöhnend ihre Hand auf die Stirn. »Es ist so … stickig hier drin …« Sie rang nach Luft und griff sich röchelnd an die Kehle. »Ich bekomme keine Luft.«
Ulli sprang erschrocken auf. »Soll ich ein Fenster aufmachen?«
»Nein …«, keuchte Franzi. Sie streckte suchend ihre zitternde Hand aus. »Das … hilft nichts«, flüsterte sie. »Brauche … Wasser!«
»Ein Glas Wasser?« Ulli griff nach der Flasche, die auf dem Couchtisch stand.
»Nein! Badezimmer … wo?« Franzi versuchte aufzustehen, schwankte und ließ sich gegen Ullis breite Brust fallen.
Der Fußballer fing sie auf und stützte sie. »Soll ich dich ins Badezimmer bringen?«
»Ja, bitte …«, flüsterte Franzi und stöhnte laut auf vor Schmerz.
»Hilf ihr, schnell!«, rief Marie. Wie betäubt stand sie mit Kim daneben, scheinbar unfähig, etwas zu tun.

Ulli überlegte nicht lange. Er packte Franzi unter den Armen und schleifte sie aus dem Wohnzimmer. Sobald er draußen war, rannte Kim zur Tür und machte sie zu. Dann stürzte sie sich auf das Notebook, während Marie sich die silberfarbene Box schnappte.

Aufgeregt drückte Kim auf die linke Maustaste. Der Fußball-Bildschirmschoner verschwand und ein weißer Kasten blinkte auf. »Mist!«, murmelte Kim. »Ich brauche Ullis Passwort.« Aufs Geratewohl tippte sie »WM« ein. Fehlanzeige! »Junioren-WM« war auch nicht das Richtige. Nach den ersten beiden Versuchen war Kims Gehirn wie leer gefegt. »Fällt dir noch irgendein Wort ein, das mit Fußball zu tun hat?«, fragte sie Marie.

Statt zu antworten, pfiff ihre Freundin durch die Zähne. »Sieh dir das mal an!« Marie schwenkte einen Zettel, den sie neben anderen Belegen in der Box gefunden hatte. »Eine Rechnung über ein Vertragshandy. Das Kaufdatum ist gerade mal zwei Wochen alt.«

Sofort fing Kim an zu rechnen. »Wann hat Bastian die erste Mobbing-SMS bekommen? Das war doch vor 14 Tagen, oder?«

»Ich glaube schon«, sagte Marie. »Die Rechnung fotografiere ich sofort mit dem Handy. Und, hast du auch was gefunden? Beeil dich, wir müssen Franzi erlösen.« Sie zeigte in Richtung Badezimmer, aus dem Wasserrauschen und Franzis Röcheln kam, begleitet von Ullis hilfloser Stimme, die Franzi zu beruhigen versuchte.

Kim stöhnte. »Wenn ich bloß wüsste, was Ulli für ein Passwort hat!«

Marie kratzte sich an der Stirn. Dann breitete sich plötzlich ein breites Grinsen auf ihrem Gesicht aus. »Versuch's doch mal mit ›Mama‹!«
Kim tippte die vier Buchstaben ein. Volltreffer! Sie war drin. »Du bist genial«, lachte sie. Dann beugte sie sich gespannt über den Bildschirm. Eine Tabelle erschien, an der Ulli anscheinend gerade gearbeitet hatte. In der linken Spalte waren sämtliche Spielernamen der Juniorenmannschaft verzeichnet. Daneben standen mehrere Rubriken: Tore der letzten Saison, Stärken, Schwächen, Macken, Beliebtheit beim Trainer ... Ulli hatte akribisch über alles Buch geführt. So gründlich war selbst Kim bei ihrem Detektivtagebuch nicht. »Findest du das normal?«, fragte sie Marie. »Der ist doch von Ehrgeiz zerfressen!«
»Und von Neid und Konkurrenzdenken«, ergänzte Marie.
Kim nickte. »Ein klassisches Motiv. Ich fresse einen Besen, wenn Ulli nicht die SMS an Bastian geschrieben hat!«
»Ich auch«, sagte Marie.
Das Rauschen aus dem Badezimmer hörte plötzlich auf. Dann klappte eine Tür. »Und, geht's wieder besser?«, hörten sie Ulli fragen.
»Ein bisschen ...« Franzis Stimme klang immer noch sehr schwach.
»Weg vom Notebook!«, zischte Marie.
»Gleich«, sagte Kim. Sie griff in ihre Hosentasche und zückte die Digitalkamera. Zwei Schnappschüsse, und sie hatte Ullis Tabelle im Kasten. Blitzschnell steckte sie die Kamera wieder ein, stürzte hinüber zum Sofa und ließ sich neben Marie in die Polster plumpsen. Als Ulli mit Franzi ins Zim-

mer zurückkehrte, saßen Kim und Marie einträchtig nebeneinander und sahen Franzi besorgt entgegen.
»Alles okay?«, fragte Kim.
»Hattest du wieder einen Schwächeanfall?«, erkundigte sich Marie mitfühlend und streckte die Hand nach Franzi aus. »Du weißt doch, was der Arzt gesagt hat. Du darfst dir nicht so viel zumuten.«
»Ihr braucht euch keine Sorgen machen«, versicherte Franzi matt. »Ulli hat mir super geholfen. Danke dir, Ulli!« Sie schenkte dem Fußballer ein strahlendes Lächeln.
»Keine Ursache«, sagte er und wuschelte verlegen seine braunen Locken durcheinander. Dann sah er die drei !!! unschlüssig an.
Marie sprang schnell hoch. »Tausend Dank! Wir müssen leider wieder los. Und vergiss nicht, deine Mutter anzurufen.«
Franzi erholte sich innerhalb von Sekunden und düste als Erste aus der Suite. Kim und Marie kamen kaum nach. Die drei !!! rannten den Flur entlang, an Tommy vorbei und ab in den Aufzug. Als sie die Lobby durchquert und sich durch die Drehtür gequetscht hatten, kicherten sie gleichzeitig los.
»Noch eine Sekunde länger«, japste Franzi, »und ich hätte mir vor Lachen in die Hose gemacht!«

Dicke Luft im Team

Geheimes Tagebuch von Kim Jülich
Donnerstag, 23:07 Uhr

Extra-Spezial-Nachricht für Brigitte Jülich: Ich weiß, du willst immer nur das Beste für deine Tochter. Dazu gehört auch, dass du jetzt sofort (!!!) aufhörst zu lesen. Falls du diesen Rat nicht befolgst, wird deine Tochter später tief greifende Schäden ihrer Persönlichkeit davontragen.

Es ist schon total spät, aber ich muss unbedingt trotzdem noch schreiben. Heute Nachmittag, als ich seit Ewigkeiten mal wieder gejoggt bin (45 Minuten ganz alleine, bin ich nicht super?), hab ich auf dem Rückweg durchs Industriegebiet zufällig Michi getroffen. Ich hab mich irre gefreut und ihn gleich umarmt, aber er ist rot geworden, als hätte ich ihn bei irgendwas Verbotenem ertappt. Als ich gefragt habe, was er hier macht, hat er nur »was Wichtiges erledigen« gemurmelt. Und als ich nachgehakt habe, ob irgendwas wäre, meinte er, nein, nein, alles in Ordnung. Aber er hat mir nicht in die Augen gesehen dabei. Ich bin natürlich sofort misstrauisch geworden (typische Berufskrankheit aller Detektivinnen!) und hab mich unauffällig umgesehen. Wir standen vor einem großen Parkplatz. Dahinter waren eine Lagerhalle, ein Fast-Food-Lokal und ein großes Gebäude mit mehreren Läden, unter anderem ein Baumarkt, ein Fitnessstudio und ein Frisör. Erst dachte ich, er hat vielleicht im Baumarkt was eingekauft, um seinen Chemiebaukasten aufzustocken, doch dann ist mir aufgefallen, dass er gar keine Tasche dabeihatte. Sehr merkwürdig, oder?

Es wurde leider noch merkwürdiger: Ich wollte ein Treffen mit ihm ausmachen, weil ich wusste, dass er zurzeit eine freie Woche hat und nicht in der Eisdiele jobben muss. Da hat er herumgedruckst, dass das schwierig werden könnte und dass ich doch sicher mit meinem neuen Fall genug um die Ohren hätte. Ich war so eingeschnappt, dass ich mich schnell von ihm verabschiedet habe.

Irgendetwas verheimlicht Michi vor mir! Was wollte er wirklich im Industriegebiet? Hat er sich dort mit einem anderen Mädchen getroffen? Nein, bitte nicht!!! Und warum hat er in seiner freien Woche keine Zeit für mich? Die WM ist doch jetzt vorbei. Liebt er mich nicht mehr? Hat es ihm nicht gefallen beim Public Viewing? Vielleicht hat er sich ja geschämt mit mir, weil ich so ein Fußballmuffel bin. Oder hat er beim Public Viewing eine andere kennengelernt? Er ist nämlich bei der anschließenden Party im Schillerpark länger geblieben als ich.

Stopp, Kim! Du darfst nicht weiterdenken, sonst wirst du noch verrückt.

Ja, ich weiß, ich sollte Michi vertrauen. Bis jetzt hat er mich noch nie enttäuscht. Trotzdem fällt es mir wahnsinnig schwer. Ich darf nicht dauernd darüber nachgrübeln, ich muss mich ablenken, am besten mit unserem neuen Fall. Ich könnte mir Ullis Tabelle noch mal ansehen. Übrigens stehen bei Bastian die meisten Eintragungen. Wenn das kein Zufall ist! Oder ich könnte ins Detektiv-Tagebuch schreiben. Wenn mir nur nicht dauernd die Augen zufallen würden. Wie spät ist es denn eigentlich? Was? Schon halb zwölf? Hilfe! Ich muss ins Bett, sonst schlafe ich morgen in der Schule ein.

PS: Nur eins noch: Ben und Lukas nerven total. Jeden Tag

fragen sie, ob ich ihnen Autogramme von Bastian mitgebracht habe. Wann kapieren sie endlich, dass ich nicht ihr persönlicher Kurier bin?
PPS: Nur noch eine allerletzte Sache: Ich sollte nicht jammern. Franzi geht es zurzeit viel schlechter als mir. Dass Bastian eine Freundin hat, nimmt sie total mit. Sie lässt es sich nicht anmerken, aber ich spüre genau, wie sie darunter leidet. Die Arme! Wenn ich sie nur irgendwie aufmuntern könnte!

»Kopf hoch, Brust raus und … los!«, rief Marie. Mit einem siegessicheren Lächeln auf den Lippen steuerte sie zwei Tage später auf das *Hotel Olympia* zu.
Franzi kicherte. »Nicht so schnell!« Sie musste sich bei Kim abstützen, die jedoch mindestens genauso wacklig auf den Beinen war. Kein Wunder! High Heels gehörten normalerweise nicht zur Grundausstattung von Franzi und Kim, genauso wenig wie schwarze Hosenanzüge, Seidenblusen und teure Ledergürtel. Alle Teile stammten aus Maries großem Kleiderfundus, aus dem sich die Detektivinnen bedienten, wenn sie älter und seriöser aussehen wollten.
»Und nicht vergessen, Mädels: lächeln!«, raunte Marie ihren Freundinnen zu.
»Auch das noch!«, stöhnte Kim. Je näher sie der Drehtür kamen, umso stärker zitterten ihre Beine. Wenn das mal gut ging!
»Einen wunderschönen guten Tag, die Damen!«, sagte der Türsteher, der sie beim ersten Mal kaum beachtet hatte. Er lüftete sogar seinen Zylinder und setzte schwungvoll die Drehtür für sie in Bewegung.

Die drei !!! stöckelten so elegant wie möglich in die Lobby. Gedämpfte Klaviermusik empfing sie und der Pianist am Flügel nickte ihnen freundlich zu. Kim blieb unschlüssig stehen. Ob es wirklich eine gute Idee gewesen war, heute hierherzukommen? Bastian hatte ihnen ausdrücklich gesagt, dass die Teambesprechung der Juniorenmannschaft nicht öffentlich war. Sie wussten weder, in welchem Konferenzraum sie stattfinden würde, noch, wie sie sich unbemerkt hineinschmuggeln sollten. Diesmal würde Tommy garantiert kein Auge zudrücken.
Marie hatte beschlossen, die Dinge einfach auf sich zukommen zu lassen. Als Kim »Und, was machen wir jetzt?« fragte, lächelte sie nur und antwortete: »Erst mal abwarten und Tee trinken!« Sie meinte es tatsächlich wörtlich und bestellte beim Ober schwarzen Tee und Gurkensandwiches.
Der Tee wurde auf einem Silbertablett serviert, doch Kim nippte nur kurz an ihrer Tasse. Sie war viel zu aufgeregt, um gemütlich Tee trinken zu können. Sie mussten heute endlich mit ihren Ermittlungen weiterkommen! Das nächste öffentliche Training würde erst wieder am Montag stattfinden, und so lange konnten sie nicht warten. Bastian hatte nämlich gestern schon wieder eine fiese SMS bekommen. Kim bekam jetzt noch Gänsehaut, wenn sie bloß daran dachte.

Die Schonfrist ist vorbei, das weisst du, oder? Sorry, aber du hast es so gewollt. Jetzt werden härtere Bandagen angelegt.

Kim malte sich lieber nicht aus, was der Absender der SMS vorhatte. Eigentlich hätten die drei !!! Bastian ab sofort Per-

sonenschutz bieten müssen, 24 Stunden rund um die Uhr, Tag und Nacht, aber leider mussten sie ja zur Schule gehen und ab und zu schlafen.
Kim war so in Gedanken versunken, dass sie heftig zusammenzuckte, als Franzi ihr die Hand auf die Schulter legte und zischte: »Da drüben, beim Empfang!«
Kim starrte zum Tresen hinüber. Eine dicke, grauhaarige Frau mit weißer Schürze, die offenbar durch einen Nebeneingang hereingekommen war, fragte die Empfangsdame: »Ich bringe das Catering für die Juniorenmannschaft. Wie immer im Konferenzraum Bismarck?«
»Ja, genau«, sagte die Empfangsdame. »Sie sind aber spät dran heute.«
»Glück muss man haben!«, lachte Kim.
Die Detektivinnen zahlten schnell und folgten der Frau. Als sie um die Ecke bogen, sahen sie Tommy, der mit dem Rücken zu ihnen vor dem Eingang zum Konferenzraum stand. Ungeduldig tippte er auf seine Armbanduhr und begrüßte die Frau vom Catering: »Na endlich! Ich muss dringend weg für eine Viertelstunde. Stellen Sie das Essen ab und lassen Sie niemanden rein, okay?«
»Geht klar«, sagte die Cateringfrau.
Gerade noch rechtzeitig duckten die drei !!! sich in eine Nische, da lief Tommy auch schon an ihnen vorbei. Kurz darauf verließen die Detektivinnen ihr Versteck wieder. Die Cateringfrau schleppte zwei riesige Tabletts mit Fingerfood an und keuchte unter der schweren Last.
»Können wir Ihnen helfen?«, fragte Kim.
Überrascht blieb die Frau stehen. »Äh … ja, warum nicht?«

Dann fiel ihr Blick auf die High Heels der Detektivinnen. »Hmm … ich weiß nicht. Lasst mal lieber, bevor ihr euch die schönen Schuhe ruiniert.«
»Ach, die wollten wir sowieso gerade ausziehen!« Kim kickte erleichtert ihre High Heels weg und rieb sich die schmerzenden Knöchel. Franzi war auch heilfroh, die mörderischen Teile endlich loszuwerden – und Marie im Grunde genauso, obwohl sie es natürlich nie zugegeben hätte.
Barfuß halfen Kim, Franzi und Marie der Cateringfrau, die beiden Tabletts auf dem Tisch vor dem Konferenzraum abzustellen. »Sie haben sicher noch mehr im Auto, oder?«, fragte Marie. »Sollen wir mitkommen?«
»Das wär toll«, sagte die Frau. »Ihr seid meine Rettung. Ich bin heute nämlich alleine. Mein Geschäftspartner ist plötzlich krank geworden.«
Franzi spuckte in die Hände. »Dann nichts wie los!«
Die drei !!! packten mit Feuereifer an. Drei Mal liefen sie zwischen dem Parkplatz für Lieferfahrzeuge und dem Konferenzraum hin und her. Dann hatten sie es geschafft. Der Tisch bog sich vor lauter Leckereien: Fingerfood, Baguette, Salate, rote Grütze und Schokoladenkuchen. Plötzlich bekam Kim einen Riesenhunger und bereute, dass sie kein Gurkensandwich gegessen hatte.
Die Cateringfrau wischte sich mit einem Taschentuch den Schweiß von der Stirn. »Tausend Dank! Was hätte ich bloß ohne euch getan? Kann ich mich irgendwie revanchieren?«
Marie lächelte. »Sie könnten tatsächlich etwas für uns tun: Wir würden gerne einen Blick auf die Fußballer werfen. Wir sind nämlich Fans der Juniorenmannschaft.«

»*Große* Fans«, mischte Franzi sich ein. »Besonders von Bastian!«
Die Cateringfrau lachte. »Verstehe! Wartet mal … Die Mannschaft hat gerade Teambesprechung und darf eigentlich nicht gestört werden, aber es gibt eine kleine Seitentür, die war bis jetzt immer offen. Dahinter ist ein blickdichter Vorhang, da sieht euch garantiert keiner.«
Beinahe wäre Kim der Frau vor lauter Freude um den Hals gefallen. »Danke, Sie sind ein Schatz!«
Die Cateringfrau lächelte. »Keine Ursache! Und falls ihr mal Lust auf einen Ferienjob habt, könnt ihr euch gerne bei mir melden.« Sie gab Kim die Visitenkarte ihrer Cateringfirma. Dann zeigte sie ihnen die Seitentür.
Und wieder hatten die drei !!! Glück. Die Tür war tatsächlich offen. Die Detektivinnen bedankten sich noch mal, stopften ihre High Heels in Maries Tasche und schlüpften nacheinander leise hinein. Hinter dem dicken grauen Vorhang blieben sie stehen und wagten erst mal kaum zu atmen.
Zuerst hörten sie nur Gläserklirren und halblautes Gemurmel. Dann klopfte jemand auf den Tisch und rief: »Ruhe, Leute, wir sind noch nicht fertig.« Kim erkannte die Stimme sofort. Es war Hannes, der Trainer.
»Der nächste Punkt auf der Tagesordnung ist leider ziemlich unangenehm«, sagte Hannes. »Wir haben ja vorher schon über Disziplin geredet. Ohne eiserne Disziplin geht beim Fußball gar nichts!« Sein Ton war so streng geworden, dass alle verstummten. Nach einer kurzen Pause redete er weiter: »Normalerweise bespreche ich Probleme, die einen einzelnen Spieler betreffen, mit demjenigen unter vier Augen.

Aber dieser Fall geht uns alle an. Bastian, ich frage dich deshalb hier vor deinen Teamkollegen noch mal: Warum hast du beim letzten nichtöffentlichen Training unentschuldigt gefehlt?«

Unwilliges Raunen ging durch die Mannschaft: »Ja, genau, warum?« – »Das würden wir auch gerne wissen!« – »Hast du blaugemacht?« Jemand lachte.

Franzi wäre am liebsten hinter dem Vorhang hervorgeschossen, um Bastian zu verteidigen. Blaumachen, so eine Unverschämtheit, das würde er bestimmt nie tun! Aber die Sache mit dem verpassten Training hatte er ihnen gar nicht erzählt. Dann musste es gestern Nachmittag passiert sein.

»Ruhe!!«, rief Hannes. Sofort wurde es wieder still.

Bastian räusperte sich. »Ich hab gefehlt, weil auf meinem Trainingsplan stand, dass das Training erst zwei Stunden später ist.« Er klang sichtlich nervös. »Ich hab mich doch schon bei dir entschuldigt, Hannes, es wird nie wieder …«

»Deine Entschuldigungen kannst du dir sparen«, unterbrach ihn der Trainer. »Du warst nicht da. Alles andere interessiert mich nicht.«

»Aber Bastian kann wirklich nichts dafür!« Kim atmete erleichtert auf. Wenigstens ein Teamkollege hielt zu Bastian!

Hannes wollte leider nichts davon hören. »Misch dich nicht ein, Kai!«, sagte er streng. »Bastian muss für sich selbst einstehen. Also, Bastian: Du bleibst bei deiner albernen Ausrede?«

»Das ist keine Ausrede!«, protestierte Bastian.

»Klar.« Der Ton des Trainers war jetzt richtig schneidend. »Falscher Trainingsplan, lächerlich!«

Kim fand die Begründung alles andere als lächerlich. Wetten, dass jemand Bastian absichtlich einen falschen Trainingsplan untergejubelt hatte? Derselbe Jemand, der auch die letzte SMS geschrieben hatte!

Die Schonfrist ist vorbei, das weisst du, oder? Sorry, aber du hast es so gewollt. Jetzt werden härtere Bandagen angelegt.

Hannes wurde immer lauter. »Weißt du, was dein Problem ist, Bastian? Du denkst, du hast das Ticket zur WM schon in der Tasche. Du denkst, das, was wir hier machen, ist ein nettes Spielchen, ein Freizeitvergnügen, oder?«
»Nein!«, rief Bastian verzweifelt.
Franzi litt hinter dem Vorhang wie ein Hund. Wie konnte der Trainer es wagen, Bastian vor versammelter Mannschaft so abzukanzeln? Das war so was von mies!
Aber Hannes war noch nicht fertig. »Eins kann ich dir sagen, Bastian: Da hast du dich geschnitten! Du hast nichts in der Tasche, rein gar nichts. Es gibt jede Menge Spieler, die deinen Platz sofort einnehmen können und nur darauf warten, sich endlich zu beweisen. Spieler, für die Disziplin und hundertprozentiger Einsatz selbstverständlich sind. Die sich im Training verausgaben und kämpfen bis zum Schluss. Solche Spieler brauchen wir für die U17-WM!«
Von allen Seiten kamen bestätigende Rufe: »Genau!« – »Ja!« – »Recht hat er!«
Das war zu viel für Franzi. Sie musste einfach kurz durch den Vorhang spähen. Vorsichtig schob sie die Stoffbahnen auseinander und suchte Bastian. Als sie ihn gefunden hatte,

brach es ihr fast das Herz. Bastian kauerte hilflos mit eingezogenem Kopf auf seinem Stuhl. Er hatte es aufgegeben, sich zu verteidigen. Kein Wunder, Hannes hörte ihm ja sowieso nicht zu.
Der Trainer verschränkte die Arme vor der Brust und sagte über Bastians Kopf hinweg: »Noch ein Fehler, Bastian, noch ein kleiner Ausrutscher, und du kannst dir die WM im Fernsehen ansehen!«
Bastian wurde leichenblass. Fassungslos starrte er seinen Onkel an und merkte nicht, wie Kai ihm tröstend die Hand auf den Arm legte. Alle anderen Spieler sahen betreten weg oder scharrten mit den Füßen unter dem Tisch.
Franzi ließ den Vorhang los. Ihre Hände zitterten vor Wut. Dafür, was er Bastian angetan hatte, würde Ulli büßen müssen, und Franzi würde höchstpersönlich dafür sorgen, dass er vor das Jugendgericht kam!

Lügengeschichten

»Siehst du ihn?«, flüsterte Franzi.
»Nein, noch nicht«, flüsterte Kim zurück und Marie schüttelte bedauernd den Kopf.
Die drei !!! kauerten hinter einem Lieferwagen gegenüber vom *Hotel Olympia* und warteten darauf, dass Ulli nach der Teambesprechung das Hotel verließ. Sie hätten ihn schon viel früher beschatten müssen, und jetzt schworen sie sich, ihn keine Sekunde mehr aus den Augen zu lassen. Irgendwann würde er einen Fehler machen. Alle Verbrecher machten irgendwann einen Fehler.
»Da ist er!« Franzi schoss wie von der Tarantel gebissen in die Höhe. Ulli war mit Luca, dem Außenstürmer, und Torwart Karsten vor dem Hotel erschienen. Grinsend stand er auf dem Gehsteig, die Hände lässig in den Taschen seiner ausgewaschenen Jeans, und tat so, als ob nichts gewesen wäre. Er zeigte zum Himmel, der sich aufgelockert hatte, und quatschte mit dem Türsteher übers Wetter. Dann liefen die Spieler gemeinsam los.
»Jetzt bin ich aber mal gespannt, was die drei vorhaben«, murmelte Marie.
Kim nickte. »Ich auch. Vielleicht sind Luca und Karsten ja Ullis Komplizen.«
»Meinst du?«, fragte Franzi verblüfft. »Klar, könnte sein. Darauf bin ich noch gar nicht gekommen.« Plötzlich fiel ihr wieder der Mobbingfall ein, den sie erst kürzlich gelöst hatten. Da hatte es auch mehrere Täter gegeben.

Die drei !!! nahmen die Verfolgung auf. Heute Morgen war es noch kühl und regnerisch gewesen, aber jetzt brannte die Sonne erbarmungslos auf ihre schwarzen Hosenanzüge. Mit ihren High Heels kamen sie nicht besonders schnell voran, aber Ulli, Luca und Karsten hatten es zum Glück nicht eilig. Sie gingen durch die grünen Alleen der Oststadt und blieben immer wieder stehen, weil sie auf Karsten warten mussten. Der sonst so dynamische Torwart ließ die Schultern hängen und schlurfte lustlos vor sich hin.
Kurz darauf blieben die Fußballer vor einer Eisdiele stehen. Nach einem kurzen Wortwechsel setzten sie sich an einen der runden Tische. Die Eisdiele war gut besucht. Kim, Franzi und Marie ergatterten gerade noch einen freien Tisch in der Nähe. Sie vertieften sich sofort in die großen Eiskarten, damit Ulli sie nicht sehen konnte.
»Dreimal Cappuccino, bitte!«, bestellte Ulli bei der Bedienung.
Die drei !!! entschieden sich für einen Freundschaftsbecher, den sie sich teilen wollten. Als der Eisbecher kam, konnten sie ihn leider nicht in Ruhe zu genießen, weil das Gespräch am Tisch der Fußballer richtig spannend wurde.
Ulli boxte Karsten, der die ganze Zeit missmutig auf den Tisch gestarrt hatte, aufmunternd in die Seite. »Mensch, nimm's nicht so schwer, Kumpel! Es gibt noch andere Mädchen … Bessere!«
Luca lachte. »Stimmt! Ulli hat recht. Außerdem finde ich, wir sind noch viel zu jung für eine feste Freundin.«
»Finde ich nicht.« Karstens buschige schwarze Augenbrauen zogen sich zusammen. Der Torwart fischte eine Kaugummi-

packung aus seiner Hosentasche. Mit fahrigen Bewegungen wickelte er einen Kaugummi aus und steckte ihn sich gierig in den Mund. »Wenn ich nur wüsste, warum Laura sich von mir getrennt hat! Es lief doch alles super zwischen uns, und dann hat sie plötzlich von heute auf morgen Schluss gemacht.«

Ulli nahm einen Schluck von seinem Cappuccino. »Ich hätte da schon so eine Vermutung, aber ich weiß nicht, ob ich was sagen soll.«

»Was weißt du?«, fragte Karsten aufgeregt. »Hast du mit Laura gesprochen?«

Ulli schüttelte den Kopf. »Das nicht, aber … ich hab Laura gesehen, vor ein paar Tagen, beim Italiener unten am Hafen, du weißt schon, der mit den leckeren Fischgerichten.«

Karsten stöhnte. »Komm endlich auf den Punkt!«

»Okay«, sagte Ulli. »Du hast es so gewollt. Raste jetzt aber bitte nicht aus! Laura war nicht allein. Sie saß mit Bastian zusammen, eng umschlungen.«

Karsten spuckte seinen Kaugummi aus. Er landete mitten auf dem Plastiktischtuch. Luca verzog das Gesicht. »Ist das eklig, Mann! Kannst du den bitte anderswo entsorgen?« Weil Karsten nicht reagierte, nahm Luca eine Papierserviette und beförderte den Kaugummi in den Aschenbecher.

»Hat er … hat er sie geküsst?«, fragte der Torwart tonlos.

Ulli nickte. »Ja, hat er.«

Karsten wurde erst rot, dann blass und sofort wieder rot. »Dieser … dieser Mistkerl!«, rief er und sprang auf. »Was fällt dem ein?« Die Leute an den Nebentischen drehten sich um und starrten Karsten neugierig an.

»Irgendwo hab ich den Typen schon mal gesehen«, sagte einer.
»Ja, du hast recht!«, stimmte sein Freund zu und kratzte sich an der Stirn. »Ich komm nur gerade nicht drauf, wo.«
Ulli drückte Karsten mit sanfter Gewalt auf seinen Stuhl zurück. »Willst du unbedingt, dass wir hier auffallen?«
»Natürlich nicht«, murmelte Karsten und unterdrückte seine Wut. Die nächsten Sätze sagte er so leise, dass die drei !!! sie kaum verstehen konnten. »Bastian ... Vergreift sich einfach an Laura. Dabei weiß er ganz genau, dass wir zusammen sind.«
Ulli seufzte. »Ich hätte es dir lieber nicht erzählen sollen. Ich wusste, dass du ausrasten würdest.« Um seine Lippen spielte ein kleines, verstohlenes Lächeln, das sofort wieder verschwand.
Kim hatte es trotzdem gesehen. Ulli hatte sich das alles nur ausgedacht! Er hatte Karsten absichtlich eine Lügengeschichte erzählt, um Bastian zu verleumden. Mit so einer Aktion – die sich bestimmt schnell herumsprechen würde, dafür würde Karsten sorgen – war Bastian natürlich unten durch beim Team. Ulli schreckte wirklich vor nichts zurück, um seinen Konkurrenten auszubooten!
»Zum Glück hast du es mir erzählt!«, sagte Karsten. »Jetzt weiß ich wenigstens, was los ist. Laura kann nichts dafür, sie hat sich von diesem Mistkerl einwickeln lassen.«
Luca nickte. »Davon kannst du ausgehen. Also mich wundert das gar nicht. Typisch Bastian! Der lässt echt nichts anbrennen. Du bist bestimmt nicht der Erste, dem er die Freundin ausspannt.«

Karsten zerknüllte wütend seine Papierserviette. »Na toll! Und das soll mich beruhigen, oder was?«
»Sorry!«, sagte Luca. »Ich wollte dir nicht noch mehr Stress machen.«
Karsten pfefferte die Papierserviette in den Aschenbecher. Dann steckte er sich einen neuen Kaugummi in den Mund und murmelte Schimpfworte vor sich hin.
»Mach bloß keinen Fehler!«, sagte Ulli besorgt. »Du weißt doch, wie Hannes zurzeit drauf ist. Wenn du Bastian an den Kragen gehst, findet Hannes das garantiert nicht lustig.«
Luca nickte. »Ulli hat recht. Bastian ist sowieso schwer angeschlagen. Du musst dich jetzt zusammenreißen.«
Karsten schnaufte. »Ich denke gar nicht daran. Ich …«
Den Rest bekam Kim nicht mehr mit, weil in dem Moment ein Papierflieger auf ihrem Tisch landete. Genervt drehte sie sich um und traute ihren Augen nicht: Auf dem Gehsteig, nur ein paar Meter von ihr entfernt, standen Ben und Lukas! Die Zwillinge grinsten wie die Honigkuchenpferde, weil ihre Schwester sie endlich bemerkt hatte. Einen ungünstigeren Moment hätten sie sich wirklich nicht aussuchen können.
»Weg da!«, zischte Kim, wedelte hektisch mit der Eiskarte und versuchte, ihre Brüder zu verscheuchen.
Die dachten nicht daran, nach Hause zu gehen. Längst hatten sie die drei Fußballer entdeckt und machten Kim aufgeregt Zeichen. Ben winkte mit einem Kugelschreiber und Lukas machte Schreibbewegungen auf seinem Arm. Kim tat so, als hätte sie nicht verstanden, dass ihre Brüder Autogramme wollten. Sie drehte sich einfach weg von ihnen und konzentrierte sich wieder auf das Gespräch der Fußballer.

»… nicht verrückt machen«, sagte Ulli gerade. »Lenk dich ab, leg eine extra Trainingseinheit ein.«
Wusch! Ein zweiter Papierflieger sauste heran und landete auf Kims Kopf. Jetzt reichte es aber! Kim nahm den Flieger und schoss ihn wütend zurück. »Haut ab!«, flüsterte sie ihren Brüdern zu.
Die prusteten los. Lukas streckte ihr auch noch frech die Zunge raus und rief: »Streuselmonster, Streuselmonster!«
Marie und Franzi hatten die Zwillinge inzwischen auch bemerkt. »Oh Mann!«, stöhnte Franzi. »Die machen noch alles kaputt.«
Als hätte sie es geahnt, hob Ulli in dem Moment den Kopf und starrte zu den drei !!! hinüber. Kim wäre am liebsten im Boden versunken. Jetzt war alles aus! Gleich würde Ulli rüberkommen und sie zur Rede stellen. Kim kniff die Augen zusammen und murmelte: »Nein, bitte nicht!« Als sie die Augen wieder aufmachte, sah Ulli immer noch rüber, aber sein Blick war ausdruckslos.
»Cool bleiben!«, raunte Marie. »Er erkennt uns nicht.« Sie deutete auf die eleganten Hosenanzüge der drei !!!.
Kim klammerte sich an der Tischkante fest, bis die Knöchel ihrer Hände weiß wurden. Die Tarnung ohne Perücken war lächerlich, Ulli würde garantiert nicht darauf reinfallen. Oh nein, jetzt runzelte er die Stirn! Es war zu spät, die Zwillinge hatten alles vermasselt.
Doch plötzlich, wie durch ein Wunder, verlor Ulli das Interesse an den Detektivinnen. Er sah weg und redete wieder auf Karsten ein. Kim keuchte. Das war knapp gewesen!
Wusch! Ein dritter Papierflieger segelte auf den Tisch der

Detektivinnen. Diesmal landete er mitten in der Sahne des halb aufgegessenen Freundschaftsbechers. Jetzt reichte es auch Marie und Franzi.
»Ich glaube, wir haben genug gehört«, sagte Franzi.
Marie warf einen Geldschein auf den Tisch. Die drei !!! sprangen auf und rannten auf Ben und Lukas zu.
»Ihr kriegt uns nicht, ihr kriegt uns nicht!«, quietschte Ben.
»Natürlich kriegen wir euch!«, rief Kim.
Gegen die ausgefeilte Verfolgungstechnik der drei !!! hatten die Zwillinge keine Chance. Zehn Sekunden später waren sie umzingelt und wehrten sich vergeblich gegen die Klammergriffe der Detektivinnen.
»Lasst uns sofort los!«, rief Lukas. »Sonst erzählen wir es Mama.«
Kim lachte nur. »Genau das hatte ich vor!«

Hilfe, ein Notfall!

»Auch das noch!«, stöhnte Kim, als sie mit dem Fahrrad auf die Landstraße zum alten Campingplatz einbog. Das war endgültig das letzte Mal, dass sie sich auf die Wettervorhersage verließ. Die hatte für den Sonntag Sonnenschein und 25 Grad angekündigt, und jetzt goss es wie aus Kübeln. Innerhalb kürzester Zeit war Kims dünne Strickjacke völlig durchnässt. Sie fror, ihre Jeans klebte an den Beinen und die Sandalen gaben bei jedem Tritt in die Pedale schmatzende Geräusche von sich.

»Selbst schuld«, murmelte Kim. Warum hatte sie auch bloß den alten Campingplatz als Treffpunkt vorgeschlagen? Bastian war natürlich sofort begeistert gewesen. Auf der alten, verwilderten Anlage standen nur noch zwei klapprige, leere Wohnwagen. Seit diesen Sommer der neue Campingplatz geöffnet hatte, verirrten sich keine Urlauber mehr hierher. Einen sichereren Ort ohne neugierige Fans und Paparazzi gab es nicht, und es wäre auch alles perfekt gewesen – wenn nur die Sonne geschienen hätte!

Vor lauter Schimpfen hätte Kim beinahe die Abzweigung in den Wald verpasst. Im letzten Moment riss sie den Lenker herum, übersah aber dabei eine riesige Pfütze. Ein Schwall schmutziges Regenwasser spritzte auf ihre Jeans. Erst wollte Kim fluchen, doch plötzlich musste sie lachen. Jetzt war sowieso schon alles egal!

Kurz darauf hörte sie den Fluss rauschen und dann hatte sie auch schon ihr Ziel erreicht. Am großen Eisentor, vor dem

verwitterten Holzschild des Campingplatzes, stieg sie vom Fahrrad und wartete auf Marie und Franzi. Die beiden kamen zehn Minuten später wie zwei begossene Pudel an.
Marie hatte superschlechte Laune. »Mein Biker-Outfit ist ruiniert! Das hab ich mir erst gestern gekauft. Ersatzklamotten hab ich auch keine dabei und mein Make-up geht gerade den Bach runter.«
»Ich fürchte, da musst du jetzt durch«, sagte Franzi ungerührt. »Detektive sind bei jedem Wetter im Einsatz, auch bei Regen.«
Marie warf ihr einen bösen Blick zu. »Toll, wie du mich aufmunterst! Das tut sooo gut!«
»Hört auf zu streiten!«, rief Kim. Sie konnte es nicht leiden, wenn Marie und Franzi sich wegen jeder Kleinigkeit in die Haare kriegten. Es gab wirklich Wichtigeres.
Kim öffnete das quietschende Eisentor und betrat den Campingplatz. »Schaut mal!«, sagte sie zu Franzi und Marie. »Da drüben bei dem alten Lindenbaum können wir uns unterstellen. Von dort sehen wir auch sofort, wenn Bastian kommt.«
»Gute Idee«, sagte Franzi. »Ich kann's kaum erwarten. Bastian, süßer Bastian!« Lachend breitete sie ihre Arme aus und ließ den Regen auf ihr Gesicht prasseln.
Der Anblick war so lustig, dass auch Maries Laune schlagartig besser wurde. Kichernd rannten die drei !!! zum Lindenbaum hinüber und lehnten sich keuchend an den starken Stamm, in den bereits viele Verliebte ihre Namen geritzt hatten. Die ausladenden Äste des Baums boten guten Schutz.
Kim bekam plötzlich Sehnsucht nach Michi und musste daran denken, wie sie mit ihm auf Franzis Grundstück ein Herz

in den alten Lindenbaum geritzt hatte. Auch damals hatte es geregnet, aber trotzdem war es irgendwie romantisch gewesen. So was hatten sie schon lange nicht mehr gemacht …
Marie wischte ein paar Regentropfen von ihrer Armbanduhr. »Zehn nach drei. Langsam könnte Bastian aber auftauchen.«
»Er hatte bestimmt vorher noch einen wichtigen Termin«, sagte Franzi.
»Möglich«, sagte Kim. »Trotzdem könnte er pünktlich sein.«
Je länger sie hier stand und wartete, umso kälter wurde ihr. Sie schlang ihre Arme um die Brust, um sich wenigstens ein bisschen zu wärmen.
Die Minuten vergingen. Es wurde Viertel nach drei, zwanzig nach drei, halb vier. Keine Spur von Bastian und der Regen hörte nicht auf.
»Vielleicht hat er es ja vergessen«, vermutete Marie.
Franzi schüttelte den Kopf. »Das glaube ich nicht. Am Telefon war er doch total gespannt, was es Neues gibt bei unseren Ermittlungen.«
»Oder es ist ihm was Wichtiges dazwischengekommen«, sagte Kim.
Während die drei !!! hin und her rätselten, klingelte plötzlich Franzis Handy. »Das ist er!«, rief Franzi aufgeregt. »Hiii!«, flötete sie mit samtweicher Stimme. »Wie geht's dir, Bastian? … Nein, wir warten noch gar nicht lange, kein Problem. … Du kannst nicht kommen? Warum denn? *Was* ist passiert? … Nein!« Franzi musste sich am Stamm des Lindenbaums festhalten, weil ihre Beine zitterten. »Du Armer! … Was hast du gesagt? Ich kann dich so schlecht verstehen. …

Wo bist du jetzt? … Wo du bist? … Sollen wir zu dir kommen? … Bastian? Bastian!« Franzi ließ das Handy sinken. »Verbindung unterbrochen.«
Kim und Marie sahen Franzi beunruhigt an.
»Was ist los?«, fragte Kim. »Ist was Schlimmes passiert?«
Franzi konnte kaum sprechen. »Bastian … wurde … verletzt, er ist im Universitätskrankenhaus, in der Notaufnahme. Aber was er genau hat, konnte ich nicht verstehen. Der Empfang war miserabel. Wir müssen sofort zu ihm! Vielleicht ist er lebensgefährlich verletzt, vielleicht stirbt er!«
»Quatsch!«, sagte Marie. »Wenn es ihm so schlecht ginge, hätte er nicht mehr telefonieren können.«
Das leuchtete Franzi ein. Trotzdem zersprang ihr Herz fast vor Sorge.
»Aber du hast recht«, sagte Kim. »Wir sollten sofort ins Krankenhaus fahren. Ich hab so ein komisches Gefühl, dass Bastian sich nicht zufällig verletzt hat. Womöglich steckt Ulli dahinter.«
Franzi ballte ihre Fäuste. »Wenn das wahr ist, drehe ich diesem Ulli eigenhändig den Hals um!«
Die drei !!! düsten auf ihren Fahrrädern zurück in die Stadt. Zum Glück ließ zwischendrin der Regen nach. Als sie mit quietschenden Bremsen vor dem Krankenhaus ankamen, lugte sogar die Sonne heraus. Mit feuchten, dreckigen Klamotten und Schlammspritzern im Gesicht rannten sie zur Notaufnahme. Der Wartebereich war völlig überfüllt. Suchend sahen sie sich um, konnten Bastian jedoch nicht finden. Sie wollten gerade zum Empfang gehen, um nach ihm zu fragen, als eine junge Ärztin im weißen Kittel auftauchte.

Sofort stürzte Franzi auf die Ärztin zu. »Was ist mit Bastian? Wie geht es ihm? Können wir zu ihm?«
Die Ärztin runzelte die Stirn. »Langsam, langsam! Wer bist du denn? Bist du mit Bastian verwandt?«
Franzi überlegte nicht und schüttelte ehrlich den Kopf. »Nein, bin ich nicht.«
»Tut mir leid«, sagte die Ärztin. »Dann darf ich dir keine Auskunft geben. Und sehen darfst du Bastian auch nicht. Bitte geh wieder nach Hause.«
Marie stöhnte. Warum hatte Franzi die Sache nicht ihr überlassen? Sie hätte die Ärztin ganz leicht um den Finger wickeln können.
»Bitte!«, flehte Franzi die Ärztin an. »Sagen Sie mir, wie schlimm es ist! Ist es lebensgefährlich?«
Die Ärztin schien für einen winzigen Moment zu schwanken, ob sie ihre Schweigepflicht verletzen sollte, aber der Moment ging schnell vorüber. »Tut mir wirklich leid«, sagte sie, drehte sich um und ging hinüber zu einem Kollegen.
Die beiden Ärzte steckten die Köpfe zusammen und unterhielten sich halblaut. Die drei !!! konnten nur Bruchstücke verstehen: »Kompliziert … auf keinen Fall unterschätzen … Angehörigen benachrichtigen … Bin ganz Ihrer Meinung.«
Franzi griff nach Kims Hand. »Habt ihr das gehört? Sie benachrichtigen Bastians Angehörige! So was macht man doch nur, wenn jemand gleich stirbt!«
»Stopp!«, rief Kim. »Wir wissen doch gar nicht, ob sie über Bastian gesprochen haben. Vielleicht kommt er gleich quietschfidel durch diese Tür spaziert.«
Marie nickte. »Ja, genau!«

Franzi sah Kim und Marie prüfend an. So optimistisch, wie die beiden nach außen hin taten, waren sie in Wirklichkeit nicht. Nervös beobachteten die drei !!! die Ärzte, die im Durchgang zu den Behandlungsräumen verschwanden. Franzi versuchte so ruhig wie möglich zu atmen. Der typische Geruch nach Desinfektionsmitteln und Medikamenten stieg ihr in die Nase. Sie hatte Krankenhäuser noch nie leiden können. Immer wenn sie jemanden dort besuchte, fühlte sie sich gleich selber krank.
»Ich glaube, ich muss mich hinsetzen«, murmelte Franzi. Sie ließ sich auf einen frei gewordenen Stuhl fallen und vergrub ihr Gesicht in den Händen. Bis jetzt war bei ihrer Detektivarbeit noch nie jemand gestorben, aber es gab immer ein erstes Mal!
Kim, Marie und Franzi schwiegen bedrückt. Die Atmosphäre im Wartebereich wurde immer beklemmender. Eine Patientin mit einem blutigen Verband um die Stirn stöhnte leise vor sich hin. Ein junger Mann drückte einen Eisbeutel auf sein blaues Auge.
Schließlich gab Kim sich einen Ruck. »Da drüben ist ein Getränkeautomat. Ich hole uns jetzt erst mal eine eisgekühlte Cola.«
»Gute Idee«, sagte Marie.
Franzi nickte nur. Sie starrte Kim nach, ohne sie zu sehen. Vor ihren Augen flimmerte ein schreckliches Bild. Ein langer Trauerzug, der sich langsam auf den Friedhof zubewegte. Ein schneeweißer Sarg mit einer Schleife in den Vereinsfarben des 1. FC. Die Junioren als Sargträger. Eine riesige Menge trauernder Fans, jeder mit Bastians Foto in den Händen.

Und mittendrin sie selbst, das Gesicht von Tränen überströmt, das Herz eine tiefe, offene Wunde, die nie mehr heilen würde …

»Franzi! Deine Cola!«

Erst beim dritten Mal reagierte Franzi. »Danke, Kim.« Sie versuchte, den Verschluss der Coladose zu öffnen, scheiterte aber immer wieder, weil ihre Hände so stark zitterten.

»Lass mich mal«, sagte Marie.

»Danke«, murmelte Franzi. Sie nahm einen Schluck und setzte die Dose gleich wieder ab. Sie hatte keinen Durst.

Kim leerte ihre Dose in einem Zug. Dann sagte sie: »Wir müssen irgendwas tun. Das Warten macht mich noch ganz verrückt.«

»Mich auch«, sagte Marie. Sie hatte sich vom ersten Schock erholt und sah sich im Wartebereich um. Die Tür zu den Behandlungsräumen stand einen Spaltbreit offen. Am Empfang war gerade niemand. Das war die Gelegenheit.

»Los!«, zischte Marie Kim und Franzi zu.

Bevor die beiden wussten, wie ihnen geschah, schob Marie sie durch die Tür. Der Flur dahinter war leer. Die drei !!! schlichen zum ersten Behandlungsraum. Auch hier war die Tür nur angelehnt.

»Geht ihr vor«, flüsterte Franzi. Bastian mit tausend Schläuchen um sich herum zu sehen, würde sie nicht ertragen.

Kims Puls raste. Trotzdem überwand sie ihre Angst und lugte durch die Tür. Der Geruch nach Desinfektionsmitteln war hier noch stärker. Der Raum war übersichtlich: Es gab nur einen Tisch, einen Stuhl und eine schmale Behandlungsliege. Auf der Liege saß Bastian! Er trug einen Trainings-

anzug, blätterte in einer Zeitschrift und sah ziemlich lebendig aus.
»Bastian!«, rief Kim.
Hinter ihr drängten Franzi und Marie in den Behandlungsraum. Franzi bestürmte Bastian sofort mit Fragen: »Wie geht's dir? Was ist passiert? Was sagen die Ärzte? Musst du doch nicht sterben?«
»Sterben? Wie kommt ihr denn darauf?« Bastian lachte trocken. »Ich habe vor, noch lange auf diesem Planeten zu bleiben. Aber wie seht ihr denn aus? Und was macht ihr überhaupt hier? Ich hab dir doch gesagt, Franzi, dass ihr nicht kommen braucht. Es ist alles halb so wild.« Er wollte stark wirken, sah aber ziemlich mitgenommen aus. Wahrscheinlich stand er noch unter Schock.
Franzi schluckte. Dass sie mit völlig verdreckten Klamotten vor Bastian stand, war ihr im Moment völlig egal. »Halb so wild nennst du das?«, sagte sie. »Du rufst uns an, die Verbindung ist auf einmal tot und du bist hier in der Notaufnahme! Wir haben uns riesige Sorgen gemacht.«
»Tut mir leid«, sagte Bastian. »Das wollte ich nicht. Der Empfang hier ist das Letzte. Irgendwann hab ich mein Handy ausgeschaltet. Es ist wirklich nichts Schlimmes. Ich hab wahrscheinlich nur eine leichte Prellung. Morgen spiele ich wieder Fußball, darauf könnt ihr wetten!« Der letzte Satz klang wild entschlossen.
Erst jetzt fiel den Detektivinnen auf, dass Bastian eine Schiene am Knöchel hatte.
»Wie ist das passiert? Hast du dich beim Training verletzt?«, fragte Kim. »Hat Ulli dich gefoult?«

Bastians Gesicht verdüsterte sich. »Das war ein böses Foul, aber es ist nicht beim Training passiert, sondern im Fitnessraum vom Hotel.«

»Erzähl!«, rief Marie ungeduldig.

»Ich hab wie immer mein Trainingsprogramm absolviert«, sagte Bastian. »Erst Cardio, dann den Kraftzirkel. Die Einstiegshilfe einer Maschine war viel zu locker eingestellt. Ich hab's erst gemerkt, als das viel zu schwere Gewicht auf meinen Knöchel gefallen ist. Da muss jemand dran gedreht haben.«

Franzi spürte, wie kalte Wut in ihr hochstieg. »Ulli! Jetzt ist er zu weit gegangen.«

»Inzwischen glaube ich auch, dass er es war«, sagte Bastian. »Erst hat er mir einen falschen Trainingsplan untergejubelt und heute wollte er mich endgültig aus dem Verkehr ziehen. Aber ich lasse mich nicht so leicht unterkriegen, von ihm schon gar nicht!«

»Sehr gut!«, sagte Kim. »Das ist genau die richtige Einstellung. Ulli hat dich übrigens auch gestern bei seinen Kumpels schlechtgemacht, aber das erzählen wir dir ein andermal, wenn wir mehr Zeit haben. Jetzt brauchen wir Beweise. Hast du Ulli gesehen, als du in den Fitnessraum gegangen bist?«

Bastian schüttelte den Kopf. »Leider nicht. Es könnte jeder aus der Mannschaft gewesen sein. Hannes hat nämlich extra für uns den Fitnessraum des Hotels reservieren lassen. Und wir wissen alle, wo der Schlüssel ist.

»Wusste Ulli, wann du trainieren würdest?«, fragte Marie.

Bastian überlegte kurz. »Ja, klar! Jeder von uns hat feste Trainingszeiten. Es gibt einen Plan, genau wie fürs gemeinsame Training auf dem Platz.«

»Dann war es eindeutig Sabotage.« Franzi zog die Schlussfolgerung, auf die auch Kim und Marie sofort gekommen waren. »Wir müssen unbedingt in den Fitnessraum, um nach Spuren zu suchen. Wo finden wir denn den Schlüssel?«
»Den hat Tommy, wo genau, weiß ich leider nicht«, sagte Bastian. »Wir müssen den Schlüssel immer persönlich bei ihm abholen. Euch wird er ihn bestimmt nicht freiwillig geben.«
Maries Augen glitzerten unternehmungslustig. »Das lass mal unsere Sorge sein. Wir schaffen das schon. Danke für den Tipp! Dann machen wir uns mal gleich auf die Socken.«
Franzi zögerte. Bastian war zwar zum Glück nicht schlimm verletzt, aber sie hatte gar kein gutes Gefühl dabei, ihn einfach so alleine zu lassen. »Kommst du klar?«, erkundigte sie sich besorgt. »Brauchst du noch irgendwas? Wasser vielleicht oder frisches Obst?«
»Nein, danke!«, winkte Bastian ab. »Mir geht es super. Außerdem kommt sowieso gleich Kai vorbei, um mich abzuholen, sobald die Ärzte mit dem Ergebnis der Röntgenaufnahme zurück sind.«
Franzi war nur halbwegs beruhigt. Am liebsten hätte sie die Röntgenaufnahme abgewartet, aber Kim und Marie drängten zum Aufbruch.
»Rufst du uns später an?«, fragte Franzi.
Bastian nickte und lächelte. Inzwischen sah er schon viel besser aus. Schweren Herzens verabschiedete Franzi sich von ihm und die drei !!! gingen schnell zurück in den Wartebereich, ohne von einem der Ärzte aufgehalten zu werden. Auf dem Weg zum Ausgang kam ihnen Kai entgegen.

»Du willst sicher zu Bastian«, sagte Kim. »Er ist im ersten Behandlungsraum gleich rechts.« Als sie Kais erschrockenes Gesicht bemerkte, fügte sie hinzu: »Es geht ihm gut, keine Sorge!«

Kai sah Kim überrascht an. »Kennen wir uns?«

»Noch nicht«, sagte Marie mit einem geheimnisvollen Augenaufschlag. »Aber wir werden uns sicher bald kennenlernen, wir sind nämlich Freunde von Bastian.« Den Detektivclub erwähnte sie absichtlich nicht, weil sie nicht wusste, ob Bastian seinen Freund eingeweiht hatte.

»Alles klar ...« Kai musterte Kim, Marie und Franzi verwundert. Dann murmelte er: »Ciao!«, vergrub die Hände in seinen Hosentaschen und ging weiter.

Franzi drehte sich um und sah ihm lächelnd nach. Wirklich lieb von ihm, dass er sich so um seinen Freund kümmerte. Jetzt hatte sie auch ein besseres Gefühl. Franzi war noch in Gedanken, da wurde sie plötzlich von einer Blondine unsanft angerempelt.

»He, kannst du nicht aufpassen?«, rief Franzi und merkte erst dann, dass es Jennifer war, Bastians Freundin. Franzi hatte die letzten Tage ziemlich erfolgreich verdrängt, dass es ein Mädchen in Bastians Leben gab, das er liebte, aber jetzt holte die Realität sie mit voller Wucht wieder ein.

»'tschuldigung!«, nuschelte Jennifer und rannte weiter. Sie war wieder topgestylt und trug ein eng anliegendes, perfekt sitzendes Sommerkleid. Nur ihr locker gebundener Pferdeschwanz verriet, dass sie überstürzt aufgebrochen war.

Jennifer holte Kai ein und bestürmte ihn mit Fragen: »Wie geht es Bastian? Er klang so fertig am Telefon. Ist er schlimm

verletzt? Hast du ihn schon gesehen?« Jennifer war so aufgelöst und verzweifelt, dass Franzi nicht anders konnte, als Mitleid mit ihr zu haben.
Statt auf die Fragen einzugehen, strahlte Kai Bastians Freundin an. »Hi, Jennifer, schön dich zu sehen!«
»Hallo, Kai!« Ein Lächeln huschte über Jennifers Gesicht, dann wurde sie sofort wieder ernst. »Hast du schon mit einem Arzt gesprochen?«
Kai schüttelte den Kopf und nestelte am Reißverschluss seiner Regenjacke herum.
Jennifer stöhnte. »Lass dir doch nicht alles aus der Nase ziehen!«
»Es ist bestimmt nichts Schlimmes«, sagte Kai. »Komm, lass uns erst mal einen Kaffee trinken, bevor du ihn besuchst.« Er griff nach ihrem Arm.
Jennifer wurde rot und befreite sich aus seinem Griff. »Wie kannst du jetzt bloß an Kaffee denken!« Entrüstet sah sie ihn an, murmelte: »Männer«, und rauschte an Kai vorbei in die Notaufnahme.
»Warte doch!«, rief Kai und rannte ihr nach.
Franzi versuchte, nicht daran zu denken, dass Jennifer gleich wieder in Bastians Armen lag und er sie leidenschaftlich küsste, aber es gelang ihr nicht wirklich. Seufzend drehte sie sich zu Kim und Marie um und sagte: »Hoffentlich ist Bastians Knöchel wirklich nur leicht geprellt!«

Spurensuche

Detektivtagebuch von Kim Jülich
Sonntag, 20:03 Uhr
Von wegen, alles ist halb so wild! Gerade hat Bastian angerufen. Im Krankenhaus wollte er vor uns wahrscheinlich den Helden spielen. Sein Sprunggelenk ist so stark verletzt, dass er drei Wochen nicht trainieren darf. Das bedeutet, er fällt für den Rest des Sommertrainings in unserer Stadt aus. Die absolute Katastrophe! Den Vorsprung seiner Teamkollegen wird er nicht so schnell aufholen können und jetzt steht es wirklich in den Sternen, ob er bei der Junioren-WM mitmachen kann. Ulli hat genau das erreicht, was er wollte. Er hat seinen stärksten Konkurrenten ausgeschaltet.
Übrigens wird es immer offensichtlicher, dass er der Täter gewesen ist: Bastian hat im Trainingsplan für den Fitnessraum nachgesehen und festgestellt, dass Ulli vor ihm eingetragen war. Ulli hatte also viel Zeit, um die Maschine zu manipulieren. Ich hoffe bloß, dass er dabei keine Handschuhe getragen hat, damit wir ihn endlich mit seinen Fingerabdrücken überführen können. Alle Beweise, die wir bisher gesammelt haben, reichen leider nicht aus.
Ich komme mir so unfähig vor. Wir hätten Bastian Personenschutz bieten müssen, dann hätten wir seine Verletzung verhindern können. Ausgerechnet bei Bastian, dem berühmten Nachwuchsfußballer, muss unser Detektivclub versagen!
Das Einzige, was wir jetzt noch tun können, ist Schadensbegrenzung. Wir müssen Ulli nachweisen, dass er der Täter ist,

und Bastian beim Trainer und der Mannschaft rehabilitieren. Leider konnten wir heute den Fitnessraum nicht mehr durchsuchen. Es war zu spät und außerdem mussten wir irgendwann aus unseren feuchten Klamotten raus, um uns nicht einen fiesen Sommerschnupfen zu holen. Aber das machen wir gleich morgen, während die Junioren beim öffentlichen Training sind. Marie hat auch schon eine super Idee, wie wir an den Schlüssel rankommen könnten, ohne in Tommys Hotelzimmer einbrechen zu müssen. Wenn wir den Schlüssel haben, heißt es hoffen und Daumen drücken, dass Tommy wieder mit zum Training gefahren ist und nicht den Hotelflur vor dem Fitnessstudio bewacht.
Wir müssen es einfach schaffen, Ulli zu überführen!!!
PS: Ich hab Bastian übrigens erzählt, was Ulli für Lügengeschichten über ihn verbreitet, von wegen Laura und so. Er war total entrüstet und hat beteuert, dass es nur eine Frau in seinem Leben gibt: Jennifer!

Geheimes Tagebuch von Kim Jülich
Sonntag, 20:34 Uhr
Hallo Ben und Lukas! Wenn ihr Autogramme von Bastian und den Junioren haben wollt, müsst ihr ab sofort sehr, sehr lieb zu mir sein. Ihr wisst, was das bedeutet: Finger weg von meinem Computer und meinem geheimen Tagebuch! Vielleicht kann ich dann was für euch drehen. Versprechen kann ich euch aber nichts, dass das klar ist!
Nach dem Gespräch mit Bastian hab ich Michi angerufen und so getan, als ob nichts wäre. Ich wollte sehen, ob er von sich aus endlich mit seinem Geheimnis herausrückt. Fehlanzeige! Er hat

bloß nach Bastian gefragt und danach, wie wir mit den Ermittlungen vorankommen. Kurz hab ich überlegt, ob ich ihm von Bastians Verletzung erzählen soll, hab es dann aber doch nicht gemacht. (Eiserne Regel unseres Detektivclubs: Keine Details der Ermittlungen weitergeben, auch nicht an Freunde und Verwandte!) Außerdem mailen die beiden ja regelmäßig. Bastian kann es Michi auch selbst sagen, wenn er möchte.
Ich frag mich immer noch, was Michi vor mir verheimlicht. Als ich ein bisschen nachgehakt habe, was er in seiner freien Woche unternommen hat, ist er geschickt ausgewichen. Die Zeit sei so schnell vergangen, kaum hätte er sich einmal umgedreht, sei sie auch schon wieder vorbei gewesen …
Ich habe beschlossen, diesmal ganz cool zu bleiben. Vielleicht ist ja alles ganz harmlos und ich hab völlig umsonst Panik gekriegt. Vielleicht hat Michi irgendeine Überraschung für mich organisiert, ein größeres Geschenk oder so, das er selber bastelt. Andererseits gibt es gerade gar keinen besonderen Grund zu feiern. Ich hab nicht Geburtstag und unser Jahrestag ist auch erst wieder nächstes Jahr am Valentinstag. Nur die Sommerferien stehen an. (Darauf freue ich mich übrigens schon sehr, obwohl wir dieses Jahr wahrscheinlich nicht wegfahren.)
Ich darf nicht weiter nachgrübeln, sonst werde ich noch verrückt!

Am Empfang des *Hotel Olympia* zog Marie alle Blicke auf sich. Kein Wunder! Sie trug ein Kleid in Leoparden-Optik, darunter Netzstrümpfe und lilafarbene High Heels, die perfekt zu ihrem Wildlederhut passten, unter dem eine glänzende, kupferrote Mähne hervorquoll. Mit dem Outfit, das sie

schon einmal bei einem anderen Fall getragen hatte, sah sie aus wie ein exotischer Paradiesvogel aus dem Süden.
Der junge Angestellte hinter dem Tresen starrte Marie fasziniert an und stotterte: »W…was kann ich … äh … für Sie tun?«
Marie seufzte theatralisch. »Retten Sie mich, Herr Körner!« Blitzschnell hatte sie den Namen des Angestellten vom Schild auf seiner dunkelblauen Jacke abgelesen. »Mein Orientierungssinn ist eine Katastrophe. Ich verlaufe mich ständig in dieser großen Stadt!«
»Wo möchten Sie denn hin?«, erkundigte sich Herr Körner.
Marie zupfte ihr Kleid zurecht. »Sieht man das nicht? Ich möchte in den Zoo! Der soll ja fantastisch sein, aber wie komme ich da nur hin?«
»Ganz einfach«, sagte Herr Körner und zückte einen Stadtplan. »Wir sind hier«, er machte mit dem Kugelschreiber einen Kreis um das *Hotel Olympia*, »und der Zoo ist in der Innenstadt. Sie gehen vorne raus, dann links und bei der nächsten Kreuzung wieder rechts, bevor Sie …«
»Stopp!«, rief Marie. »Da fängt es schon an. Ich konnte links und rechts noch nie auseinanderhalten. Bitte, Herr Körner! Seien Sie so lieb, begleiten Sie mich kurz zur Drehtür und zeigen Sie es mir.« Sie lächelte so verführerisch, dass der Angestellte sofort hinter dem Tresen hervorschoss und ihr galant seinen Arm anbot.
Kaum hatte er dem Empfang den Rücken zugedreht, kamen Kim und Franzi aus einer Nische und schlüpften hinter den Tresen. Lautlos verschwanden sie hinter der Tür mit der Aufschrift »Privat«.

»Geschafft!«, kicherte Kim. »Marie ist wirklich genial.«
»Die Frau vom Catering-Service auch«, sagte Franzi. »Ihre Beschreibung war perfekt. Da drüben hängt ja das Schlüsselbrett.«
Das Brett war riesig. Es schienen tausend Schlüssel dranzuhängen, aber zum Glück gab es Schilder darunter. Kim entdeckte den Schlüssel zum Fitnessraum zuerst und steckte ihn ein. Dann flitzten sie zurück zum Empfang. Herr Körner und Marie waren schon im Anmarsch. Eigentlich hätte der Hotelangestellte sie sehen müssen, aber er hing so bewundernd an Maries Lippen, dass er gar nicht merkte, wie Kim und Franzi unter dem Tresen hervorkrochen und an ihm vorbeihuschten.
»Kann ich sonst noch was für Sie tun?«, fragte Herr Körner und strahlte Marie an.
Marie legte die Hand auf seinen Arm. »Nein, nein, tausend Dank! Ich habe Sie wirklich lange genug aufgehalten, Herr Körner. Jetzt schwirre ich endlich ab in den Zoo. Auf Wiiiedersehen!« Sie warf dem Angestellten eine Kusshand zu und schwebte durch die Drehtür.

Zehn Stockwerke höher stiegen Kim und Franzi aus dem Aufzug und betraten den eleganten Wellnessbereich des Hotels. Hinter der Glastür empfing sie eine Duftwolke aus Limone, orientalischen Gewürzen und einem leichten Geruch nach Chlor, der aus dem hauseigenen Swimmingpool kam. Kim und Franzi ließen Sauna, Solarium und Schwimmbad links liegen und steuerten auf die Tür am Ende des Flurs zu. Vorsichtig sah Kim sich um, bevor sie den Schlüssel im Schloss herumdrehte. »Hereinspaziert!« flüsterte sie.

Franzi pfiff durch die Zähne. »Wow! Hier ist ja alles vom Feinsten.«
Auch Kim war schwer beeindruckt. Der Fitnessraum erstreckte sich über eine Fläche von mindestens 100 Quadratmetern. Die Wände waren komplett verspiegelt, in den Boden waren kleine, grün schimmernde Fliesen eingelegt und überall standen modernste Geräte herum. Über den Laufbändern und Crosstrainern hingen edle Flachbildschirme und auf einem Beistelltisch konnte man sich gratis mit frischem exotischem Obst, Wasser und Powerriegeln bedienen. Obwohl Kim zu Hause gerade erst eine halbe Tafel Vollmilchschokolade mit Mandelsplittern gegessen hatte, lief ihr das Wasser im Mund zusammen. Die Papaya sah aber auch oberlecker aus!
Franzi hatte ihren sehnsüchtigen Blick bemerkt. »Dafür haben wir jetzt keine Zeit. Los, lass uns anfangen!«
»Ich komm ja schon«, sagte Kim.
Sie gingen hinüber zum Kraftzirkel, dessen Geräte im Halbkreis angeordnet waren. Für Kim sahen die Maschinen alle gleich aus und alle hatten denselben Zweck: ihre Benutzer mit ausgefeilten Foltermethoden zu quälen. »Welche Maschine ist denn nun die, an der Bastian sich verletzt hat?«, fragte sie Franzi. Bastian hatte ihnen die Maschine zwar beschrieben, aber Kim konnte sich nicht mehr genau erinnern.
Franzi brauchte nur ein paar Sekunden, dann steuerte sie auf ein Gerät mit lederbezogenen Holmen zu. »Das ist es! Hier legt man die Unterschenkel drunter, siehst du? Und durch die zu lockere Einstiegshilfe muss das Gewicht auf Bastians Knöchel gefallen sein.«

Kim nickte. »Alles klar!« Sie packte ihren Rucksack aus und holte das Fingerabdruckset heraus. »Hoffentlich war die Putzfrau nicht allzu gründlich!«
Während sie mit einem feinen Marderhaarpinsel den oberen Teil des Geräts mit Rußpulver abpinselte, robbte Franzi mit einer Lupe auf dem Boden herum. Beim näheren Hinsehen stellte sie erfreut fest, dass der Boden nicht besonders sauber war. Vielleicht hatten sie Glück und der Fitnessraum wurde am Sonntag nicht gereinigt. Zuerst suchte Franzi den Bereich rund um das verdächtige Gerät ab. Bei den grün leuchtenden Fliesen war das gar nicht so einfach. Doch plötzlich fiel ihr ein kleiner, ringförmiger Gegenstand auf. Franzi nahm ihn mit der Pinzette auf und präsentierte ihn mit einem triumphierenden Lächeln Kim. »Was haben wir denn da? Einen braunen Haargummi!«
Sofort kam Kim herüber. »Hängt auch noch ein Haar drin?«, fragte sie aufgeregt.
Nach einem prüfenden Blick durch die Lupe schüttelte Franzi den Kopf. »Leider nicht. Aber ich hab schon eine Idee, wem der Gummi gehören könnte: Ulli!«
Kim schlug sich mit der Hand gegen die Stirn. »Klar, du hast recht! Normalerweise trägt er die Haare offen, aber beim Training hat er sie zum Pferdeschwanz zusammengebunden.«
»Genau«, sagte Franzi. »Trotzdem reicht das noch nicht als Beweis. Den Haargummi könnte auch jemand anderes verloren haben. Luca zum Beispiel, der hat auch lange Haare.«
»Stimmt«, seufzte Kim. »Dann mache ich mal lieber weiter mit den Fingerabdrücken.« Sie holte Klebeband und zog es vorsichtig ab, um es anschließend auf ein Spezialpapier zu

kleben. Konzentriert starrte sie auf das Ergebnis, konnte aber keinen einzigen Fingerabdruck erkennen.
»Mist!«, murmelte Kim. »Ulli ist cleverer, als ich dachte. Er muss Handschuhe getragen haben.«
Franzi sah vom Boden hoch und machte ein enttäuschtes Gesicht. »Das hab ich schon befürchtet. Willst du mir beim Suchen helfen?«
»Klar«, sagte Kim.
Gemeinsam robbten sie schweigend über den Boden. Plötzlich stieß Kim einen spitzen Schrei aus. »Ich hab was!«
Sofort schöpfte Franzi neue Hoffnung. »Was denn? Noch ein Haargummi?«
»Nein, irgendein Plastikteil«, sagte Kim. Ratlos hielt sie mit der Pinzette ein Stück orangefarbenes Plastik hoch, das an den Rändern leicht gewölbt war.
Franzi betrachtete es stirnrunzelnd. »Hmm … irgendwie kommt mir das Teil bekannt vor. Diese feinen Rillen und das Material …« Auf einmal leuchteten ihre Augen auf. »Das gehört zu einem Werkzeuggriff! Mein Vater hat genau solche Schraubenzieher mit orangefarbenen Plastikgriffen. Das war ein Sonderangebot aus dem Baumarkt.«
»Du meinst, Ulli hat mit dem Schraubenzieher an der Maschine herumgedreht und dabei muss das Teil abgesprungen sein?«, fragte Kim.
»Genau das meine ich!«, sagte Franzi.
Kim steckte das Plastikteil in ein kleines Tütchen und verschloss es sorgfältig. »Ich finde, wir haben genügend Beweise gesammelt, Fingerabdrücke hin oder her. Jetzt knöpfen wir uns Ulli vor!«

Michis Geheimnis

»Schmeckt es dir nicht?«, fragte Michi besorgt. »Du isst ja gar nichts.«
»Wie? Was? Doch, doch!«, sagte Kim. Schnell schob sie sich eine Gabel Rührei in den Mund und lächelte Michi an. Sie hatte sich so gefreut, als er gestern plötzlich angerufen und sie ins *Café Wassermann* eingeladen hatte. Dort gab es eine super Frühstücksauswahl, und das Beste war, dass man auch nachmittags nach der Schule noch frühstücken konnte.
Michi sah sie über den Rand seines Käsetellers hinweg neugierig an. »Du denkst bestimmt an eure Ermittlungen, stimmt's? Ich weiß, dass du nichts erzählen darfst, aber verrätst du mir wenigstens, ob ihr gut vorankommt?«
Kim nahm einen Schluck von ihrer Latte macchiato und nickte. »Es läuft super, danke.« In Wirklichkeit war sie ziemlich enttäuscht von der gestrigen Spurensuche im Fitnessraum, aber das wollte sie nicht mal sich selber gegenüber eingestehen. Gestern im Hauptquartier bei der Clubsitzung war sie noch Feuer und Flamme gewesen, aber jetzt erschien ihr der Plan, Ulli heute Abend vor dem Hotel abzupassen und ins Kreuzverhör zu nehmen, total verrückt. Sie hatten jede Menge Vermutungen und verdächtige Hinweise gegen ihn, aber nachweisen konnten sie ihm letztlich gar nichts.
»Und Bastian? Geht es ihm gut?«, fragte Michi.
»Hmm …«, machte Kim, weil sie gerade den Mund voller Schokocroissant hatte. Sie war froh, nicht direkt lügen zu müssen. Michi wusste offensichtlich noch nichts von Basti-

ans Verletzung, aber wenn sie ihm davon erzählte, würde er sicher tausend Fragen stellen, also ließ sie es lieber bleiben. »Wie geht's denn dir? Gibt's irgendwas Neues?«, wechselte sie geschickt das Thema.

Michi zögerte kurz. »Bei mir? Nö, alles im grünen Bereich. Aber ich wollte dich was fragen …«

»Ja?« Kims Herz klopfte schneller. Würde er ihr jetzt endlich sein Geheimnis verraten oder ihr ein Geschenk überreichen?

»Fällt dir irgendwas auf an mir?« Michi rutschte auf seinem Stuhl nach vorne und richtete sich kerzengerade auf.

Kim musterte ihn überrascht: sein süßes Gesicht, das sie so gut kannte, die dunkelbraunen Strähnen, die ihm ins Gesicht fielen, die blaugrünen Augen und die vielen Sommersprossen auf der Nase. Michi trug sein rotes Lieblings-T-Shirt und Jeans, aus deren Hosentasche der Schlüsselanhänger lugte, den Kim ihm zum einjährigen Jubiläum geschenkt hatte. Alles war wie immer. »Nein, mir fällt nichts auf«, sagte sie schließlich ehrlich.

Michi seufzte. »Okay. Hätte ja sein können.« Dann beugte er sich über seinen Teller und machte sich über den Emmentaler Käse her.

Kim verstand immer weniger. »Hab ich irgendwas nicht mitbekommen? Warst du beim Friseur?«

»Nein«, seufzte Michi enttäuscht. »Ist schon gut. War 'ne blöde Frage.«

»Bitte erzähl mir endlich, was los ist!«, sagte Kim. »Du hast doch was! Schon seit einer Woche bist du so komisch. Wir haben doch ausgemacht, dass wir uns vertrauen und über alles reden können.«

»Können wir ja auch«, nuschelte Michi. »Aber es ist nichts, wirklich!«
Die Art, wie er es betonte, machte Kim stutzig. Es lag eindeutig was in der Luft. Trotzdem wusste sie, dass es keinen Sinn hatte, weiter nachzubohren. Das mochte Michi nämlich überhaupt nicht.
»Und, hast du schon Pläne für die Sommerferien?«, fragte er und versuchte, einen harmlosen Ton anzuschlagen.
Kims Herz zog sich zusammen. Was war, wenn er doch eine andere Freundin hatte? Schnell schob sie den Gedanken ganz weit weg und antwortete kühl: »Noch nicht. Ich lasse es auf mich zukommen. Und du?«
»Ich wollte mal wieder was mit Rolf unternehmen«, sagte Michi. »Eine Woche Mountainbiken oder wir fahren …«
Den Rest bekam Kim nicht mehr mit, weil in dem Moment die Tür des Cafés aufging und Bastian hereinspazierte. Beinahe wäre Kim aufgesprungen und hätte ihn begrüßt, da sah sie gerade noch rechtzeitig, dass er nicht alleine war. Hinter ihm betrat ein attraktives dunkelblondes Mädchen das Lokal. Sie trug einen ausgefransten Jeans-Mini, der ihre Endlosbeine betonte, und drei lange Silberketten um den Hals, die super zu ihren strahlend blauen Augen passten.
»Wo magst du dich hinsetzen, Laura?«, fragte Bastian.
Das Mädchen kicherte. »Ist mir egal. Wohin du willst!«
Bastian wählte einen Tisch beim Fenster und rückte einen Stuhl heran, um sein Bein hoch zu lagern. Laura strich liebevoll über sein verletztes Sprunggelenk, das mit einer festen Schiene geschützt war. Bastian legte den Arm um Laura. Sofort kuschelte sie sich an seine Brust.

Laura, Laura … Kim brauchte ein paar Sekunden, bis es ihr wie Schuppen von den Augen fiel: Laura war die Exfreundin von Torwart Karsten! Ulli hatte gar keine Lügengeschichten verbreitet. Die beiden hatten tatsächlich was miteinander, obwohl Bastian doch mit Jennifer zusammen war! Kim konnte es einfach nicht glauben. Sie musste immer wieder zum Tisch der beiden hinübersehen. Gerade bestellten sie bei der Bedienung ihre Getränke, und sobald sie wieder alleine waren, gab Bastian Laura einen Kuss auf den Mund. Jetzt gab es keinen Zweifel mehr: Er betrog seine Freundin mit einer anderen!

»Da ist ja Bastian!«, sagte Michi, der den Fußballer erst jetzt entdeckt hatte. »Wollen wir zu ihm rübergehen?«

Kim schüttelte entsetzt den Kopf. »Ich glaube, das ist keine gute Idee. Du siehst doch, dass er … beschäftigt ist.«

»Stimmt«, sagte Michi und grinste breit. »Sieht süß aus, das Mädchen … äh … natürlich bist du tausendmal hübscher!«, legte er schnell nach.

Kim glaubte ihm kein Wort. Plötzlich wurde ihr übel und das Rührei drehte sich in ihrem Magen um. Kim griff nach ihrer Tasche. Die Lust auf ein romantisches Frühstück am Nachmittag war ihr endgültig vergangen. »Ich muss los«, sagte sie, stand auf und schob den Stuhl nach hinten.

»Was, jetzt schon?«, fragte Michi bestürzt. »Es tut mir leid, vergiss meine letzte Bemerkung, die war total daneben.«

»Allerdings«, sagte Kim, warf Michi einen wütenden Blick zu und rannte aus dem Café. Das war ja wohl das Allerletzte! Sie fühlte sich doppelt betrogen: von Michi und von Bastian. Warum hatte er den drei !!! nicht die Wahrheit gesagt? Hatte

er ihnen womöglich noch andere Dinge vorenthalten, die sie lieber nicht wissen sollten?
»Kim, Kim!«, rief jemand ihr nach.
Sie drehte sich um und sah Bastian auf sich zulaufen. Er humpelte leicht und das schlechte Gewissen stand ihm offen ins Gesicht geschrieben. »Bitte warte auf mich! Es ist nicht so, wie du denkst.«
»Ach, und wie ist es dann?«, fragte Kim zurück. »Ich dachte, es gibt nur eine Frau in deinem Leben.«
»Das stimmt ja auch!« Bastian knetete seine Hände. »Laura ... das bedeutet gar nichts, das war nur ein kleiner Ausrutscher. Ich liebe Jennifer, das musst du mir glauben.«
Kim verschränkte die Arme vor der Brust und sagte erst mal gar nichts.
Bastian sah sie flehend an. »Bitte erzähl niemandem etwas davon, sonst hab ich sofort die Paparazzi am Hals.«
Darum ging es ihm also, deshalb war er ihr nachgelaufen! Kim fand es merkwürdig, dass er zuerst an die Paparazzi und seinen Ruf dachte und nicht an Jennifer. »Hör mal«, fing sie an, »dein Privatleben geht mich natürlich nichts an. Du brauchst dir keine Sorgen machen, ich verrate nichts. Trotzdem muss ich wissen, ob du uns auch bei anderen Dingen angelogen hast.«
Bastian hob die Finger seiner rechten Hand. »Ich schwör dir, sonst hab ich immer die Wahrheit gesagt! Es stimmt alles: die SMS, der falsche Trainingsplan und das manipulierte Fitnessgerät.«
Seine Augen waren offen und ehrlich. Kim glaubte ihm, aber ein bisschen sauer war sie schon noch auf ihn. Sie holte tief

Luft und sagte schließlich: »Okay, Schwamm drüber. Vergessen wir das Ganze. Ich wollte dich übrigens sowieso noch anrufen. Heute Abend werden wir uns Ulli schnappen und ihn ins Kreuzverhör nehmen. Er wird garantiert einknicken und alles gestehen. Drück uns die Daumen!«

»Mach ich!«, sagte Bastian. »Ich wünsch euch viel Glück. Aber jetzt muss ich wieder zurück ins Café. Laura wartet …«

»Klar«, sagte Kim, konnte sich aber ein spöttisches Grinsen nicht verkneifen.

Als Bastian weg war, drehte sie sich um und starrte ihm nach. Dann fiel ihr plötzlich auf, dass Michi ihr nicht nachgelaufen war. Lag ihm so wenig an ihr? Tränen stiegen ihr in die Augen und Kim musste schlucken. Dann zwang sie sich, an das Kreuzverhör mit Ulli zu denken. Das würde sie hoffentlich ablenken!

Das perfekte Alibi

»Zielobjekt immer noch in der Lobby«, flüsterte Marie in ihr Handy, »aber es kann nicht mehr lange dauern. Wie steht's bei euch? Habt ihr alles vorbereitet?«
»Alles startklar«, bestätigte Kim. »Franzi und ich sind am vereinbarten Ort eingetroffen. Das Catering steht. Sieht lecker aus. Schmeckt sicher auch lecker …«
»Untersteht euch, was davon zu naschen!«, rief Marie.
Kim kicherte. »Keine Sorge. Es bleibt alles unangetastet. Aber den Kühlschrank können wir schon inspizieren, oder?«
»Klar«, sagte Marie. »Bedient euch ruhig. Es ist übrigens noch ein Rest Auberginenauflauf da. Ihr wisst schon: Spezialrezept von Helmut Grevenbroich.«
»Verstanden«, sagt Kim. »Auflauf wird eliminiert. Viel Glück!«
»Danke, Gespräch Ende!« Marie steckte ihr Handy ein und musste grinsen. Dann konzentrierte sie sich wieder auf den Eingang zum *Hotel Olympia*. Sie hätte lieber nicht vom Auberginenauflauf ihres Vaters reden sollen. Jetzt knurrte prompt ihr Magen. Trotzdem fand sie ihre Aufgabe tausendmal spannender, als zu Hause in ihrer Penthauswohnung herumzuhängen und zu warten, bis die Operation Kreuzverhör endlich losgehen konnte.
Von Minute zu Minute stieg Maries Lampenfieber. Auf einmal war sie sich gar nicht mehr sicher, ob der Plan überhaupt funktionieren würde. Alles hing davon ab, ob Ulli sie wiedererkennen würde oder nicht. Nervös überprüfte Marie mindestens zum zehnten Mal in der Spiegelung der Schau-

fensterscheibe ihr Outfit: Sie hatte sich für eine Kombination aus schwarzen Lederleggings, Plateauschuhen und einer Tunika aus weich fließender, silbrig glänzender Seide entschieden. Dazu passte die schwarze Perücke im strengen Pagenschnitt perfekt. Mit Make-up hatte Marie diesmal auch nicht gespart. Dadurch sah sie mindestens drei Jahre älter aus.

Marie war so in ihr Spiegelbild vertieft, dass sie beinahe den entscheidenden Moment verpasst hätte. Ulli kam durch die Drehtür! Er trug ein weißes T-Shirt und eine Leinenhose und hatte sein Notebook dabei. Nach einem kurzen Gespräch mit dem Türsteher lief er los.

Marie wartete, bis er ein paar Schritte vom Hotel weg war. Danach atmete sie tief durch und steuerte mit einem strahlenden Lächeln auf ihn zu. »Hi!« Sie ließ ihre Stimme eine halbe Oktave tiefer rutschen, bis sie sich wie die von Marlene Dietrich anhörte. »Ich bin Svenja, und du bist Justus Jonas, nicht wahr?«

»Psst!«, machte Ulli. »Nicht so laut! Der Name soll doch geheim bleiben.«

Marie alias Svenja zwinkerte ihm verschwörerisch zu. »Ja, klar, natürlich! Entschuldige bitte.«

Ulli musterte sie von Kopf bis Fuß. »Woher kennst du eigentlich meinen Namen? Ich hab dich noch nie gesehen.«

Er war auf ihre Tarnung hereingefallen! Beinahe hätte Marie vor Freude einen Luftsprung gemacht. Stattdessen klimperte sie verführerisch mit ihren schwarz getuschten Wimpern. »Woher ich deinen Namen kenne? Das ist mein süßes Geheimnis. Und ich habe noch ein zweites Geheimnis.« Sie holte aus ihrer Umhängetasche die neueste Ausgabe eines bekannten Fußballmagazins. »Hier auf diesem Cover wird in der nächsten Ausgabe dein Foto sein. Und darunter die Headline: Exklusivinterview mit dem neuen Star am Fußballhimmel. Na, was sagst du dazu?«

Ulli klappte seinen Mund auf und vergaß, ihn wieder zuzumachen. »Äh …«, war das Einzige, was er herausbrachte.

»Auf diesen Augenblick hat die Welt gewartet«, sagte Marie. »Drei Doppelseiten in Farbe, Hochglanzfotos vom Feinsten. Die Fans werden begeistert sein und ich freue mich wahnsinnig, dich endlich näher kennenzulernen und ein wunderbares, spannendes Interview mit dir führen zu dürfen.«

Ulli starrte sie sprachlos an. Er schwankte noch, ob er Marie glauben sollte, aber die Komplimente hatten ihre Wirkung nicht verfehlt. Er sonnte sich darin und lächelte geschmeichelt.

Schnell machte Marie weiter: »Du hast es erraten, ich bin Sportreporterin und habe den fantastischen Auftrag, dich zu interviewen. Es gibt nur einen klitzekleinen Haken bei der Sache.«

Ullis Lächeln fror kurz ein. »Welchen Haken denn?«

Marie räusperte sich scheinbar verlegen. »Der Redaktionsschluss ist schon morgen. Wir wollen dich aber unbedingt in der nächsten Ausgabe drinhaben. Du müsstest sofort mitkommen, in unser Penthaus, das wir extra für das Interview angemietet haben. Selbstverständlich haben wir dort Champagner und kleine Häppchen für dich vorbereitet.«

»Champagner!« Ulli ließ das Wort auf der Zunge zergehen. Offenbar war Alkohol für die U17-Mannschaft tabu und

Marie hatte genau ins Schwarze getroffen. »Ein Exklusivinterview? Jetzt sofort?« Er warf einen Blick auf seine Armbanduhr. »Hmm … eigentlich bin ich verabredet, aber der Termin ist nicht so wichtig. Einverstanden! Ich bin dabei.«

Marie klatschte in die Hände. »Ich wusste es! Deine Fans werden dir ewig dankbar dafür sein!«

Ulli winkte lässig ab. »Schon gut.« Dann sah er Marie neugierig an. »Wo ist denn dieses Penthaus?«

Marie machte eine einladende Handbewegung in Richtung Süden. »Nur ein paar Straßen weiter. In zehn Minuten sind wir da.«

»Dann mal los!«, sagte Ulli unternehmungslustig.

Kurz darauf waren sie am Ziel, einem eleganten Altbau. Marie schloss die Tür auf und holte den Aufzug, der sie in den obersten Stock zur Penthauswohnung brachte, die Marie zusammen mit ihrem Vater bewohnte.

»Hereinspaziert!«, sagte Marie. »Das Wohnzimmer ist gleich rechts.«

Ulli betrat den hellen großen Flur. An der Schwelle zum Wohnzimmer pfiff er durch die Zähne. »Cool!« Anerkennend betrachtete er das glänzende Parkett mit den Orientteppichen, das riesige DVD-Regal und den Flachbildfernseher. Am Schluss blieb sein Blick an der weißen Sofalandschaft aus Leder hängen beziehungsweise an den zwei attraktiven jungen Frauen, die darauf saßen. Die eine hatte schulterlange blonde Locken und sah aus wie eine Barbie, die andere betonte mit ihren ultrakurzen braunen Haaren und dem schmalen Hosenanzug ihre sportliche Persönlichkeit.

»Du bist nicht alleine?«, fragte Ulli überrascht.

Marie nickte. »Es ist dir doch hoffentlich recht? Darf ich vorstellen? Mein Dream-Team: Kimberly und Franka.«
»Hiii!«, riefen Kim und Franzi wie aus einem Mund.
Ulli grinste begeistert. »Hi!«
»Meine Assistentinnen unterstützen mich beim Interview und haben auch jede Menge Fragen an dich«, erklärte Marie. »Das Fotoshooting können wir übrigens gleich im Anschluss machen, dann werden noch mein Make-up-Artist und unser Profifotograf dazukommen.« Die faustdicken Lügen am Schluss brachte Marie völlig selbstverständlich rüber. Sie klatschte in die Hände. »Aber bevor wir anfangen, sollten wir unbedingt ein paar Häppchen essen und dazu ein Gläschen Champagner trinken.«
Ulli war schwer beeindruckt. »Unbedingt«, murmelte er, legte sein Notebook auf den Glastisch und ließ sich zwischen Kim und Franzi ins Sofa sinken.
Die beiden reichten ihm eine Platte mit belegten Brötchen, die sie vorher liebevoll mit Gürkchen, Schnittlauch und frischen Erdbeeren dekoriert hatten. Ulli griff sehr gerne zu.
»Bin sofort wieder da«, flötete Marie und verschwand. In der Küche holte sie eine Champagnerflasche aus dem Kühlschrank, die ihr Vater vor Kurzem zusammen mit Freunden geleert hatte. Marie hatte die Flasche aus dem Altglas-Korb gefischt und mit selbst gemachter Holunderlimonade gefüllt. Sie füllte den »Champagner« in Sektgläser und stellte die Gläser zusammen mit der Flasche auf ein Tablett. Als sie zurückkam, hatte Ulli bereits vier Brötchen verputzt. Er war richtig gut drauf und alberte mit Kim und Franzi herum.

Marie reichte ihm ein Sektglas. Dann prosteten die drei !!! Ulli zu und riefen: »Cheers!«
»Hmm, lecker!«, schwärmte Ulli. Ihm war überhaupt nicht aufgefallen, dass er Limonade statt Champagner trank.
Kim, die schon befürchtet hatte, dass im letzten Moment noch alles auffliegen würde, drückte erleichtert auf die Starttaste des Aufnahmegeräts.
Marie rückte einen Ledersessel an Ulli heran. »Als Erstes wollen wir natürlich wissen: Wie fühlt es sich an, der Star der U17-Mannschaft zu sein?«
»Sehr gut!«, sagte Ulli.
»Wenn man so talentiert und erfolgsverwöhnt ist wie du, gibt es sicher viele Neider, oder?«, hakte Marie nach. »Teamkollegen, die vergeblich um Aufmerksamkeit kämpfen und es einfach nicht schaffen.«
Ulli krauste die Stirn. »Ja, schon … Aber damit muss man leben. Ich hab mich längst daran gewöhnt.«
»Gab es schon mal jemanden, der dich ausbooten wollte?«, fragte Franzi so harmlos wie möglich.
»Ausbooten? Nicht dass ich wüsste«, sagte Ulli. »Wieso?«
Kim lächelte. »Wir fragen deshalb, weil wir aus Insiderkreisen gehört haben, dass einem deiner Teamkollegen so was passiert ist. Ihm wurde richtig übel mitgespielt in letzter Zeit und jetzt ist sein Platz in der Mannschaft gefährdet.«
»Ihr meint Bastian?«, fragte Ulli. »Ja, stimmt. Der hat wirklich Pech gehabt.«
Marie rückte mit ihrem Sessel noch ein Stückchen näher. »War es Pech? Oder hat da vielleicht jemand nachgeholfen? Entschuldige, dass ich kurz vom Thema abkomme, aber wir

wollen neben dem Interview auch noch eine Hintergrundstory machen. Wenn du uns dabei helfen könntest, wäre das super.«

»Klar, gerne«, sagte Ulli arglos.

Franzi legte gleich nach: »Weißt du zufällig, wer Bastian einen falschen Trainingsplan untergeschoben hat?«

»Tut mir leid, das weiß ich nicht«, sagte Ulli. »Ich dachte eigentlich, das wäre eine Ausrede von ihm gewesen.«

Kim schüttelte den Kopf. »Das war es definitiv nicht. Hier, sieh mal!« Sie holte eine Klarsichthülle aus ihrer Tasche und präsentierte Ulli zwei DIN-A4-Blätter. »Das ist der offizielle Trainingsplan und das ist der gefälschte, den nur Bastian bekommen hat.«

Ulli beugte sich neugierig über die Blätter. »Tatsächlich! Wer macht denn so was?«

»Das interessiert uns auch brennend«, sagte Marie. »Wir tippen darauf, dass es dieselbe Person war, die auch die SMS mit den fiesen Drohungen an Bastian geschickt hat.«

Ulli krauste wieder die Stirn. »Welche SMS? Was für Drohungen? Davon hat Bastian gar nichts erzählt.« Ulli spielte immer noch den Ahnungslosen, aber die drei !!! fielen nicht darauf herein.

»Er wollte es nicht an die große Glocke hängen«, sagte Franzi. »Außerdem wusste er, dass der Verräter einer seiner Teamkollegen ist.« Franzi fasste kurz die Botschaften der SMS zusammen.

»Mannomann!«, rief Ulli entrüstet und nahm sich noch ein Brötchen mit Schinken. »Das ist ja echt fies. Bastian sollte mal nach dem Absender forschen.«

»Das hat er natürlich sofort getan«, sagte Kim. »Leider ohne Erfolg. Der Absender war clever. Er hat die Nummer unterdrückt. Hier ist übrigens ein Foto der Rechnung. Das Handy wurde vor zwei Wochen gekauft, genau zu dem Zeitpunkt, als Bastian die erste SMS bekam.« Kim legte zum Beweis Maries Foto auf den Glastisch.
Ulli blieb der letzte Bissen seines Brötchens im Hals stecken. Er musste furchtbar husten. Marie klopfte ihm auf den Rücken, und als er endlich wieder Luft bekam, sagte er keuchend: »Wie seid ihr an diese Rechnung gekommen?«
Franzi lächelte bescheiden. »Wie gesagt, wir verfügen über Insiderkontakte. Warum fragst du?«
»Nur so …«, wich Ulli aus.
»Kennst du die Rechnung?«, bohrte Kim nach.
»Nein … äh … ja …«, stammelte Ulli. »Mensch! Ihr bringt mich ganz durcheinander.« Ulli wischte sich nervös ein paar Krümel von der Hose. Dann sah er Kim, Franzi und Marie misstrauisch an. »Was läuft hier eigentlich? Ich dachte, ihr wollt mich interviewen, nicht verhören.«
Marie lachte, als hätte Ulli einen Scherz gemacht. »Verhören? Das würden wir doch nie wagen bei einem Star wie dir! *Du* hast nichts mit dem Mobbing zu tun, das ist doch klar. Du musst das verstehen. Wir sind Journalistinnen und an einer heißen Story dran. Wir wollen diese Sache unbedingt aufdecken. Jeder Hinweis kann uns weiterhelfen, und falls du die Rechnung wirklich schon mal gesehen hast …« Marie legte die Hand auf Ullis Arm und schenkte ihm ein verführerisches Lächeln.
Ulli lächelte zurück. Als er merkte, dass auch Kim und Fran-

zi ihn immer noch mit bewundernden Blicken ansahen, wurde er wieder lockerer. »Also, die Sache ist die …« Er räusperte sich und starrte auf das Aufnahmegerät. »Können wir das Teil kurz abschalten? Das muss unter uns bleiben.«
»Klar«, sagte Kim. Sie schaltete das Gerät aus, drückte aber gleich wieder auf die Starttaste, als Ulli sich von ihr wegdrehte.
»Die Sache ist die«, fing Ulli noch mal an, »ihr habt die falsche Rechnung erwischt. Das Handy ist nämlich von mir. Meine … äh … Mutter hat es mir geschenkt.« Ulli lief rot an. »Sie hat es für mich gekauft und mir den Beleg gegeben, damit ich die Ausgabe beim Finanzamt absetzen kann. Der Vertrag läuft über sie, es ist eigentlich ihr Zweithandy. Ich wollte es nicht, aber sie hat es mir aufgedrängt, damit sie mich immer erreichen kann. Ich benutze es wirklich nur, wenn sie mich anruft. Sonst habe ich mein eigenes Handy!«
Marie und Franzi tauschten hinter Ullis Rücken einen kurzen Blick aus. Sie glaubten ihm kein Wort.
»Mütter können echt nervig sein!«, sagte Kim scheinbar mitfühlend. »Meine Mutter packt mir immer viel zu warme Sachen ein, wenn ich verreise. Und sie stickt total peinliche Monogramme in meine Handtücher.« Das war nicht mal gelogen.
Ulli lachte. »Meine Mutter ist noch schlimmer! Seht mal …« Er kramte in den Taschen seiner Cargohose und streckte Kim ein silberfarbenes Handy hin. Es war kein neues Modell und sah auch nicht besonders cool aus. Außerdem schien es auf der Vorderseite bereits beschädigt zu sein. Auf den zweiten Blick entdeckte Kim jedoch, dass die Kratzer in Wirk-

lichkeit eine Gravur waren. »Für Zuckerle«, las Kim vor und musste kichern.
Marie und Franzi waren platt. Hatte Ulli etwa doch die Wahrheit gesagt? Aber selbst wenn, hätte er auch von diesem Handy die SMS abschicken können.
»Du Armer!«, sagte Marie. »Das ist ja echt voll peinlich. Komm, trink noch einen Schluck Champagner.«
Ulli grinste. »Gute Idee.«
Während Marie ihm einschenkte, schob Kim schnell das Handy auseinander und checkte den Nachrichtenspeicher. Der Posteingang war voller SMS von Ullis Mutter, bei den gesendeten Nachrichten war dafür gähnende Leere. Schade! Bestimmt hatte er sie alle sofort gelöscht. Kim gab Ulli das Handy zurück und griff ein zweites Mal in ihre Tasche. Diesmal holte sie die Plastiktütchen mit dem Haargummi und das abgebrochene, orangefarbene Plastikteil heraus.
»Was ist das denn?«, wollte Ulli sofort wissen.
»Wichtige Indizien«, sagte Franzi. »Beides haben wir im Fitnessraum neben der Maschine gefunden, die manipuliert wurde. Es war natürlich kein Zufall, dass Bastian sich das Sprunggelenk verletzt hat.«
Ulli nickte. »Das glaube ich auch. Da hat irgendeiner herumgeschraubt.« Er sagte es so, als hätte er damit nicht im Entferntesten etwas zu tun.
»Das Plastikteil stammt von einem Werkzeug, wahrscheinlich von einem Schraubenzieher«, sagte Marie. »So viel wissen wir schon. Leider sind keine Fingerabdrücke drauf. Der Täter hat Handschuhe getragen und er hat vermutlich diesen Haargummi verloren.« Marie wedelte mit dem Plastik-

tütchen vor Ullis Nase herum. »Luca hat doch lange Haare, nicht?«
»Luca?« Ulli schüttelte heftig den Kopf. »Der war es garantiert nicht. Luca könnte keiner Fliege was zuleide tun.«
»Hmmm …«, machte Kim. »Hat noch jemand in eurer Mannschaft lange Haare?«
Die drei !!! musterten Ullis Lockenkopf, als würde er ihnen jetzt erst auffallen.
Plötzlich wurde Ulli sauer und sprang auf. »Was soll das Ganze eigentlich? Das ist kein Interview! Ihr habt mich angelogen. Ihr wollt mir unterstellen, dass ich Bastian das alles angetan habe.«
»Und, hast du es getan?«, fragte Franzi leise.
Ulli tippte sich mit dem Finger gegen die Stirn. »Ich habe gar nichts getan! Das ist eine ganz gemeine Unterstellung. Ihr seid gar keine Journalistinnen, stimmt's? Wer seid ihr wirklich und was wollt ihr von mir?«
Sie konnten Ulli nicht länger hinhalten, der Moment der Wahrheit war gekommen. Kim gab Ulli eine Visitenkarte der drei !!! und sagte ruhig: »Wir sind Detektivinnen.«
»Und wir ermitteln im Fall Bastian«, fügte Marie hinzu.
»Detektivinnen? Hä? Wollt ihr mich auf den Arm nehmen?«, rief Ulli.
Franzi sah Ulli scharf an. »Keineswegs. Gib endlich zu, dass du es getan hast! Alle Beweise sprechen gegen dich und du hast ein starkes Motiv: Du bist nämlich noch nicht fest in der U17-Mannschaft dabei, genau wie Bastian.«
»Ich gebe gar nichts zu. Ihr seid ja total verrückt!« Ulli tigerte wie ein gefangenes Raubtier im Käfig hin und her. Dann

lachte er plötzlich laut auf. »Ha! Ihr könnt mir gar nichts nachweisen. Ihr habt ja nicht mal Fingerabdrücke!«

»Stimmt«, gab Kim zu. »Aber wir haben was viel Besseres: Du warst zur Tatzeit im Fitnessraum. Hier!« Kim tippte auf den Trainingsplan des Fitnessraums, den Bastian ihnen gegeben hatte. »Du hast am Sonntag vor Bastian trainiert. Da steht dein Name, schwarz auf weiß. Oder willst du das auch leugnen?«

Ulli stöhnte. »Ich war am Sonntag nicht im Fitnessraum. Ich hab das Training … äh … ausfallen lassen, weil ich dringend wegmusste mit dem Zug … zu einem Termin in einer anderen Stadt.«

»Mitten in der Trainingsphase?«, hakte Marie nach. »Hannes hat dich gehen lassen, einfach so?«

Ulli lief knallrot an. »Ich hab ihn nicht gefragt«, murmelte er schuldbewusst. Panik blitzte in seinen Augen auf. »Wenn ihr das weitererzählt, könnt ihr was erleben! Hannes hat nichts gemerkt. Ich war nur ein paar Stunden weg.«

Jetzt war Kim auf Ullis Alibi gespannt. »Und, in welcher Stadt warst du? Was hast du dort gemacht?«, fragte sie.

»Das geht euch gar nichts an! Ich muss mich doch vor euch nicht rechtfertigen. Mir reicht es, ich geh jetzt!« Ulli war bereits auf dem Sprung zur Haustür, als Marie ihm nachrief: »Du weißt schon, dass du dich damit noch verdächtiger machst, oder? Wenn du nichts zu verbergen hast, musst du auch nichts befürchten.«

Ulli blieb stehen und kehrte um. »Ich hab nichts zu verbergen.« Er stöhnte wieder. »Okay, okay! Ihr lasst mir ja doch keine Ruhe. Also, wenn ihr es unbedingt wissen wollt: Meine Mutter hat mich am Sonntagmorgen angerufen und eine Riesenszene gemacht. Es würde ihr total schlecht gehen und ich müsste unbedingt zu ihr nach Bochum kommen. Ich bin hingefahren, und als ich dort war, ging es ihr ganz plötzlich wieder supergut.«

Kim, Marie und Franzi sahen sich verblüfft an. Die Geschichte passte zu Ullis Mutter, nach allem, was sie über sie gehört hatten. Andererseits war seine Mutter das perfekte gefälschte Alibi. Sie würde ihren geliebten Sohn bedingungslos verteidigen, selbst wenn er einen Mord begangen hätte.

»Netter Versuch«, sagte Franzi schließlich. »Das hast du dir doch alles nur ausgedacht, um ein Alibi vorzutäuschen.«

Ulli raufte sich die Haare. »Wann hört ihr endlich auf damit? Wie oft soll ich es euch noch sagen? Ich war es nicht!«

Die drei !!! schwiegen hartnäckig.

Auf einmal leuchteten Ullis Augen. »Wartet! Ich kann es euch beweisen, dass ich am Sonntag nicht in der Stadt war. Ich hatte im Zug meine Kamera dabei und hab Fotos gemacht. Die Fotos sind in meinem Notebook gespeichert, mit Datum.« Hektisch griff Ulli nach seinem Notebook und klappte es auf. Nachdem er es hochgefahren hatte, erschien ein Gruppenbild der U17-Mannschaft auf dem Bildschirm. Ulli wollte es gerade wegklicken, da rief Marie: »Stopp! Lass mal sehen.«

Es war ein privater Schnappschuss, der vermutlich von einer Partynacht in einem Club stammte. Die Spieler waren verschwitzt und lachten. Einige hatten ihre Freundinnen im Arm. Marie zeigte auf einen rothaarigen Spieler am rechten Bildrand, der eine Blondine umschlungen hielt. »Das sind ja

Kai und Jennifer! Ich dachte, Jennifer ist mit Bastian zusammen.«
Ulli nickte. »Klar, aber noch nicht lange. Früher waren Kai und Jennifer ein Paar.«
In Kims Kopf wirbelte die Gedanken durcheinander: Kai und Jennifer im Krankenhaus, ihre vertraute Begrüßung, ihr Lächeln, Kais Vorschlag, einen Kaffee trinken zu gehen, sein Griff nach Jennifers Arm … Auf einmal fiel es Kim wie Schuppen von den Augen.
Ulli räusperte sich. »Also wenn ihr mich fragt, läuft da immer noch was zwischen Jennifer und Kai. Die werfen sich dauernd heimlich Blicke zu und tuscheln miteinander, sobald Bastian mal nicht hinsieht.«
»Du meinst, die Trennung war nur Show?«, fragte Marie.
»Gut möglich«, sagte Ulli. »Erst vor zwei Wochen hat Kai Jennifer ein Handy geschenkt, damit sie ihn immer erreichen kann und …« Er hörte mitten im Satz auf zu reden und schlug sich auf den Oberschenkel. »Da habt ihr euer Handy! Es war gar keiner aus dem Team, es war Jennifer! Sie hat die SMS an Bastian geschrieben.«
Franzi glaubte Ulli immer noch nicht. Er wollte doch nur den Verdacht von sich ablenken und jemand anderem die Schuld in die Schuhe schieben. »Und warum sollte Jennifer das tun?«, fragte Franzi. »Sie hat doch gar kein Motiv.«
»Natürlich hat sie eins«, sagte Ulli. »Kai ist auch noch nicht fest im Team. Jennifer liebt Kai immer noch und hat sich nur auf die Beziehung mit Bastian eingelassen, weil sie ihn aus dem Team kicken will. Sie ist zu so was fähig, glaubt mir! Die Frau spinnt dauernd irgendwelche Intrigen. Mich hat

sie auch mal bei einem anderen Kollegen aus dem Team schlechtgemacht.«

Die drei !!! sahen sich an. Waren sie etwa die ganze Zeit auf der falschen Spur gewesen? Kim wurde schwindelig. Auf einmal fügte sich ein Puzzleteilchen zum anderen. Warum war sie nicht viel früher drauf gekommen? Der Haargummi passte viel besser zu einer Frau als zu einem Mann, und Jennifer trug Pferdeschwanz. Und noch etwas fiel Kim plötzlich ein: Hatte Bastian nicht irgendwann mal gesagt, die SMS sähen Ulli gar nicht ähnlich, er sei normalerweise sehr direkt? Mobbing und Intrigen passten tatsächlich viel besser zu einer Frau. Aber das hieße ja, dass Ulli die Wahrheit gesagt hatte und dass sie ihn fälschlicherweise verdächtigt hatten!

Kim wurde rot. Sie hasste es, anderen Leuten unrecht zu tun. Trotzdem wollte sie als Detektivin eine letzte Klarheit haben. »Zeigst du uns die Fotos, die du auf deiner Reise nach Bochum gemacht hast?«

»Klar«, sagte Ulli und öffnete die Datei.

Falsches Spiel

»Ist es nicht wahnsinnig nett von Bastian, dass er uns eingeladen hat?«, fragte Franzi. Sie skatete neben Kim und Marie, die mit den Rädern ins Naherholungsgebiet der Stadt unterwegs waren, und düste dauernd voraus, weil es ihr nicht schnell genug ging. »Ein Grillfest für die Juniorenmannschaft und ihre engsten Freundinnen und Freunde – und wir sind dabei!«

Marie lachte. »Natürlich sind wir dabei! Hast du schon vergessen, dass wir VIPs sind?« Marie nahm beide Hände vom Lenker und strich sich die vom Wind zerzausten Haare glatt.

»Vor allem sind wir Detektivinnen«, stellte Kim fest, »und Bastian will, dass wir den Fall endlich lösen. Ich kann's auch kaum erwarten, Jennifer zu überführen.«

Franzi bremste ab, um auf ihre Freundinnen zu warten, und seufzte. »Armer Bastian! Das wird ein ganz schön harter Schlag für ihn. Noch glaubt er ja, dass Ulli der Täter ist. Vielleicht hätten wir ihn doch lieber vorwarnen sollen.« Insgeheim malte Franzi sich schon aus, wie sie Bastian trösten würde.

»Vorwarnen? Bloß nicht!«, sagte Marie. »Dann vermasselt er womöglich alles oder nimmt Jennifer in Schutz. Nein, wir machen es genauso, wie wir es besprochen haben.«

»Dann sollten wir uns aber beeilen«, sagte Franzi. »Sonst kommen wir noch zu spät!« Sie düste wieder voraus und bog in die Uferstraße ein, die hinunter zum Fluss führte. Hier reihte sich eine schicke Villa an die nächste. Jede hatte ein riesiges, parkähnliches Grundstück mit direktem Zugang zum Fluss. Bastian hatte ihnen den Weg gut beschrieben. Die größte Villa am Ende der Straße musste es sein. Das schneeweiße Gebäude mit der Doppelgarage und den spitzen Giebeln gehörte eigentlich dem 1. FC, aber Bastians Onkel kannte den Vereinsvorsitzenden und durfte es für die Juniorenmannschaft nutzen. Aus dem Garten hinter dem Haus wehten bereits verführerische Rauchschwaden herüber.

Kim lief das Wasser im Mund zusammen. »Hoffentlich haben wir hinterher noch Zeit, ein Steak zu probieren!«

»Ich versprech dir, dass ich dir ein riesiges Steak organisiere«, sagte Marie, »aber erst kommt die Arbeit, dann das Vergnügen!«

Marie und Kim stellten ihre Räder ab und Franzi tauschte ihre Inliner gegen die neuen Sneakers, die sie extra für heute gekauft hatte. Die Detektivinnen hatten sich sorgfältig geschminkt, um älter auszusehen. Sie trugen teure Freizeitklamotten eines Sportartikelherstellers, die Marie ihnen aus ihrem unerschöpflichen Kleiderschrank geliehen hatte. Aufgeregt klingelten sie. Es summte und das große, schmiedeeiserne Tor schwebte wie von Geisterhand zur Seite.

Es war der perfekte Sommerabend für ein Grillfest. Den ganzen Tag hatte die Sonne geschienen und das Thermometer war auf 30 Grad geklettert. Jetzt kühlte die Luft langsam ab, es war aber immer noch warm genug, dass man keine Jacke brauchte. Die drei !!! folgten den Rauchschwaden in den hinteren Teil des Grundstücks. Der Garten war größer, als sie erwartet hatten. Neben dem riesigen Partyzelt war sogar noch Platz für ein Fußballfeld. Luca, Ulli und ein paar andere Spieler kickten sich locker den Ball zu. Der Rest der Juniorenmannschaft hatte sich zusammen mit Freunden und dem Trainer um den mannshohen Grill versammelt. Zunächst bemerkte keiner Kim, Franzi und Marie, doch dann kam Tommy auf sie zu.

»Hi!«, begrüßte er Marie mit einem strahlenden Lächeln. »Na, wie geht's?«

»Super!«, sagte Marie und hakte sich bei Tommy unter. »Ist das schön, dich wiederzusehen! Tommy, du bist der Beste! Könntest du uns vielleicht einen klitzekleinen Gefallen tun?«

Der Bodyguard grinste. »Klar, alles, was du willst!«

Marie stellte sich auf die Zehenspitzen und flüsterte Tommy ins Ohr: »Wir müssten uns später mal kurz zurückziehen. Wo ist denn hier der beste Ort für ein ungestörtes Gespräch?«

»Ihr wollt ungestört sein? Kein Problem«, sagte Tommy. »Da geht ihr am besten ins Haus in den Wintergarten. Im Erdgeschoss, in der Eingangshalle links, gleich hinter dem Wohnzimmer.«

Marie hauchte Tommy einen Luftkuss zu. »Tausend Dank für den Tipp! Jetzt habe ich aber einen Bärenhunger. Man sieht sich. Ciao!« Damit stöckelte sie auf ihren hochhackigen Sandalen über den Rasen davon.

Kim und Franzi folgten ihr. Ein Kellner bot ihnen auf einem Tablett einen Aperitif an. Die drei !!! entschieden sich für einen exotischen Fruchtcocktail. Mit den Gläsern in der Hand schlenderten sie auf und ab und beobachteten dabei unauffällig die Gäste. Bastian saß Händchen haltend mit Jennifer in einem der aufgestellten Strandkörbe. Als er die

drei !!! entdeckte, blitzten seine Augen kurz auf, aber er tat so, als würde er sie nicht kennen. Das hatten sie vorher mit ihm vereinbart, um nicht aufzufallen.
»Dein Glas ist ja leer, Süße!«, sagte Bastian gerade. »Soll ich dir was zu trinken holen?«
Jennifer hielt ihm ihr Glas hin. »Oh ja, das wäre wunderbar!«
Bastian verschwand und Jennifer schlug ihre schlanken Beine übereinander. Sie war mit Abstand das eleganteste Mädchen des Abends. Während die anderen Spielerfreundinnen legere Freizeitkleidung anhatten, trug Jennifer ein schwarzes Etuikleid, wertvollen Goldschmuck und knallrote Pumps. Damit zog sie natürlich viele Blicke auf sich: neidische von den Mädchen und bewundernde von den Jungs. Ein Junge konnte den Blick überhaupt nicht von ihr lösen: Kai. Er stand an einem Bistrotisch in der Nähe und prostete Jennifer lächelnd zu. Als Jennifer eine abwehrende Geste machte, vertiefte sich sein Lächeln. Prompt wurde Jennifer rot und Kai zwinkerte ihr geheimnisvoll zu. Die Luft zwischen den beiden knisterte noch stärker als das Feuer im Grill.
In Kims Hand surrte es leise. Sie hatte mit ihrer Digitalkamera die entscheidenden Momente festgehalten.
Da kam auch schon Bastian zurück. Sofort drehte sich Jennifer von Kai weg, und Kai ging hinüber zum Grill.
»Danke dir, du bist so lieb!«, sagte Jennifer und gab Bastian ein Küsschen auf die Nasenspitze.
Bastian sah seine Freundin verliebt an. Kim seufzte. Der Arme! Noch ahnte er nicht, was für ein hinterhältiges Spiel seine »süße« Jennifer mit ihm trieb. Plötzlich musste Kim wieder an Michi denken. Spielte er auch ein falsches Spiel

mit ihr? Der Gedanke war so schrecklich, dass sie ihn schnell verdrängte.
Da klatschte Hannes in die Hände. »Bevor wir zum gemütlichen Teil des Abends übergehen, habe ich noch ein paar wichtige Neuigkeiten für das Team.«
Luca, Ulli und die anderen hörten auf zu spielen und Bastian ließ Jennifer ein zweites Mal alleine.
Während der Trainer einen Zettel aus seiner Hosentasche holte und einige spieltechnische Details bekannt gab, zischte Franzi Marie und Kim zu: »Das ist die Gelegenheit!«
Marie nickte und Kim flüsterte: »Nichts wie los!«
Die drei !!! stellten ihre Gläser ab und steuerten auf Jennifer zu.
»Hiii!«, sagte Marie. Lässig ließ sie sich neben Bastians Freundin in den Strandkorb sinken und räkelte sich genüsslich. »Ein toller Abend, oder?«
Jennifer zog eine perfekt gezupfte Augenbraue hoch und machte: »Hmm …« Sie schien nicht besonders begeistert über die Gesellschaft zu sein.
Kim kicherte leise. »Aber es geht schon wieder nur um Fußball. Schrecklich, oder?«
»Unsere Jungs haben nichts anderes im Kopf!«, legte Franzi nach.
Jetzt musste Jennifer lächeln. »Stimmt! Ehrlich gesagt, langweile ich mich ziemlich.«
Marie gähnte demonstrativ. »Wir schlafen auch gleich ein. Weißt du was? Hast du Lust, ins Haus zu gehen? Tommy hat mir verraten, dass im Wintergarten jede Menge Modemagazine herumliegen. Die Frau des Vereinsvorsitzenden ist

nämlich Model.« Letzteres hatte Kim vorher im Internet recherchiert, aber ob es im Wintergarten tatsächlich Modemagazine gab, war reine Spekulation.
Jennifer sah sich suchend nach den Spielern um. Als sie merkte, dass die immer noch ihrem Trainer zuhörten, nickte sie. »Okay, warum nicht? Das scheint ja hier noch länger zu dauern.« Sie klemmte sich ihre Handtasche unter den Arm und folgte den Detektivinnen ins Haus.
Kim warf Marie und Franzi hinter Jennifers Rücken einen erleichterten Blick zu. Das war ja superleicht gewesen!
Die Luft im Inneren der Villa war wesentlich kühler als im Garten. Es roch dezent nach einem frischen, blumigen Raumduft. Marie durchquerte völlig selbstverständlich die große Eingangshalle und das elegante Wohnzimmer. Wenn man Marie so sah, hätte man sie glatt für die Gastgeberin des Hauses halten können.
»Hereinspaziert!«, sagte sie und machte eine einladende Handbewegung.
Jennifer betrat den Wintergarten. Lautlos schlossen Kim und Franzi hinter ihr die Tür. Jennifer bewunderte die Palmen in den großen Pflanzkübeln. Dann ging sie hinüber zu den Korbsesseln. Auf dem Couchtisch lagen jedoch statt Modemagazinen nur eine silberne Schale mit Süßigkeiten und Fußballzeitschriften.
»Aber hier sind ja gar keine Modemagazine!«, stellte Jennifer irritiert fest.
»Echt?« Marie schüttelte den Kopf. »Dann muss Tommy sich wohl getäuscht haben. Egal! Wir machen es uns gemütlich und quatschen ein bisschen!«

»Ich weiß nicht …«, sagte Jennifer, doch Franzi schob ihr schon einen Sessel hin und Kim reichte ihr die Süßigkeitenschale.
Jennifer nahm sich ein Bonbon. Dann sah sie die drei !!! zum ersten Mal genauer an. »Mit wem seid ihr eigentlich zusammen? Ich hab euch noch nie gesehen.«
»Wir sind Freundinnen von Bastian«, sagte Kim. »Wir haben ihn vor zwei Wochen beim Public Viewing kennengelernt, beim WM-Finale.«
Marie hatte Jennifers eifersüchtigen Blick bemerkt und lächelte. »Keine Angst! Wir wollen nichts von Bastian, wir sind alle schon vergeben. Er hat uns als Detektivinnen engagiert, das hat er dir sicher erzählt, oder?«
Jennifer nickte erleichtert. »Ach so, ja, ich weiß.«
»Die Ermittlungen laufen gut, aber wir machen uns große Sorgen um Bastian«, sagte Marie. »Er war so traurig neulich. Er glaubt, du liebst ihn nicht mehr … nein, warte! Er hat sich noch komischer ausgedrückt. Er glaubt, du hättest ihn wahrscheinlich nie geliebt, sondern immer nur Kai.«
Jennifer fiel das Bonbonpapier aus der Hand. Während es zu Boden segelte, wurde Jennifer blass. »Nein! Das hat er gesagt? Wie kommt er denn bloß darauf?«
Kim zuckte mit den Schultern. »Keine Ahnung! Vielleicht liegt es daran, dass es ihm nicht gut geht. Kein Wunder, ich wäre auch durch den Wind, wenn ich dauernd diese fiesen SMS bekommen würde, von einem Feigling, der ein Vertragshandy mit Nummernunterdrückung benutzt. Und dann auch noch die Sache mit dem Fitnessgerät. Der Täter hat fast alle Spuren verwischt, nur den Haargummi hat er verges-

sen.« Kim griff in ihre Hosentasche und schwenkte den Haargummi vor Jennifers Augen.
»Ulli!«, murmelte Jennifer hasserfüllt.
Franzi schüttelte den Kopf. »Der Täter war eine Frau. Eine blonde, attraktive Frau mit Pferdeschwanz und einem Handy, das sie von Kai geschenkt bekommen hat.«
Jennifer starrte die drei !!! an. Sie brauchte ein paar Sekunden, bis die Botschaft bei ihr ankam. Dann schnappte sie nach Luft. »Ihr seid völlig verrückt!«
»Das sind wir ganz bestimmt nicht«, sagte Marie ruhig. »Wir wissen, dass du Kai immer noch liebst. Wir haben dich mit ihm im Krankenhaus gesehen und wir haben euch heute beobachtet, wie ihr heimlich geflirtet habt.«
Jennifer lachte schrill. »Geflirtet? Nie im Leben!«
»Gib es doch endlich zu!«, sagte Franzi. »Du willst Bastian aus dem Team rauskicken, damit Kai zur Junioren-WM mitfahren darf. Deshalb hast du ihm die fiesen SMS geschickt. Und deshalb hast du auch das Fitnessgerät manipuliert. Zu dumm, dass dir dabei ein Teil vom Schraubenzieher abgebrochen ist. Technik ist anscheinend nicht deine Stärke. Und dann hast du auch noch deinen Haargummi verloren.«
»Ich war es nicht!«, rief Jennifer. »So einen billigen Haargummi würde ich nie benutzen.«
»Aber gemeine SMS würdest du schon verschicken?«, fragte Kim. »Ist das übrigens das Handy, das Kai dir geschenkt hat?«
Während des Gesprächs war Jennifers Handtasche vom Stuhl gerutscht, auf den Boden gefallen und aufgegangen.
Jennifer sprang so hastig in die Höhe, dass sie mit einem Schuh umknickte. »Gib das sofort her!«

»Gleich«, sagte Kim. Geschickt wich sie aus und checkte blitzschnell die gesendeten Nachrichten. »Und was ist das, bitte? Kannst du uns das erklären?« Sie hielt Jennifer das Handy hin und las laut vor:

Die Schonfrist ist vorbei, das weisst du, oder? Sorry, aber du hast es so gewollt. Jetzt werden härtere Bandagen angelegt.

Jennifer riss Kim das Handy aus der Hand. »Die SMS ist nicht von mir! Die hab ich nie verschickt.« Sie las den Text noch mal und lachte plötzlich schallend. »Da ist ja ein Rechtschreibfehler drin: ›weisst‹ ist falsch, das schreibt man mit ›ß‹. Ich habe in Deutsch eine glatte Eins, so was würde mir nie passieren.«
»Die billigen Ausflüchte kannst du dir sparen«, sagte Marie.
Jennifer schüttelte den Kopf. »Das sind keine Ausflüchte!« Sie starrte auf das Handy. Dann sagte sie aufgeregt: »Es gibt nur einen Menschen, den ich kenne, der die Macke hat, immer ›ss‹ statt ›ß‹ zu schreiben. Ich weiß das, weil ich mit ihm zusammen war.«
Kim verdrehte genervt die Augen. Jennifers Argumente wurden immer haarsträubender. »Warum machst du es uns so schwer? Warum gibst du nicht endlich zu, dass du die Beziehung mit Bastian nur zum Schein eingegangen bist und Kai immer noch liebst?«
»Ich liebe Kai nicht!«, rief Jennifer entrüstet. »Ich hab mit ihm Schluss gemacht, weil er immer mehr geklammert hat. Aber er will es nicht kapieren, egal wie oft ich ihm sage, dass ich nichts mehr von ihm wissen will. Er belästigt mich stän-

dig, schickt mir Blumen und SMS, ruft dauernd an oder will mich einladen. Langsam entwickelt er sich zu einem richtigen Stalker. Und dann hat er mir auch noch dieses Handy aufgedrängt. Ich hab es nur angenommen, weil ich meines gerade verlegt hatte und das Handy ein ziemlich cooles Teil ist. Kai hat sich für mich in Unkosten gestürzt.«

Kim sah Jennifer an. Die letzten Sätze schienen immer noch wie die Sprechblase eines Comics an ihrem Mund zu hängen. Plötzlich erinnerte sich Kim an ein Detail, das sie bisher vernachlässigt hatte. Hastig kramte sie in ihrer Tasche und holte Ullis Tabelle heraus. Die Aufzeichnungen über Kai waren fast so ausführlich wie die über Bastian. Dort stand: »besitzergreifend, klammert, extrem ehrgeizig, würde wahrscheinlich auch über Leichen gehen, um bei der WM mitmachen zu können«.

Kim ließ den Zettel sinken und murmelte: »Es ist wirklich Kai!«

Die Rosenfalle

Mitten auf der gepflasterten Einfahrt vor der Garage fing Marie plötzlich an zu tanzen und sang mit tiefer, heiserer Stimme: »Für mich soll's rote Rosen regnen. Mir sollten sämtliche Wunder begegnen …« Dabei griff sie in Kims Tasche und verstreute mit beiden Händen Rosenblütenblätter auf dem Boden.
Franzi, die ein Stück weiter weg am Gartentor stand und ebenfalls Rosen verteilte, musste kichern. Marie war einfach unglaublich. Sie konnte nicht nur super singen, sondern auch die Sängerin Hildegard Knef perfekt nachahmen. Vielleicht wurde sie später doch Sängerin oder Schauspielerin und nicht Detektivin.
Kim fand Maries spontane Showeinlage auch ziemlich gut. Trotzdem wurde sie ihre Nervosität nicht los. Zu viel stand heute auf dem Spiel. Unruhig tippte Kim auf ihre Armbanduhr. »Los, beeilt euch! Es ist gleich so weit.«
»Schon fertig!«, sagte Marie.
Die drei !!! betrachteten zufrieden ihr Werk. Die Rosenblütenblätter-Spur begann auf dem Gehsteig vor der Doppelhaushälfte, die Jennifer mit ihren Eltern bewohnte. Sie führte in Schlangenlinien vom Gartentor zur offen stehenden Garage und endete direkt vor Jennifers pinkfarbenem Roller. Kim ließ das letzte Rosenblütenblatt auf den Lenker schweben. Dabei musste sie wieder an Michi denken. Seit Tagen versuchte er, sie zu erreichen, aber sie wollte nicht mit ihm reden. Außerdem hatte sie sowieso keine Zeit.

Da kam Jennifer durch die hintere Garagentür. Sie trug ein Sommerkleid mit tiefem Rückenausschnitt und eine Kette mit einem goldenen Herz, die Kai ihr geschenkt hatte, als sie beide noch glücklich verliebt gewesen waren. »Das sieht ja toll aus!«, sagte Jennifer. »Ihr seid genial. Danke!«
»Wir müssen dir danken«, gab Kim zurück. »Ohne deine Hilfe wären wir aufgeschmissen. Nur weil du mitmachst, kann unser Plan überhaupt funktionieren.«
Jennifer winkte lächelnd ab. »Schon gut! Ist mir ein Vergnügen. Endlich kann ich mich für Kais Stalkeraktionen rächen. Er ist wirklich naiv. An seiner Stelle hätte ich mich über die SMS ganz schön gewundert. Die ganze Zeit will ich nichts von ihm wissen und plötzlich laufe ich ihm nach.«
»Tja«, sagte Marie mit einem Zwinkern in den Augenwinkeln. »Männer sind eben doch einfach gestrickt!«
Auch sie war allerdings anfangs skeptisch gewesen, ob Kai den Köder schlucken würde. Jennifers SMS war ganz schön dick aufgetragen.

Lieber Kai,
lange habe ich geglaubt, unsere Liebe ist für immer und ewig zerbrochen. Aber ich kann dich einfach nicht vergessen. Vielleicht gibt es ja doch noch eine Chance für uns! Willst du zu mir kommen und mir helfen? Mein Roller ist kaputtgegangen. Ich glaube, eine Schraube ist abgebrochen. Bringst du deinen Werkzeugkoffer mit? Vielleicht kannst du ja nicht nur meinen Roller, sondern auch unsere Liebe reparieren! Morgen um 16 Uhr? Ich warte sehnsüchtig auf dich.
Jennifer

Kaum hatte Jennifer die SMS abgeschickt, hatte Kai auch schon geantwortet.

Liebste Jennifer,
welche Frage? Ich würde alles für unsere Liebe tun! Ich komme – mit Werkzeugkoffer und rasendem Herzklopfen. Kann es kaum erwarten!
Dein Kai

»Ich glaube, jetzt solltet ihr aber lieber in Deckung gehen«, sagte Jennifer. »Kai ist immer überpünktlich.«
»Schon verstanden!«, sagte Franzi.
Die drei !!! liefen zu ihrem perfekt getarnten Versteck. Hinter der Mülltonne und den drum herum aufgestapelten Kartons würde Kai sie garantiert nicht entdecken. Schnell duckten sie sich und kauerten sich dicht nebeneinander. Durch die Löcher, die sie vorher in einen der Kartons geschnitten hatten, konnten sie die Szene trotzdem gut überblicken.
Kaum hatte Kim das Aufnahmegerät gestartet, hörten sie eilige Schritte. Das Gartentor ging auf und Kai kam freudestrahlend an, in der einen Hand den Werkzeugkoffer, in der anderen einen großen Strauß Wiesenblumen.
»Jennifer!«, sagte er. Seine Stimme zitterte vor freudiger Erwartung. Er wollte noch mehr sagen, aber plötzlich gingen ihm die Worte aus. Stattdessen stellte er seinen Werkzeugkoffer ab und hielt Jennifer den Blumenstrauß hin.
Sie nahm ihn entgegen und steckte kurz ihre Nase hinein. »Hmm … die duften aber gut. Danke dir! Das wäre aber wirklich nicht nötig gewesen.«

Kai räusperte sich verlegen. »Natürlich war das nötig!« Dann entdeckte er die Rosenblüten auf dem Boden. »Warst du das ... ich meine, hast du die ... äh ... wunderschönen Rosen ... sind die etwa für mich?«

»Natürlich sind die für dich«, sagte Jennifer lächelnd und spielte mit dem goldenen Herz an ihrer Kette. Wenn die drei !!! es nicht besser gewusst hätten, wären sie glatt auf ihre »Ich-bin-ja-so-verliebt-in-dich«-Show hereingefallen.

Kai jedenfalls war völlig hin und weg. Er trat von einem Fuß auf den anderen. Schließlich gab er sich einen Ruck, machte einen Schritt auf Jennifer zu und breitete die Arme aus. »Endlich stehst du zu unserer Liebe und wehrst dich nicht mehr dagegen! Ich hab so lange auf diesen Augenblick gewartet. Jennifer, süße kleine ...«

Schnell wich Jennifer aus und lachte verschmitzt. »Du wolltest doch meinen Roller reparieren! Erst die Arbeit, dann das Vergnügen ...«

»Deinen Roller?« Kai brauchte eine Weile, bis er wieder in der Realität angekommen war. »Ach so, ja, klar ... Zeig mal! Wo ist denn die Schraube abgebrochen?«

»Hier, glaube ich«, sagte Jennifer. Sie deutete auf eine Stelle in der Nähe des Auspuffs.

Kai nickte. »Dann wollen wir mal.« Er setzte sich auf das Pflaster vor den Roller und sah sich die Stelle an. Besonders konzentriert war er allerdings nicht dabei. Immer wieder wanderten seine Augen sehnsüchtig zu Jennifer hinüber.

»Und? Siehst du was?«, fragte Jennifer ungeduldig.

Kai schüttelte den Kopf. »Noch nicht ...« Mit hochrotem Kopf beugte er sich wieder über den Roller. »Jetzt seh ich es!«

Doch statt etwas zu tun, ließ er die Hände in den Schoß sinken.
Jennifer seufzte. »Vielleicht solltest du mal deinen Werkzeugkoffer aufmachen?«
»Stimmt, du hast recht!« Kai wurde noch röter. Er griff so ungeschickt nach seinem Werkzeugkoffer, dass der umkippte. Nachdem er ihn wieder aufgestellt hatte, brauchte Kai ewig, bis er endlich den Verschluss geöffnet hatte.
Kim, Franzi und Marie hielten den Atem an. Jetzt klappte der Koffer in der Mitte auf und eine Reihe orangefarbener Griffe leuchteten den drei !!! entgegen.
»Ich hab's gewusst!«, flüsterte Franzi.
Marie knuffte sie in die Seite und zischte: »Pssst!«
Ihre Angst, Kai könnte etwas gehört haben, war völlig unbegründet. Kai verschlang Jennifer schon wieder mit seinen Blicken und hatte nur Augen und Ohren für sie.
»Ich glaube, du solltest eins von deinen Werkzeugen benutzen, wenn du meinen Roller reparieren willst«, erinnerte ihn Jennifer.
»K…klar …«, stammelte Kai.
Jennifer verschränkte die Arme vor der Brust und zwinkerte Kai zu. »Ich geh mal kurz ins Haus. Ich will dich nicht ablenken. Wenn du fertig bist, rufst du einfach nach mir, okay? Dann komme ich wieder.«
Kai nickte eifrig. Die Aussicht auf einen Kuss als Belohnung beflügelte ihn. Sobald Jennifer weg war, arbeitete er hoch konzentriert. Er sichtete sein Werkzeug und griff nach einem Schraubenzieher, an dessen Griff ein Stück Plastik fehlte.
Kim sah es zuerst und gab Franzi und Marie ein Zeichen.

Die Detektivinnen zählten leise bis drei, dann kamen sie aus ihrem Versteck.
»Hallo, Kai!«, sagte Marie im lockeren Plauderton. »Das ist ja nett, dass wir dich hier treffen. So ein Zufall!«
Kai fuhr herum und starrte die drei !!! entgeistert an.
»Na, kommst du gut voran?«, fragte Kim.
Kai ließ den Schraubenzieher sinken. »Was wollt ihr denn hier?« Er war alles andere als begeistert. »Euch kenne ich doch! Wir haben uns schon irgendwo gesehen …«
»Im Krankenhaus«, half Franzi ihm auf die Sprünge. »Du wolltest deinen besten Freund Bastian besuchen.«
Marie wickelte eine Haarsträhne um ihren Finger. »Ich hab dir doch damals schon gesagt, wir würden uns bald kennenlernen. Erinnerst du dich?«
»Ja, schon«, murmelte Kai leicht genervt. »Aber ich hab jetzt leider überhaupt keine Zeit für euren Kinderkram.«
Kim ignorierte die unverschämte Bemerkung. »Es dauert nicht lange«, versprach sie und zeigte auf den Griff von Kais Schraubenzieher. »Oh, da fehlt ja ein Teil! Kann es sein, dass du das hier verloren hast?« Sie holte ein Plastiktütchen aus ihrer Hosentasche und hielt es Kai unter die Nase.
»Ja, kann sein«, sagte Kai gedankenverloren. Plötzlich wurde er blass und seine Augen fingen an zu flackern. »Wo habt ihr das her?«
»Aus dem Fitnessraum des *Hotel Olympia*«, antwortete Marie. »Du hast es dort verloren, als du das Fitnessgerät manipuliert hast, um deinen besten Freund zu verletzen. Wir hätten da ein paar Fragen an dich …«
Weiter kam sie nicht. Blitzschnell sprang Kai auf und wollte

zum Gartentor sprinten. Er kam nur drei Schritte weit, dann stolperte er über Franzis Bein, das zufällig im Weg stand.
»Oh, Entschuldigung!« Franzi tat so, als sei sie bestürzt über ihr Missgeschick.
Kai rappelte sich auf und starrte die drei !!! wütend an. »Was soll das? Was wollt ihr von mir?« Er sah sich suchend um und entdeckte Jennifer, die gerade aus dem Haus kam. »Schatz, hilf mir, bitte! Diese Mädchen sind total verrückt. Die wollen mir die Schuld für Bastians Unfall in die Schuhe schieben.«
»Und die Drohungen per SMS«, fügte Kim hinzu. »Und den gefälschten Trainingsplan. Wir wissen alles und wir haben auch die Beweise dazu. Nur eine Sache möchten wir noch von dir wissen: Wie hast du es angestellt, von Jennifers Handy die SMS zu schicken? Hast du sie vorher als Entwurf gespeichert und dir dann jedes Mal ihr Handy kurz ausgeliehen?«
Kai zuckte zusammen. Wieder flackerten seine Augen und Kim wusste, dass sie ins Schwarze getroffen hatte.
»Bitte, hilf mir doch!«, sagte Kai und sah Jennifer flehend an.
Jennifer schüttelte den Kopf. »Tut mir leid. Die Suppe hast du dir selbst eingebrockt, die musst du auch selbst auslöffeln.« Sie zog sich ihre Kette über den Kopf und warf sie Kai vor die Füße. »Wie konntest du mich da mit reinziehen? Und wie konntest du Bastian das bloß antun? Deinem besten Freund!«
Kai sank vor ihr auf die Knie und stöhnte. »Ich wollte das nicht! Bitte glaub mir, es tut mir alles so leid!«
»Dein Mitleid kommt ein bisschen spät, findest du nicht?«

Marie war hinter Kai getreten und legte ihm die Hand auf die Schulter. »Du hast zwei Möglichkeiten: Entweder rufen wir jetzt die Polizei oder du kommst freiwillig mit aufs Präsidium, um dich selbst anzuzeigen.«

Doppelter Sieg

»Ulli vor, noch ein Tor!«, brüllte Kim. Sie sprang von der Tribüne hoch, packte Michis Hand und riss ihn mit sich.
Ulli hatte gerade einen Gegenspieler des 1. FC ausgetrickst und stürmte auf das Tor zu. Ein Verteidiger kam ihm in die Quere, doch auch den trickste er aus. Dann sah Ulli, dass Luca frei stand, und passte zu ihm. Luca passte zurück. Die Lücke zwischen den Gegnern vor dem Tor war winzig, aber Ulli schoss den Ball mitten hindurch. Eine Sekunde später zappelte der Ball im Netz.
»Tor, Tor, Tor!«, brüllte Kim. Sie trampelte mit den Füßen, jubelte und fiel Michi um den Hals.
»Du bist so süß!«, sagte Michi und drückte ihr einen Kuss auf die Wange. Kim wurde rot. Nach dem Spiel musste sie endlich mit Michi reden.
Franzi sah Kim lachend an. »Dass *du* noch zum Fußballfan werden würdest, hätte ich nie gedacht!«
»Ich auch nicht«, gab Kim zu und dann musste sie Franzi und Marie ganz fest drücken, weil sie sich so für die Juniorenmannschaft freute.
»Das war das entscheidende Tor«, sagte Bastian, der neben den drei !!! auf der Tribüne saß und seine Teamkollegen anfeuerte. »Wie gerne wäre ich jetzt dort unten auf dem Platz!«
Franzi sah ihn mitfühlend an. »Ab nächster Woche bist du wieder dabei, ganz bestimmt!«
»Oder ich bin ganz draußen …«, murmelte Bastian.
Franzi wollte ihm noch ein paar tröstende Worte sagen, kam

aber nicht mehr dazu, weil Marie sich die Hand wie ein Megafon vor den Mund hielt und einen Sportreporter nachahmte: »Wir sind wieder live dabei. Tor in der 88. Spielminute im Freundschaftsspiel der U17-Nationalmannschaft gegen den 1. FC! Torschütze: Ulli Lang. Es steht 2:1 für die Junioren. Werden sie heute als Sieger vom Platz gehen? Die Spannung steigt. Noch einmal versucht der 1. FC einen Gegenangriff. Nein, es ist zu spät, viel zu spät. Da kommt der Schlusspfiff. Die Junioren haben gewonnen!« Marie schwenkte ihren Fanschal.

Ulli war so außer sich vor Freude, dass er einen Salto auf dem Rasen machte. Seine Mitspieler nahmen ihn in die Mitte, hoben ihn hoch und trugen ihn auf Händen. Die Fans tobten. Kim, Marie und Franzi jubelten. Selbst der 1. FC gönnte dem Gegner den wohlverdienten Sieg. Die Junioren fassten sich an den Händen, liefen zur Fankurve und machten die Welle. Kim machte begeistert mit. Sie genoss die Stimmung in vollen Zügen. Der schönste Moment war für sie, als Ulli den drei !!! zuwinkte. Und für Franzi war der schönste Moment, als Bastian sie umarmte und gar nicht mehr loslassen wollte.

Marie war mit ihren Gedanken schon beim nächsten Highlight. »Jetzt wird richtig gefeiert!«, verkündete sie. »Wir müssen auf unseren doppelten Sieg anstoßen.«

Es dauerte noch eine ganze Weile, bis die drei !!! sich bei all den vielen Fans zum Ausgang durchboxen konnten. Aber weil sie sich beeilten, waren sie tatsächlich die Ersten beim Vereinsheim des 1. FC, in dem die Party stattfinden würde. Und dort kamen nur Leute rein, die auf der Gästeliste stan-

den. Sorgfältig ausgewählte VIPs wie zum Beispiel Kim Jülich, Franziska Winkler und Marie Grevenbroich.
»Hi, Tommy!«, rief Marie und gab dem Bodyguard zwei Küsschen auf die Wangen.
Tommy strahlte sie an. »Hi, Marie! Toll siehst du aus. Trinken wir später was zusammen?«
»Klar«, sagte Marie, hielt aber schon mal nach anderen Flirtopfern Ausschau.
Die drei !!! wurden durchgewunken und betraten das Vereinsheim des 1. FC, ein großzügiges, modernes Gebäude, das erst vor zwei Jahren neu gebaut worden war. In der Halle, wo die Spieler im Winter trainierten, waren Tische und Bänke aufgestellt. An der Decke hingen Girlanden mit den Wimpeln des 1. FC und der U17-Mannschaft, ein riesiges Buffet wartete auf die hungrigen Gäste und eine Band war gerade beim letzten Soundcheck.
Bastian lotste die drei !!! zielstrebig zu einem Tisch gleich neben der Juniorenmannschaft. Er humpelte nicht mehr, sein Sprunggelenk war inzwischen wieder völlig geheilt, er musste es aber noch schonen. Kaum saßen Kim, Franzi und Marie auf ihren Plätzen, liefen die Spieler zusammen mit ihrem Trainer ein und wurden lautstark von den Fans begrüßt.
Franzi konnte es kaum glauben, dass sie alles hautnah miterleben durfte. »Tausend Dank für die Einladung und die tollen Plätze! Du bist so lieb zu uns, Bastian. Das haben wir doch gar nicht verdient.«
»Natürlich habt ihr das«, widersprach Bastian. »Ihr habt den Fall für mich gelöst. Danke! Ihr habt mich vor meinem schlimmsten Feind gerettet, der früher mal mein bester

Freund war.« Sein Gesicht verdüsterte sich, als er an Kai dachte. Er konnte ihm nicht verzeihen, dass er ihre langjährige Freundschaft wegen der Karriere verraten hatte. Und er würde die schlimmen SMS und die Sabotage im Fitnessstudio nie vergessen.

»Wenigstens hat Kai sich freiwillig der Polizei gestellt und sich selbst angezeigt«, sagte Kim. »Kommissar Peters hält uns auf dem Laufenden. Wir geben dir natürlich sofort Bescheid, wenn wir wissen, ob ein Strafverfahren gegen ihn eröffnet wird.«

Bastian nickte. »Das hängt wahrscheinlich auch von Hannes und dem Team ab.«

Marie wusste, worauf Bastian anspielte. Immerhin war Kai so fair gewesen, zu Hannes zu gehen und sich freiwillig vom Team zu verabschieden. Vermissen würde ihn vermutlich trotzdem niemand.

»Apropos Trainer«, sagte Marie. »Ich glaube, dein Onkel will dich sprechen.«

Bastian drehte sich wie in Zeitlupe um. Die Anspannung der letzten Tage kam noch mal hoch. Er versuchte in Hannes' Gesicht zu lesen, konnte aber nicht herausfinden, ob die Botschaft seines Onkels positiv oder negativ ausfallen würde.

»Na, Bastian, wie hat dir das Spiel gefallen?«, fragte Hannes. Er sah seinen Neffen prüfend an.

Bastian räusperte sich. »Gut, sehr gut! Toller Teamgeist, tolle Spielzüge. Die Mannschaft wird immer besser, ein Erfolg auf ganzer Linie.«

»Finde ich auch«, sagte Hannes. »Nur eins hat leider gefehlt.« Sein Mund wurde wieder ganz schmal und streng.

»Ja, was denn?«, fragte Bastian unsicher.
Hannes sah Bastian mit seinen blauen Augen durchdringend an. »*Du* hast gefehlt!«
»Ich?« Bastian verschluckte sich an seiner eigenen Spucke und musste fürchterlich husten.
»Ja, du«, sagte Hannes. Der Trainer klopfte seinem Neffen auf den Rücken. »Heute Morgen ist die Entscheidung gefallen: Du bist fest im Team dabei und wirst zur WM mitfahren.«
»Nein!«, rief Bastian. Dann warf er beide Hände in die Luft und brüllte: »Ja, ja, ja!« Am Schluss fiel er seinem Onkel um den Hals und drückte ihn so fest, bis der lachend protestierte: »Freu dich nicht zu früh, Junge. Das Training wird hart werden, du hast ganz schön viel aufzuholen.«
»Kein Problem!«, sagte Bastian. »Ich hänge mich richtig rein. Ich werde alles geben, zweihundert Prozent, mindestens!«
Hannes grinste. »Das ist die richtige Einstellung.« Er klopfte seinem Neffen noch mal auf die Schulter und sah ihn bewundernd an.
Plötzlich machte es »klick!«. Kim hatte den feierlichen Moment mit ihrer Kamera festgehalten. Die drei !!! freuten sich wie die Schneekönige und gratulierten Bastian.
Franzi holte schnell Notizblock und Kugelschreiber aus der Tasche. »Ich wollte dich die ganze Zeit schon darum bitten, aber ich hab es mir immer wieder verkniffen, weil es dir so schlecht ging. Schenkst du mir ein Autogramm?«
»Klar«, sagte Bastian. Er nahm Franzis Kugelschreiber und schrieb mit schwungvoller Schrift: »Für Franzi, ohne die ich das alles nicht geschafft hätte. Dein Bastian.«

Franzi presste den Notizblock selig an sich und murmelte: »Danke, danke, danke …« Plötzlich bohrte sich ein spitzer Ellbogen in ihren Rücken. Zwei Jungen drängelten sich vor. Sie hatten rote Köpfe und keuchten.
»Wir wollen auch Autogramme!«, sagte Ben.
»20 Stück, wenn es geht«, sagte Lukas. »Für uns und für unsere Mitschüler.«
Kim rieb sich die Augen, weil sie es einfach nicht glauben konnte. »Was macht ihr denn hier? Wie seid ihr überhaupt reingekommen?«
Ben grinste sie an. »Durch den Eingang, wie sonst? Dieser Muskeltyp wollte uns nicht reinlassen, obwohl wir gesagt haben, dass wir deine Brüder sind.«
»Aber er war leider nicht schnell genug«, ergänzte Lukas. »Wir sind ihm einfach davongerannt.«
Kim war fassungslos. Merkten die Zwillinge nicht, wie oberpeinlich ihre Aktion war? Natürlich merkten sie es nicht, Kim musste sie erst mit der Nase darauf stoßen. »Na toll! Und da seid ihr jetzt auch noch stolz, was? Ihr lasst Bastian sofort in Ruhe und geht nach Hause. Ich zähle jetzt bis drei, und dann seid ihr verschwunden, verstanden? Eins, zwei …«
»Lass sie!«, sagte Bastian. »Die sind doch lustig. Wie viele Autogramme wolltet ihr noch mal haben?«
»25«, behauptete Ben frech.
Bastian schrieb tatsächlich geduldig 25 Autogramme und überreichte sie den freudestrahlenden Zwillingen. Die bedankten sich noch nicht einmal, sondern düsten einfach mit ihrer Beute ab.
»Nervensägen!«, stöhnte Kim. »Entschuldige, Bastian!«

»Kein Problem«, sagte Bastian. Dann sah er sich suchend um. »Jetzt muss ich euch aber alleine lassen, ich muss Jennifer unbedingt die tolle Nachricht erzählen.« Er beugte sich zu Kim vor und flüsterte ihr ins Ohr: »Sie ist wirklich die einzige Frau in meinem Leben. Und sie ist wunderbar, sie hat mir sogar den Ausrutscher mit Laura verziehen.«
»Freut mich für dich«, sagte Kim, aber Bastian war schon weg.
Franzi musterte Kim eifersüchtig. »Habt ihr etwa Geheimnisse, ihr zwei?«
Kim winkte ab. »Das erzähl ich dir später. Jetzt muss ich Ulli gratulieren und …«
»Damit würde ich lieber warten«, sagte Marie. »Zuckerle telefoniert gerade mit seiner Mutter.«
Ulli hing tatsächlich am Handy. »Ja, Mama, wir haben gewonnen. Nein, Mama, ich hab jetzt keine Zeit für dich. Warum nicht? Nein, Mama es geht wirklich nicht, weil …« Er wischte sich über die Stirn und suchte verzweifelt nach einer passenden Ausrede.
»Ich glaube, ich muss den Armen mal erlösen«, sagte Marie. Mit zwei Schritten war sie bei Ulli, schnappte sich sein Handy und sagte: »Es geht leider nicht, weil Ulli mit mir feiern muss. Er ruft morgen wieder an.« Sie schaltete das Handy aus und gab es Ulli mit einem Augenzwinkern zurück. »Wollen wir tanzen?«
Ulli lachte. »Unbedingt!«
Die beiden verschwanden in der Menge und Kim sah ihnen grinsend nach. Da spürte sie plötzlich Michis Hand auf ihrer Schulter. Als sie sich zu ihm umdrehte, sah er sie zerknirscht

an. »Du, ich muss dir was beichten! Ich war im Fitnessstudio, weil du doch so von den durchtrainierten Fußballern geschwärmt hast. Am Anfang hab ich sogar dreimal die Woche trainiert, aber meine Muckis sind einfach nicht größer geworden. Und du hast auch überhaupt nichts gemerkt. Wäre es sehr schlimm für dich, wenn ich da nicht mehr hingehe?«, beendete er sein Geständnis atemlos.
Kim fiel ein Riesenstein vom Herzen. »Überhaupt nicht!«, sagte sie, streichelte Michis Oberarm und flüsterte ihm ins Ohr: »Ich liebe dich, so wie du bist!«
»Echt?« Michi bedeckte ihr Gesicht mit Küssen.
Kim machte die Augen zu. Da war sie wieder, die rosarote Wolke, fast wie am ersten Tag, und Kim schwebte auf ihr davon – bis eine vertraute Stimme zu ihr sagte: »Franzi und ich wollen euch ja nicht stören, aber wir müssen unbedingt auf unseren erfolgreich gelösten Fall anstoßen!«

Die drei !!! Clevere Girls knacken jeden Fall!

- [ ] Die Handy-Falle
- [x] Betrug beim Casting
- [ ] Gefährlicher Chat
- [x] Gefahr im Fitness-Studio[e]
- [x] Tatort Paris[e]
- [x] Skandal auf Sendung[e]
- [x] Skaterfieber[e]
- [ ] Vorsicht, Strandhaie![e]
- [ ] Im Bann des Tarots[e]
- [ ] Tanz der Hexen[e]
- [x] Kuss-Alarm[e]
- [x] Popstar in Not[e]
- [ ] Gefahr im Reitstall
- [ ] Spuk am See[e]
- [ ] Duell der Topmodels[e]
- [ ] Total verknallt![e]
- [ ] Gefährliche Fracht[e]
- [ ] VIP-Alarm[e]
- [ ] Teuflisches Handy
- [ ] Beutejagd am Geistersee[e]
- [ ] Skandal auf der Rennbahn[e]
- [ ] Jagd im Untergrund[e]
- [x] Undercover im Netz[e]
- [x] Fußballstar in Gefahr[e]
- [x] Herzklopfen![e]
- [ ] Tatort Filmset[e]
- [ ] Vampire in der Nacht[e]
- [x] Achtung, Promi-hochzeit![e]
- [x] Panik im Freizeitpark[e]
- [x] Falsches Spiel im Internat[e]
- [ ] Betrug in den Charts[e]
- [ ] Party des Grauens[e]
- [ ] Küsse im Schnee[e]
- [ ] Brandgefährlich![e]
- [ ] Diebe in der Lagune[e]
- [ ] SOS per GPS[e]
- [ ] Mission Pferdeshow[e]
- [ ] Stylist in Gefahr
- [ ] Verliebte Weihnachten
- [ ] Achtung, Spionage![e]
- [ ] Im Bann des Flamenco
- [x] Geheimnis der alten Villa
- [ ] Nixensommer
- [x] Skandal im Café Lomo!
- [x] Tatort Geisterhaus
- [ ] Filmstar in Gefahr
- [ ] Unter Verdacht
- [ ] Die Maske der Königin
- [ ] Skandal auf dem Laufsteg
- [ ] Freundinnen in Gefahr
- [x] Krimi-Dinner
- [ ] Das rote Phantom
- [ ] Hochzeitsfieber!
- [ ] Klappe und Action!
- [ ] Wildpferd in Gefahr
- [ ] Geheimnis im Düstermoor
- [ ] Tatort Kreuzfahrt
- [ ] Gorilla in Not
- [ ] Das geheime Parfüm
- [ ] Liebes-Chaos!
- [ ] Der Fall Dornröschen
- [ ] Spuk am Himmel
- [ ] Flammen in der Nacht
- [ ] Der Graffiti-Code
- [ ] Heuler in Not
- [x] Tanz der Herzen
- [x] Tatort Geisterbahn
- [x] Gefahr im Netz
- [ ] Nacht der Wölfe
- [ ] Gefährliches Spiel
- [ ] Gefahr in den Ruinen
- [ ] Kuss der Meerjungfrau
- [ ] Legende der Einhörner
- [ ] Rätsel der Vergangenheit
- [ ] Tatort Hollywood

kosmos.de Alle Bücher auch als E-Book erhältlich [e] nur als E-Book erhältlich

Die drei !!!
Meine Freunde

Die drei !!!
Streng geheim !!!

Die drei !!!
Geheimnis der alten Villa
KOSMOS
Wer findet die Diamanten?